더 제네시스
THE GENESIS

더 제네시스 The Genesis

발행일	2019년 11월 30일

지은이	앤디 박		
펴낸이	손형국		
펴낸곳	(주)북랩		
편집인	선일영	편집	오경진, 강대건, 최예은, 최승헌, 김경무
디자인	이현수, 김민하, 한수희, 김윤주, 허지혜	제작	박기성, 황동현, 구성우, 장홍석
마케팅	김회란, 박진관, 조하라, 장은별		
출판등록	2004. 12. 1(제2012-000051호)		
주소	서울특별시 금천구 가산디지털 1로 168, 우림라이온스밸리 B동 B113~114호, C동 B101호		
홈페이지	www.book.co.kr		
전화번호	(02)2026-5777	팩스	(02)2026-5747

ISBN	979-11-6299-995-0 03810 (종이책)	979-11-6299-996-7 05810 (전자책)	

이 도서의 국립중앙도서관 출판예정도서목록(CIP)은 서지정보유통지원시스템 홈페이지(http://seoji.nl.go.kr)와
국가자료공동목록시스템(http://www.nl.go.kr/kolisnet)에서 이용하실 수 있습니다.
(CIP제어번호: CIP2019048149)

더 제네시스
THE GENESIS

서기 2033년
666과 적그리스도가 다가온다

앤디 박 장편소설

북랩 book Lab

프롤로그

광화문 KMI센터에서 건강검진을 받았다. 각 검진 종목 간 대기시간에 원고 초안을 검토하려고 출력물을 지참하고 있었다.

종합검진을 받아본 사람이라면 기억할 것이다. 체중계 위에 올라가 양손에 어떤 기구를 손에 쥐고 서 있으면 근육량과 비만도가 측정되는 코너가 있다. 웬만해서는 검진을 받는 동안 침묵하는 편인데 나도 모르게 혼잣말이 튀어나왔다.

"우와! 이게 뭐지?"

그러자 담당자가 궁금해했다.

"무슨 일이세요?"

"저기 A4 원고 있잖아요. 666에 대해서 쓰고 있는 건데, 모니터에 제 몸무게가 66.6이라고 표시되어 있어요."

"그래요? 신기하네요."

나는 6이라는 숫자를 별로 좋아하지 않는다. 할 수만 있다면 피하려고 한다. 그런데 기계가 보여주는 숫자는 내 뜻대로 피할 수 있는 것이 아니었다. 이 같은 상황을 겪으면서 그날 어쩌면 이 소설을 꼭 출간해야 한다는 운명의 한 지점에 서 있었는지도 모르겠다.

이후 3주가 지났을 무렵, 볼리비아 소각로 프로젝트의 물류업무를 협의하기 위해 대학 선배님의 사무실을 방문했다. 부수적으로 이때까지 완성된 '더 제네시스' 초고를 건네면서 조언을 부탁했다. 그날 저녁 식사를 마치고 헤어진 후, 전철에서 내려 수진역 2번 출구 지하도 계단을 벗어나려는 찰나 한 젊은이가 다가와 전단지를 건넸다. 지금까지 살아오는 동안 그곳에서 전단지를 받아든 것은 이때가 처음이었다.

　접혀 있는 전단지를 펼치는 순간 나는 경악을 금치 못했다. 전단지의 제목은 '적그리스도와 거짓 선지자와 예언과 성취'였고, 부제는 '주 재림 때의 사건들'이었다. 특이하게도 교회 이름이나 연락처 없이 성경 구절과 이를 설명하는 내용뿐이었다. 집에 도착해서 아내에게 얘기하고 사진을 찍어두었다. 어쩌면 이 역시 운명처럼 예정된 일이었다는 생각이 든다.

　미래에 어떤 사건이 일어날지는 아무도 알 수 없다. 다만 징조를 알아채고 올바르게 대처하는 현명함이 필요할 것이다.

　독자 여러분들의 앞날에 신의 은총이 함께 하시기를 기원한다.

앤디 박

대한민국을 위해 소리 없이 헌신하고 있는
모든 분들께 이 소설을 바친다.

'더 제네시스' 출간에 많은 아이디어를 제공해 준
삼성엔지니어링 박종제 후배와 출간의 기쁨을 함께 나누고 싶다.

태초에 하나님이 천지를 창조하시니라. 땅이 혼돈하고 공허하며 흑암이 깊음 위에 있고 하나님의 영은 수면 위에 운행하시니라. 하나님이 이르시되 빛이 있으라 하시니 빛이 있었고 빛이 하나님이 보시기에 좋았더라. 하나님이 빛과 어둠을 나누사 하나님이 빛을 낮이라 부르시고 어둠을 밤이라 부르시니라. 저녁이 되고 아침이 되니 이는 첫째 날이니라.

_ 창세기 1:1~5

그가 권세를 받아 그 짐승의 우상에게 생기를 주어 그 짐승의 우상으로 말하게 하고 또 짐승의 우상에게 경배하지 아니하는 자는 몇이든지 다 죽이게 하더라. 그가 모든 자 곧 작은 자나 큰 자나 부자나 가난한 자나 자유인이나 종들에게 그 오른손에나 이마에 표를 받게 하고 누구든지 이 표를 가진 자 외에는 매매를 못하게 하니 이 표는 곧 짐승의 이름이나 그 이름의 수라. 지혜가 여기 있으니 총명한 자는 그 짐승의 수를 세어 보라 그것은 사람의 수니 그의 수는 육백육십육이니라.

_ 요한계시록 13:15~18

차 례

1부

적그리스도 출현의 불씨가
타오르다

청와대 대통령 집무실

"한은 총재가 화폐개혁의 당위성을 얘기하더군요. 지난 십 년간 발행된 5만 원 권의 회수율이 47%라면서 그 많은 돈이 다 지하로 숨어들었다는 겁니다. 내가 생각해 봐도 그래요. 이러니 나라가 부패해지고 우리 경제가 제대로 숨을 쉴 수 있겠어요? 더군다나 선진국에 진입한 지가 언젠데 1달러에 천백 원이란 게 말이 안 돼요. OECD 국가들 중에 달러 환율이 천 단위가 넘는 나라는 우리밖에 없단 말이죠. 일대 일이나 최소한 일대 십은 돼야 하지 않겠어요?"

"맞습니다. 대통령님."

윤 원장은 화폐개혁(貨幣改革)을 추진하려는 대통령의 강한 의지를 읽을 수 있었다.

과거 정부에서도 화폐개혁은 경제부처를 중심으로 심심치 않게 거론된 이슈였다. 하지만 사회적 혼란과 직간접적으로 발생하는 비용 문제 등 부정적인 영향을 우려하는 반대의 목소리가 팽팽하게 맞서면서 번번이 실행에 옮기지 못했다.

현 정부 출범 후에는 금융위원장이 대통령에게 화폐개혁을 제안하였다. 그 실효성 여부를 놓고 고심하던 차에 한국은행 총재가 다시금 필요성을 제기하자 비로소 자신의 임기 내에 화폐개혁을 매듭짓겠다는 결단이 섰다.

"본인은 어떻게 해야 한다고 생각해요?"

윤 원장 역시 화폐개혁에 찬성하는 입장이었다. 잠시 기억을 더듬은 후 답변에 임했다.

"지하경제를 정리해야 할 시점이 온 것 같습니다. 세계 9위의 경제 대국이 부패지수가 45위라는 것은 국가적으로 명예롭지 못한 일입니다. 검은 돈을 뿌리 뽑고, 지하에 묻혀 있는 돈을 양지로 끌어내야 우리 경제가 한 단계 도약할 수 있습니다."

대통령은 가볍게 고개를 끄덕였다.

"헌데 반대의견도 만만치가 않아요. 12조 원의 비용도 문제지만, 화폐개혁을 단행한다 해도 금이나 부동산 투기, 물가를 잡을 대책이 신통치 않단 말이지요. 자칫하면 중산층과 서민경제에 부메랑이 될 수 있어요."

"그건 화폐개혁의 순기능으로 커버되지 않겠습니까? 국제적인 위상도 높이고."

"제일 큰 문제는 화폐개혁을 단행하기까지 비밀을 유지하는 건데, 내가 한마디 하면 언론에서 곧바로 떠들어대니 믿고 맡길 수가 있어야지요. 당최 비밀이 지켜지지 않는 게 문제예요."

대통령은 다소 격앙(激昂)된 어조로 말했다. 윤 원장은 대통령이 자신을 부른 이유를 알 수 있을 듯했다.

현 정부 출범 이후 비공개로 추진되어야 하는 정부 정책들이 기획단계에서부터 언론에 노출되는 일이 발생하여 대통령을 곤혹스럽게 만든 사례들이 있었다. 가장 최근에 사회적 이슈로 부각된 것이 수도권 공영개발 건이었다.

서울 인접지역의 개발가치가 있는 부동산을 조사하고 중산층과 서민들에게 혜택을 부여할 수 있는 방안을 마련하도록 대통령이 국토부 장관에게 지시한 일이 있었다. 그 사실이 언론에 보도되면서 후보지로 거론된 지역들마다 부동산 가격이 폭등하는 사태가 벌어졌다. 저

소득층을 위해 기획된 정책이 아이러니하게도 투기꾼들의 배를 불리고 세입자들의 주거환경을 위협하는 독(毒)이 되고 말았다.

연일 정부정책에 반대하는 시위가 이어지며 주변지역으로까지 파장이 확대될 조짐이 보이자 국토부 장관이 사퇴하고 없던 일로 마무리되었으나, 잇따른 실정(失政)에 정부의 아마추어리즘(Amateurism)을 비난하는 야당의 공세까지 더해져 대통령의 심기가 몹시 불편해졌다.

화폐개혁에 대한 대통령의 결단이 선 것이 이 사태가 종결된 후 신임 장관의 임기가 시작될 무렵이었다.

윤 원장은 대통령의 심중(心中)을 헤아리고 먼저 제안에 나섰다.

"제가 방안을 알아봐도 되겠습니까?"

"그래서 윤 원장을 부른 겁니다. 좋은 방안을 한번 찾아보세요. 국정원이야 비밀이 새어나갈 일도 없고. 필요하면 사람을 더 붙여주겠어요."

"알겠습니다. 헌데 대통령님."

윤 원장은 잠시 머뭇거렸다.

"그래요. 말해보세요."

"일단 경제부총리한테는 정부가 화폐개혁을 단행할 계획이 없다고 발표하도록 지시하시는 것이 좋겠습니다. 다른 부처들도 화폐개혁을 언급하지 않도록 주지시켜 주십시오. 화폐개혁이 입방아에 오르내리는 건 국민들에게 불안감을 조성하고 주식투기나 부동산투기를 불러올 수 있으니 바람직하지 않습니다."

대통령은 고개를 끄덕였다.

"그건 윤 원장 말이 맞아요. 내 그리하도록 조치하겠습니다."

"알겠습니다."

"……."

기획재정부(企劃財政部)에서 잔뼈가 굵은 윤 원장이라지만, 대통령이 주무부처를 배제한 채 화폐개혁안을 마련하도록 지시한 것은 매우 이례적인 일이었다. 그동안 다양한 부작용을 초래했던 정부 정책의 언론 노출 사례들이 대통령의 의사결정에 적지 않은 영향을 미친 것이다.

더욱이 소문이 퍼질 경우, 그 어떤 정책보다도 파급력(波及力)이 커질 것이 자명하기 때문에 대통령으로서는 고심 끝에 꺼내든 고육책(苦肉策)이었다.

그러나 국정운영의 원칙에서 벗어난 이 지시가 장차 대통령 스스로를 궁지에 몰아넣고 다른 한편에서는 피바람을 불러오게 된다는 사실을 이때는 전혀 예측하지 못했다.

국정원장 집무실

"어서 오게."

윤 원장은 집무실에 들어선 황 차장을 반갑게 맞이했다.

"이쪽으로 앉게나."

윤 원장이 상석에 자리를 잡을 때까지 기다렸다가 황 차장도 소파에 앉았다.

"그간 별일 없으셨습니까?"

"국정원 일이야 늘 그렇지 뭐. 가족들은 평안하시던가?"

"네. 덕분에 무탈하게 지내고 있습니다."

"그래. 출장은 어땠나?"

"잘 다녀왔습니다. 잠시만요."

황 차장은 가방에서 선물을 꺼내 건넸다. 두 손에 받아 들고 유심히 살펴보다가 최고급 브랜드의 위스키인 것을 확인하고는 윤 원장의 얼굴에 환한 미소가 그려졌다.

"아니, 뭘 이런 걸 다…."

"원장님이 베풀어주신 은혜에 비하면 약소합니다."

"고맙네. 아무튼 잘 먹겠네."

윤 원장은 탁자 밑으로 선물을 내려놓았다.

"그쪽 상황은 좀 어떻던가?"

"출장 중에 이메일로 보고 드린 내용하고 크게 다르지는 않습니다."

"자네가 보고한 사실은 알고 있네. 산업스파이 건 때문에 검찰 쪽하고 실랑이 좀 하느라 미처 확인을 못했구먼. 혹시 내가 결정해줘야 할 사항이라도 있던가?"

"꼭 그런 건 아닙니다만, CIA가 한국 내 정보수집을 강화하려는 계획을 가지고 있습니다. 구체적인 것은 정리되는 대로 정식 보고서를 올리겠습니다."

"그 얘기는 우리더러 정보를 더 내놓으라는 거 같은데, 저들 속셈이 그런 건가?"

"네. 속내는 그렇습니다."

윤 원장은 별안간 목소리를 높였다.

"이런, 망할 자식들! 주는 건 쥐뿔도 없으면서."

그동안 한미 간 정보의 비대칭성(非對稱性) 문제를 어떻게 해소할지 방법을 찾느라 고심하던 중이었는데, 오히려 자신의 의중과 역행(逆行) 하는 계획을 준비하고 있다니 윤 원장으로서는 도저히 받아들일 수 없는 일이었다. 황 차장은 윤 원장의 얼굴 표정을 살핀 후 이내 고개를 떨구었다.

"아무래도 내가 미국에 한번 다녀와야겠어. 국무부장관과 CIA국장을 만나서 불평등한 관계를 시정해달라고 얘기할 건 해야지. 말을 안 하고 있으니까 달라고 하면 다 줄 거라고 생각하는 모양이야. 우리가 지들 속국이야 뭐야!"

그는 강한 불만을 토해냈다. 그러자 황 차장이 조심스럽게 입을 열었다.

"제가 한 말씀 드려도 되겠습니까?"

"말해 보게."

"무리한 요구에 단호히 대처하는 건 국익을 위해서 옳은 일이긴 하나, 자칫 한미 정보당국 간 불화설이 불거지게 되면 한미동맹에 금이 갔다는 둥, 국정원장을 교체해야 한다는 둥, 언론과 야당에 빌미를 제공하는 모양새가 될 수 있으니 신중하게 대응하시는 게 좋겠습니다."

윤 원장은 잠시 생각에 잠기는 듯 했다.

"음…. 자네 말에도 일리가 있네. 찬찬히 상황을 따져보세. 하지만 저들이 요구하는 만큼 우리도 뭔가를 얻어내야 하지 않겠나?"

"그 부분은 철저히 검토하여 대처하겠습니다."

"아무리 불공정한 것이라 해도 한번 룰을 그렇게 정해놓으면 힘이 센 놈 앞에서는 약한 쪽이 기를 쓰고 달려들어 봤자 다음에 정상적인 관계로 되돌려놓기가 결코 쉽지 않다는 것을 명심해야 하네. 자네도 알다시피 국방부 말이야. 방위비분담금 협정을 체결할 때 첫 단추를 잘못 꿰어놓으니까 깎아 내리지는 못할 망정 계속해서 저들 요구에 휘둘리고 있지 않은가. 나라의 녹을 먹고 있는 자들이 상대가 강대국이라고 해서 무책임하게 동조해서는 아니 되네. 그게 다 국민들의 혈세란 말이지. 우린 그런 일이 없도록 대비를 잘해야 해."

"네. 명심하겠습니다."

황 차장은 윤 원장의 의중을 읽고 이에 순응하였다. 그리고 실제로도 윤 원장의 말이 이치에 어긋남이 없었다.

"자네 보고서를 받아본 후에 내 생각을 다시 말해주겠네."

"알겠습니다. 바로 준비해서 올리겠습니다."

"그건 그렇고, 대통령께서 화폐개혁을 추진할 모양이야."

황 차장은 예상치 못했다는 듯이 어리둥절한 표정을 지었다.

"국무회의에서는 시기상조로 말씀하셨다고 들었는데, 그게 아니었습니까?"

"사회적 혼란을 최소화하면서 화폐개혁을 단행할 묘안을 가져오라고 하시더구먼. 그래서 내가 그리 하시도록 조언을 드렸네."

"그런데 왜 기재부에 지시하지 않으시고…"

윤 원장은 잠시 뜸을 들인 후 말문을 열었다.

"화폐개혁을 준비한다는 소문이 퍼지면 온갖 투기바람이 불지 않겠나. 평범하게 살아가는 대다수 국민이 그 피해를 고스란히 떠안게 될 거야. 나도 기재부에서 일해봤지만, 그쪽은 곳곳에 유혹의 손길이 많아. 비밀유지가 쉽지 않단 말이지. 게다가 몇몇 사람이 저지른 비리 사실도 정부가 나서서 투기꾼 앞잡이 노릇을 한다고 언론과 야당이 들쑤셔놓을 놓을 테고. 이 사람들 특기가 침소봉대 아닌가. 이렇게 되면 국민들의 피해뿐만 아니라 대통령께도 큰 부담이 될 수 있네."

"아, 그래서 원장님께…"

황 차장은 의문이 풀렸다는 듯이 고개를 끄덕였다. 윤 원장은 다소 격앙된 어조로 말을 이었다.

"대통령께서 오죽하면 나한테 그런 지시를 내렸겠나. 지난번 국토부 사태만 해도 그래. 거 몇 사람이 세치 혀를 잘못 놀리는 바람에 결국은 장관이 사퇴했는데, 말이 좋아 사퇴지 시범 케이스에 걸려 경질된 거나 다름이 없어. 하여간 공직자라는 사람들이 그 가벼운 입이 문제야!"

그러자 황 차장이 맞장구를 쳤다.

"제 생각도 그렇습니다. 이러니 정부가 아마추어라는 소리나 듣고 대통령을 더욱 곤경에 빠뜨리는 게 아니겠습니까?"

"자네 말이 맞아. 입 단속을 잘 했으면 그런 일이 없었겠지. 한심한 일이기도 하고 쯧쯧. 헌데 말이야, 곰곰 생각해 보면 남의 일 같지가 않아. 새는 구석이 없는지 우리도 잘 살펴봐야 해. 특히 정보를 다루는 요원들은 누구를 만나든 비밀유지에 목숨을 걸어야 하네. 정보란 건 다수가 알 때는 이미 정보로서의 가치가 없는 걸세. 그 순간부터 국정원의 존재 이유가 사라지게 되는 거야."

윤 원장은 내친 김에 비밀유지를 강조해온 자신의 지론을 상기시키고 싶었다. 사실 국정원 요원이라면 누구나 다 알고 있을 법한 얘기였으나, 황 차장은 윤 원장이 불편한 마음이 들지 않도록 고개를 끄덕이며 수긍의 표시를 했다. 윤 원장은 계속해서 말을 이었다.

"자네, 육십칠이오공 이론이라고 들어봤나?"

처음 듣는 소리에 황 차장이 고개를 갸우뚱했다.

"아닙니다."

"유용한 정보를 얻게 되면 친구나 가족, 직장 동료, 학교 선후배든 간에 꼭 전해주게 되는 지인이 평균적으로 여섯 명은 있다는 거야. 이런 식으로 정보가 전파될 때 이론적으로는 열흘이면 7,250만 명이 알게 돼 있어. 불과 열흘 만에 코흘리개까지 전국민이 다 알게 된다는 얘기일세. 뭐, 이론이긴 해도 기회가 있을 때마다 내가 비밀 유지를 강조하는 이유일세."

윤 원장은 한동안 비밀유지에 관한 이야기에 대화의 초점을 맞추었다. 비밀이 새어나가지 않도록 그만큼 화폐개혁안을 내밀(內密)하게 준비해야 한다는 의중을 담은 것이었다. 그러자 황 차장이 놀랍다는 표정을 지었다.

"오! 이렇게 빨리 전파될 거라고는 생각을 못해봤습니다. 다시 한번 간부들과 요원들에게 원장님 말씀을 주지시키고 비밀유지의 중요성을 가슴에 새기도록 당부하겠습니다."

"그래, 그렇게 하게."

황 차장은 윤 원장이 흡족해할 만한 후속 조치까지 언급하며 지지 의사를 표명했다. 윤 원장은 자신이 국정원에 몸을 담은 이후로 이러한 황 차장의 태도를 높이 평가해 왔다. 본인의 의도를 헤아리고 한 발짝 앞서 대책을 제시하는 능력이 다른 두 차장보다는 뛰어났다.

"미안하네. 아직 여독이 풀리지 않았을 텐데 사족이 좀 길었구먼."

"아닙니다. 모처럼 원장님의 혜안이 담긴 말씀을 들으니 출장 중에 답답했던 가슴이 뻥 뚫리는 것 같습니다."

윤 원장을 추켜세우려는 의도로 한 말이었으나 그는 오히려 눈살을 찌푸렸다.

"아니, 이 사람! 말은 고맙네만, 자네 말에 뼈가 있어. 이번 출장에 내가 그렇게 큰 부담을 줬단 말인가?"

"원장님, 저는 그런 뜻이 아니고…."

난감해하는 표정을 짓고 있을 때 윤 원장이 웃으면서 말했다.

"또, 또 오버한다. 농담일세 농담. 자넨 그게 문제야. 다른 건 지시를 하든 안 하든 알아서 척척 잘도 처리하면서 내 농담에는 왜 그리 둔감한가. 이럴 때 보면 참 순진한 것 같기도 하고. 아니지, 순수하다고 해야 하나?"

"죄송합니다."

황 차장은 고개를 떨구었다.

"뭐, 죄송할 일은 아니고. 자네의 순수한 면이 한편으로는 또 맘에 들어."

윤 원장은 이쯤에서 화폐개혁안을 논의해야 한다고 생각했다. 황 차장이 고개를 들자 수심(愁心)에 찬 표정을 지었다.

"대통령께는 화폐개혁안을 마련하는 것이 그리 어려운 일이 아닌 것처럼 말씀드렸네만, 나로서도 고민은 고민일세. 무슨 좋은 방안이 없겠나?"

두 사람이 국정원에서 함께한 시간은 그리 길지 않았다. 윤 원장이 기재부 차관으로 재직 중일 때, 실세 인사들에게 청을 넣어 국정원 차장으로 자리를 옮기게 되었다. 그리고 현 정부 출범과 더불어 국정원장에 임명되었다.

국정원장 취임사에서 연공서열(年功序列)에 얽매이지 않고 능력과 성과에 따라 공정하게 대우하겠다는 소신을 밝혔는데, 그 첫 수혜자가 황 차장이었다. 당시 황 국장을 대통령에게 천거(薦擧)하여 차장 승진 재가(裁可)를 받아낸 것이다. 경력을 고려하면 선례가 없는 파격적인 발탁 인사였다.

황 국장을 천거했다는 소식이 전해졌을 때 다른 실·국장들의 원성을 사기도 했지만, 윤원장은 오히려 본보기로 삼을 것을 당부하고 소신을 굽히지 않았다. 자신의 의도와는 무관하게 황 차장은 시기와 부러움의 대상이 되어 한때 떠오르는 정관계 인물로 주목을 받았다.

이러한 배경으로 인해 그의 입에서 심심치 않게 은혜라는 말이 흘러나오는 것도 무리는 아니었다. 더욱이 자신을 총애(寵愛)한다는 사실을 잘 알고 있었기 때문에 윤 원장을 깍듯이 예우(禮遇)했다. 공직생활 시작의 뿌리는 달랐으나 두 사람 사이는 점차 연리지(連理枝)라 해도 무방할 밀착 관계로 발전하였다.

윤 원장은 장자방(張子房)이나 제갈공명(諸葛孔明)의 그것과 같이 그의 구상과 기획안들을 유용하게 활용하곤 했다. 화폐개혁안 또한 황 차장이라면 좋은 아이디어를 가지고 있을 것으로 기대했다.

화폐개혁안을 언급하자 그는 고개를 숙인 채 한동안 반응이 없었다. 윤 원장은 자신이 농담으로 했던 말을 고깝게 여긴 태도로 생각하고 인상을 찌푸렸다. 그런데 고개를 쳐들더니 뜻밖에도 결연(決然)한 표정을 지어 보였다.

"원장님!"

"그래, 말해 보게."

"유례가 없는 일이긴 합니다만, 전부터 생각해둔 게 있습니다."

"내 그럴 줄 알았어."

본론을 들어보기도 전에 윤 원장은 수심의 기색(氣色)을 거두고 만족감을 드러냈다. 그 순간 그의 입에서 전혀 예상치 못한 말이 흘러나왔다.

"이참에 아예 화폐를 없애버리는 것은 어떻습니까?"

"응? 무슨 소리야? 화폐를 없애다니."

기재부에서 잔뼈가 굵은 윤 원장조차 눈이 휘둥그레질 만큼 실로 놀라운 제안이었다.

"좀 더 조사를 해봐야겠지만 지금까지 알아본 바로는 가능성이 있습니다."

윤 원장은 호기심과 의구심으로 되물었다.

"그게 정말 가능해?"

"네. 몇 가지 장애물이 있긴 한데, 수일 내로 보고서를 올리겠습니다."

"음…. 화폐를 없앨 수 있단 말이지."

"그렇습니다."

다른 사람의 얘기였다면 고개를 가로저을 법도 하지만, 황 차장이 구상한 일들이 실망을 안겨준 사례가 없었기 때문에 윤 원장으로서는 기대를 걸어볼 만했다.

"좋아. 준비해서 보고하게. 비밀유지 철저히 하고."

"알겠습니다."

"……"

국정원차장 집무실

화폐개혁안 마련의 첫걸음은 김영식 농림부 장관에게 협조를 구하는 일이었다. 전임 장관이 건강상의 이유로 사퇴 의사를 밝힘에 따라 현 정부 들어서 가장 최근에 등용된 장관이었다. 윤 원장에게는 수일 내로 개혁안 보고가 가능할 것처럼 호기(豪氣)롭게 말했지만, 김 장관이 과연 자신의 부탁을 흔쾌히 들어줄지가 관건이었다.

이 때문에 집무실로 돌아온 뒤 김 장관의 적극적인 협조를 이끌어 내려는 아이디어 구상에 고심했다. 이런 일이 생길 줄 알았다면 자주 연락을 취했어야 하는데, 장관 취임 때조차 축하인사를 못하고 그동안 소원(疏遠)하게 지내왔다는 사실이 아쉽게 느껴졌다.

황 차장은 인터폰을 연결했다. 서 국장에게 상황을 설명할 겸, 조언을 구할 필요가 있었다.

"상의할 게 있는데 지금 시간 어때?"

-네, 괜찮습니다.

"그럼 내 방으로 좀 와라."

-알겠습니다.

얼마 후 서 국장이 집무실에 들어섰다.

"거기 앉아 봐."

"네, 형님."

황 차장이 자리에서 일어나 소파 쪽으로 발걸음을 옮겨 상석에 자리를 잡았다. 공직 생활은 황 차장이 1년 선배인 반면, 나이로는 두 살이 위였다. 황 차장이 제안하여 30대 초반 시절부터 형님 동생 사이로 지내왔다.

"원장님 방에 다녀오셨다면서요. 무슨 특별한 일이라도 있었어요?"

"대통령께서 화폐개혁안을 마련하라고 지시하셨다는 얘기를 하시더라. 좀 생뚱맞다는 생각이 들긴 했는데, 이왕 국정원이 맡기로 한 거 아예 화폐를 없애자는 제안을 드렸어."

"네?"

서 국장 역시 윤 원장 못지않게 놀랍다는 반응을 보였다.

"아니, 화폐를 없애는 일이 가능해요? 형님이 그걸 제안하셨다고요?"

황 차장은 태연하게 답변했다.

"응. 가능하지."

"정말요?"

서 국장은 고개를 갸우뚱했다. 국정원 업무에 관한 한 황 차장이 단연 으뜸이라는 주변의 평가에 서 국장도 이의가 없었다. 하지만 본인의 전문 분야도 아니면서 화폐를 없애자는 아이디어를 냈다는 사실이 좀처럼 믿기지가 않았다.

"그래~. 가능하니까 제안했지."

황 차장이 조금은 언짢은 듯한 기색을 보이자 잽싸게 엄지를 치켜들었다.

"형님, 대단하세요! 제 머리로는 도저히 상상할 수도 없는 일인데. 이래서 원장님이 형님을 발탁했나 봅니다. 역시…."

자신을 띄워주는 소리를 들으니 황 차장은 금세 어깨가 으쓱해졌다.

"내가 이런 사람이야. 너, 줄 잘 서야 한다. 흐흐."

"잘 알지요. 그리고 저야 형님이 죽으라면 죽는 시늉까지 하는 사람이 아닙니까?"

"알아. 농담이야."

"근데 좀 이상합니다. 멀쩡한 경제부처들 놔두고 왜 국정원이 화폐개혁안을 마련해요?"

황 차장은 웃으면서 말했다.

"그래서 생뚱맞다는 거야. 나도 원장님께 똑같은 질문을 했거든. 그게 다 비밀유지 때문이란다. 원장님이야 원래 기재부 출신이시잖아. 이쪽 계통은 당연히 빠삭하시고."

"혹시, 국토부 사태 때문에 그런 거예요?"

"아마도 그게 결정적인 원인이라는 생각이 들어. 하루가 멀다 하고 언론에서 떠들어대니 웬만치 시끄러웠어야 말이지. 에효."

"그거야 뭐 야당 놈들이 사주한 거 아니겠어요? 전임 장관이 그 등쌀에 못 이겨서 사퇴를 하긴 했지만, 냉정하게 말해 사퇴까지 갈 사안은 아니라고 봅니다. 하여간 살다 살다 별일이 다 있네요. 국정원이 화폐개혁안을 준비하다니…. 허허."

그러자 황 차장이 정색을 하고 말했다.

"너 말조심해라. 야당 놈들이 뭐냐? 야당 놈들이…. 그리고 야당이라고 다 그런 사람들만 있는 게 아니야."

"그럼 야당 님들이라고 불러드릴까요? 지들이 뭘 제대로 하는 게 있다고…."

"야, 야당 놈들이 들으면 너 탄핵한다는 소리 나오겠어."

"형님도…?"

"하하하!"

두 사람은 한바탕 웃음을 쏟아냈다.

"제가 탄핵당하면 형님이라고 무사할 것 같아요? 당연히 함께 당해야지."

"지금 보니까 너 아주 물귀신이다."

"어떤 일이 됐든 공생공사…. 저하고 한 약속 잊으셨어요?"

서 국장은 화폐개혁안을 염두에 두고 한 말이었다. 장차 화폐개혁안을 추진하게 되면 자신이 중추적인 역할을 담당하고 싶다는 의사를 에둘러서 표현한 것이었으나, 황 차장의 생각이 거기까지는 미치지 못했다.

"그럴 리가 있겠어? 우린 끝까지 공생공사 해야지. 그때는 국토부 직원이 아니란 게 천만다행이라는 생각이 들 정도였어. 언론도 문제지만 야당에서 건수 하나 잡았다고 얼마나 못살게 굴었냐. 그쪽 사람들 아마 야당이라고 하면 치를 떨고 있을걸?"

"맞아요."

"각설하고, 일단은 농림부 장관님 도움이 필요해. 그분하고는 연락한 지가 꽤 됐거든. 흔쾌히 응해주실지 그게 좀 걱정이야. 섣불리 접근했다가 모르는 사람 취급받으면 곤란하잖아."

"구체적으로 어떤 도움을 받으시려고요?"

"축산물이력관리 시스템을 속속들이 파악해야 돼."

"제가 알기로 신임 장관님이 그렇게 꽉 막힌 분은 아니세요. 얘기만 잘 하면 정보를 제공해 줄 겁니다. 그분 소식은 차 국장한테 많이 들었어요. 차 국장을 이쪽으로 오라고 할까요?"

서 국장이 휴대폰을 꺼내 들자 황 차장이 손을 내저었다.

"아니야, 아니야. 국정원 내부에서도 소문나서 좋을 건 없어."

"알겠습니다."

직접적으로 지목하지는 않았지만 누가 화폐개혁안 실무를 담당하게 될지 서 국장은 비로소 감을 잡았다.

"그러고 보니 원장님이 좀 너무하신 거 같아."

"왜요?"

황 차장은 다소 불만이 섞인 어조로 말했다.

"어련히 알아서 처리할 텐데 비밀유지 가지고 한참을 훈계하시지 뭐야. 한두 살 먹은 어린 애도 아니고…."

"허허. 형님, 새삼스럽게 왜 그러세요?"

평소에 윤 원장이 귀가 따갑도록 비밀유지를 강조해온 사실을 서 국장도 잘 알고 있었다. 그러자 황 차장이 불만을 누그러뜨리고 차분하게 말을 이었다.

"하기야, 화폐개혁이 보통 일은 아니지. 원장님도 걱정이 되니까 그만큼 쥐도 새도 모르게 개혁안을 준비하라는 뜻으로 하신 말씀일 거고. 그 심정이 이해는 된다. 대통령께서 국정원을 믿고 일부러 원장님한테 지시하신 건데 만약 비밀이 새어나가게 되면 원장님으로서는 망신도 그런 망신이 없겠지."

"당연하지요. 그건 대통령께서 제일 믿는 도끼에 발등을 찍히는 격입니다."

"그래서 일이 성사될 때까지는 더욱 은밀하게 진행해야 할 것 같아. 차 국장 귀에 들어가는 순간 이 친구 단단히 삐칠 테니까, 너 입 조심해라. 알았지?"

"네. 알겠습니다."

김 장관과의 친분을 고려하면 오히려 차 국장이 적임자일 수 있었다. 그런 차 국장을 제쳐두고 황 차장이 자신에게 의지하고 있다는 생각이 들자 서 국장은 존재감을 느끼며 몹시 만족해했다. 은연중 이러한 심리 상태가 안면에 드리워졌다. 그는 한껏 올찬 목소리를 냈다.

"형님, 그럼 제가 뭘 하면 되겠습니까?"

"아직은 구상단계라 딱히 할 일은 없고, 우선은 내가 장관님을 찾아 뵈어야 해. 깊이 있는 대화를 해본 적은 없지만 몇 번 인사를 드리기는 했어. 성품이 참 온화하신 것 같더라. 아이고, 아이고 이 말을 습관처럼 자주 하시더라고. 흐흐. 근데 우리에게 필요한 만큼 도움을 주실지 그게…."

"염려 마십시오. 형님 언변이면 장관님이 기꺼이 협조해 주실 겁니다."

"그렇게만 된다면 다행이지 뭐."

그러나 이내 걱정스러운 듯한 표정으로 잠시 동안 침묵했다. 그러자 서 국장이 그의 눈치를 살피면서 눈을 크게 뜨고 천연덕스럽게 감탄사를 연발했다.

"아이고, 아이고 별말씀을요. 아이고 당치 않으십니다!"

"너, 지금 장관님 흉내 내는 거냐?"

"형님, 인상 좀 펴시고, 이런 반응이 나올 수 있도록 그분이 혹할 만한 칭찬거리를 찾아보시라는 얘기입니다. 형님한테는 어려운 일도 아니잖아요."

"그래, 네 말이 정답이다. 나도 그러려고 했어."

"근데 축산물이력관리 시스템하고 화폐를 없애는 일 하고 무슨 관련이 있어요?"

"구체적인 것은 내가 농림부에 다녀온 후에 다시 알려줄 테니까 일단 이 얘기는 너만 아는 걸로 해. 일이 성사되면 어차피 실무는 네가 전권을 맡게 될 거야."

"정말요?"

"내가 언제 허튼소리 하는 거 봤냐?"

서 국장은 고개를 숙여 수긍의 표시를 했다.

"아, 예."

이왕 말이 나온 김에 라이벌인 차 국장이 화폐개혁안에 관여하지 않도록 쐐기를 박고 싶었다.

"형님, 향후에도 차 국장은 이 프로젝트에서 완전히 배제하는 거예요?"

황 차장은 서 국장의 속내를 간파했다. 대신에 차 국장한테는 다른 일을 맡길 생각이었다.

"사안이 사안인 만큼 어쩔 수 없지. 내내 비밀로 하다가 그때 가서 참여하라는 건 코미디 아니야?"

"알겠습니다. 잘은 모르지만 아주 재미있을 것 같은 예감이 들어요."

"너랑 나랑 대한민국의 역사를 새로 쓰는 일이야."

"오!"

"……."

서 국장이 집무실을 떠난 뒤 생각을 정리하여 이윽고 전화를 걸었다.

"장관님 안녕하세요? 국정원 황 차장입니다."

-아이고, 오랜만입니다 황 차장님.

김 장관은 활기찬 목소리로 웅대했다. '아이고'라는 감탄사를 사용하는 걸 보니 우려와는 달리 무척 반갑다는 의미로 받아들여졌다.

"그간 강녕하셨습니까?"

-덕분에 잘 지내고 있습니다.

"죄송합니다. 자주 연락을 드렸어야 하는데, 제가 너무 무심했습니다."

-그거야 저도 마찬가지지요. 헌데 국사에 제일 바쁘신 분이 전화를 다 주시고 어인 일이신가요?

서로가 연락을 취한 지는 오래되었지만 김 장관은 황 차장의 활동소식을 심심치 않게 듣고 있었다. 그러자 황 차장이 포석(布石)에 착수했다.

"장관님이야말로 이 정부 탄생의 일등공신이 아니십니까?"

-아이고, 일등공신이라니요, 가당치 않습니다.

"비싼 한우 고기를 저렴하게 먹을 수 있도록 해주신 분이잖아요. 국민의 한 사람으로서 저 역시도 혜택을 보고 있고요. 방 의원 사건이 터졌을 때 대통령님께 판세가 불리했는데도 장관님이 애써주신 덕분에 중산층과 서민들 표가 선거에 유리하게 작용하지 않았습니까?"

대통령 선거를 6개월여 앞두고 야당의 중진(重鎭) 방 의원이 검찰에서 조사를 받던 중 돌연 사망하는 사건이 벌어졌다. 이후 강압 수사는 물론 야당 탄압을 규탄하는 야당의 공세가 이어지며 대통령과 정부에 대한 긍정적인 평가가 거의 반토막이 났다. 이 때문에 정권교체 가능성이 점쳐졌으나, 예상을 뒤엎고 인권 대통령의 기치(旗幟)를 내건 여당 소속의 현 대통령이 당선되는 이변이 일어났다. 특히 중산층과 서민들이 많은 지지표를 안겨준 것이 선거 결과에 지대한 영향을 미쳤는데, 이 부분에 있어서 김 장관이 기여했다는 점을 상기시킨 것이다.

-별말씀을요. 제가 애를 썼다는 게 혹시 축산물이력관리 시스템을 말씀하시는 건가요?

황 차장은 그의 입에서 축산물이력관리 시스템이 언급되기를 기대했었다. 의도한 대로 통화가 순조롭게 진행되자 화룡점정(畫龍點睛)의 말을 꺼냈다.

"네. 그거 아무나 할 수 있는 일이 아니거든요. 더군다나 우리 축산 농가들에게는 장관님이 은인이나 다름이 없지요."

-아이고, 과찬이십니다. 저야 뭐, 당시 상황이 그래서 운이 좋았을 뿐입니다.

"아닙니다. 실은 오랜만에 인사도 드릴 겸 찾아뵙고 시스템에 대해 가르침을 받고자 연락을 드렸습니다. 언제 시간이 가능하실는지요?"

축산물이력관리 시스템이 축산업의 위기를 극복하기 위한 대책의 일환으로 필연적 산물일 수는 있으나, 이 시스템의 개발과 보급으로 인해 결과적으로 김 장관이 현 정부 탄생에 기여했다는 점은 부인할 수 없는 사실이었다. 하지만 그것이 비록 진실에 부합(符合)한다 해도, 황 차장이 언급한 정도의 칭송(稱頌)을 들으면 누구나 부탁을 외면하기가 쉽지는 않을 것이다.

그는 이유에 대해서는 묻지 않은 채 흔쾌히 수락했다.

-스케줄을 체크해 보고 바로 연락 드리겠습니다.

"감사합니다. 저는 언제든 좋으니 장관님이 편한 시간으로 일정을 알려주십시오."

-네. 그렇게 하겠습니다.

"……."

'알겠습니다.', '감사합니다.' 혹은 '연락을 기다리겠습니다.' 정도로 통화를 마무리하는 것이 상례(常例)일 수 있는데, 한술 더 떠서 자신의 일정에 구애(拘礙)받지 말라는 뜻을 전해 상대방으로 하여금 편안하게 느낄 수 있도록 배려하였다. 뿐만 아니라 '가르침'이라는 표현을 사용하여 그를 스승의 지위로 공대(恭待)하였다. '바로 연락하겠다.'는 답변이 사실상 황 차장의 언변(言辯)이 통한 결과였다.

아이러니하게도 협조해달라거나 도와달라는 말 한 마디 없이도 의도한 바를 충분히 달성한 셈이었다.

국내 쇠고기시장은 값싼 수입산에 밀려 한우 고기 소비량이 지속적으로 하향추세를 그리다가 한 때 20% 후반까지 시장 점유율이 하락하였다. 한우 농가들의 적지 않은 수가 도산(倒産)을 피할 수 없게 되었고 사육시설, 사료, 도축, 물류, 가공 등 업계 전반에 불황(不況)의 그늘이 드리워졌다. 이 상태가 지속된다면 머지않아 한우 관련 산업기반이 붕괴될 위기에 처해 있었다.

한우 소비량과 사육 두수의 감소는 유통 비용의 상승으로 이어져 소비자가격은 오히려 이전보다 더 오른 상태가 되었다. 이 때문에 수입산을 한우로 속여 파는 불법 행위가 근절(根絶)되지 않아 간신히 명맥을 유지하고 있던 한우 농가들의 생계를 더욱 어렵게 만드는 원인이 되었다.

정부는 이러한 문제점들을 심각하게 받아들이고 유통구조 개선과 함께 원산지 표시 위반 행위에 대한 처벌을 대폭 강화하는 한편, 기존의 축산물이력제를 전면적으로 개편한 새로운 축산물이력관리 시스템을 보급하기에 이르렀다. 이후 사육에서부터 소매에 이르기까지 데이터에 근거한 체계적이고 과학적인 축산물이력관리가 가능해짐에 따라 한우의 시장 경쟁력이 점차 회복되기 시작했다.

이는 한우 선호도를 끌어 올려 소비를 진작시키고 한우 농가들의 소득이 상승하는 계기가 되었다. 비단 한우뿐만 아니라 다른 축산물의 소비에 있어서도 동일한 효과가 나타났다.

국내산 축산제품의 수요 증가에도 불구하고 가격이 하락하거나 보합세를 유지하여 물가안정에 기여한 것은 물론, 대통령 4년 연임제(連任制)로 헌법을 개정한 이후 최초로 치러진 대선에서 현 이 대통령의 당선에도 일조하였는데, 당시 시스템 개발과 보급을 진두지휘했던 책임자가 바로 현재의 김영식 장관이었다.

농림부 장관 집무실

집무실에 들어서는 황 차장을 맞이하기 위해 김 장관은 자리에서 일어나 발걸음을 옮겼다.

"황 차장님, 어서 오세요."

"오랜만에 뵙습니다. 장관님."

두 사람은 반갑게 악수를 나누었다.

"이게 도대체 얼마만인가요?"

"직접 뵌 지는 3년이 좀 넘은 것 같습니다."

"엊그제 같은데 벌써 세월이 그렇게 되었군요. 참 빨라요, 빨라."

김 장관의 안내에 따라 그가 상석에 앉은 후 황 차장도 소파에 자리를 잡았다.

"늦었지만 영전을 축하드립니다."

"고맙습니다. 워낙 유명한 분이시라 황 차장님 소식은 종종 듣고 있습니다."

"아직까지 저를 기억해주셔서 감사합니다."

"어떻게 황 차장님을 잊을 수 있겠어요? 얼마 전 미국에 다녀오셨다고 들었습니다."

미국 출장 사실을 아는 사람은 그리 많지 않았다. 종종 소식을 듣고 있다고 해서 예의상 해본 수사(修辭)쯤으로 여겼는데, 자신에 대한 관심을 표명한 그의 말에 진정성이 느껴지자 일이 잘 풀릴 것 같은 생각이 들었다.

"특별한 건 없었습니다. CIA 동정 좀 살펴보고 왔습니다."

축산물이력관리 시스템이 국가적인 산업기밀 사항이었기 때문에 보안 교육 대상자와 교육 일정 등을 협의하기 위해 농림부를 방문한 경험이 있었다. 이것이 계기가 되어 김 장관과 안면을 트게 되었다. 황 차장보다 일곱 살이 더 많은 공직생활의 선배였지만, 당시에는 김 장관이 지원을 받는 입장이라 황 차장을 깍듯이 대했다. 김 장관에게는 아직 그 여운이 남아 있었다.

"차는 뭘로 하시겠습니까?"

"커피 주세요. 아, 믹스커피로 부탁드립니다."

"조금 달달한 것을 좋아하시는군요?"

"제 입맛에는 믹스커피가 딱인 것 같습니다."

김 장관은 인터폰을 연결해 커피와 메밀차를 주문했다. 잠시 후 비서가 들어와 황 차장 앞 탁자에 커피잔을 내려놓고, 김 장관에게 다가오자 그가 찻잔을 받아들었다.

"또 필요한 게 있으시면 말씀해 주세요."

"그래요. 고마워요."

공손히 허리를 굽힌 후 뒤돌아서 집무실을 걸어 나가는 모습을 지켜보다가 황 차장이 말했다.

"저 비서 참 마음에 드네요."

"네? 좀 유심히 바라보신다 했더니…."

황 차장은 김 장관의 표정 변화를 살폈다. 내키지 않는 듯한 반응은 황 차장이 기대했던 것이었다.

"보통은 찻잔만 전달하면 그만인데 필요한 게 있으면 또 불러 달라, 이렇게 말하는 비서는 흔치 않거든요. 이 점이 마음에 든다는 얘기였습니다. 역시 장관님은 인덕이 있으세요."

김 장관은 금세 환한 미소를 지었다.

"그런 거였어요? 아이고 어쩐지…. 제가 인덕이 있다기보다도 우리 양 비서가 소양을 갖춘 탓이겠죠."

"그게 다 장관님이 훌륭하시기 때문입니다. 용장 밑에 졸장이 없다고, 다른 농림부 간부들도 장관님 같을 거라는 생각이 듭니다."

정보를 얻어가려는 사람답게 호감을 살 만한 말들을 늘어놓았다.

"아이고, 별 말씀을요. 과찬이십니다."

흰머리가 조금 늘었다는 것 외에 그의 말투나 태도는 특별히 달라진 게 없었다. '아이고'라는 감탄사를 즐겨 사용하는 언어습관도 예전과 같았다. 김 장관을 띄워줄 소재가 한 가지로는 부족하다고 생각했는데, 마침 양 비서가 고민거리 하나를 덜어준 셈이었다. 잔을 들어 한 모금을 마시고 다른 화제를 꺼냈다.

"농림부는 요새 좀 어떻습니까?"

말이 떨어지기가 무섭게 김 장관이 손을 내저었다.

"아휴. 말도 마세요. ASF 때문에 아주 골치가 아파요. 아직까지 바이러스 유입 경로가 밝혀지지 않았고…."

황 차장 자신도 작금의 농림부 현안을 잘 알고 있었다. 이는 김 장관을 추켜세우기 위해 미리 염두에 두었던 질문이었다.

"국무회의에서 대통령께서도 이 문제를 언급하셨다고 들었습니다. 장관님이 계시니 곧 안정을 되찾겠지요. 우리나라 최고의 농업전문가 아니십니까."

"허허. 황 차장님이야말로 국정원의 신화지요."

"아닙니다. 장관님에 비하면 저는 아직 갈 길이 멉니다."

"아이고, 그런 말씀 마세요."

손을 내저은 것과는 달리 표정은 싫지 않아 보였다. 그런데 찻잔을 들어 한 모금을 마신 후에는 금세 수심이 드리워졌다.

"지금 상황이 좀 우려가 되기는 합니다. 대통령님도 걱정이 많으시고요. 하루라도 빨리 농가들 시름을 덜어드려야 할 텐데… 흠…"

황 차장은 자신의 목적을 달성하기 위해 그럴듯한 말로 치장했지만, 김 장관은 본연의 품성이 타인을 존중하고 인정하는 습관이 몸에 밴 사람이었다. 이 시점에서 근심 어린 표정을 지은 것도 농가들의 마음을 헤아릴 줄 아는 진심에서 우러나온 것이었다.

"너무 염려하지 마십시오. 잘 해결될 겁니다."

"그래야지요. 황 차장님 말씀을 들으니 힘이 납니다."

"헌데, 우리 비서분은 제가 커피 주문한 걸 어떻게 알았죠?"

"그건 제가 커피를 안 마셔서 그래요. 메밀차가 콜레스테롤을 낮추고 당뇨에도 좋다고 합디다. 요즘 즐겨 마시고 있습니다. 더군다나 국산이기도 하고요. 농림부장관이 외산 커피를 마신다면 그것도 이상한 일이잖아요."

무심코 커피를 즐겨 마신 자신의 평소 습관을 되돌아보게 하는 말이었다. 그리고 그는 누구보다도 장관직에 오를 자격이 충분했다. 게다가 한참 후배에게까지 예를 갖춰 정중하게 대하는 모습은 존경받을 만한 일이었다. 이때까지만 해도 황 차장은 감성이 메마른 사람이 아니었다. 이런 생각으로 대꾸를 못하고 있었는데, 별안간 김 장관이 당황한 기색을 보이며 입에 대려다 말고 급하게 찻잔을 내려놓았다.

"아이고, 죄송합니다. 제가 실례를 범했네요. 커피를 주문하신 분 앞에서…"

황 차장은 손사래를 쳤다.

"아닙니다. 공직자라는 사람이…. 제가 부끄럽습니다."

"아이고, 당치 않으십니다."

김 장관은 미안한 마음에 화제를 전환해야 한다는 생각이 들었다.

"축산물이력관리 시스템이 궁금하다고 하셨지요?"

"네. 다른 분야에도 응용할 수 있다면 좋겠다 싶어서…"

"그럼 저 쪽으로 자리를 옮기시지요."

김 장관이 회의 테이블을 가리키자 황 차장은 어리둥절해 했다. 인쇄물이나 건네주면서 그에 따른 설명을 할 줄 알았는데, 자리를 옮긴다는 건 빔 프로젝터(Beam Projector)를 활용하겠다는 뜻이었다. 실제로 회의 테이블 옆 의자에 앉자마자 스크린을 내리고 프로젝터를 작동시켰다. 처음 전화를 연결했을 때부터 김 장관을 한껏 추켜세운 것이 역시나 효과가 있었다는 생각이 들었다.

"오! 이렇게까지 신경을 써주시고 몸 둘 바를 모르겠습니다."

"다른 분도 아니고 황 차장님이 직접 왕림하셨는데 소홀히 할 순 없지요. PT 자료는 따로 전해드리겠습니다. 추가로 더 필요한 자료가 있으시면 언제든 연락주세요."

"감사합니다."

"……"

대한민국 정부가 수립된 후 군 조직과 각 정부 기관마다 독자적인 정보활동을 전개하였다. 이 때문에 업무의 중복, 정보자산 발굴의 비전문성과 그로 인한 한계성, 그리고 대통령에게 선제적으로 정보를 제공하려는 부처 간 과당경쟁 등 다양한 부작용 초래는 물론, 그릇된 판단을 유발하는 사례가 있었다.

이러한 문제점들을 극복할 수 있도록 국가 차원의 통합된 정보기구의 필요성이 제기되기 시작해 1961년 '국가재건최고회의(國家再建最高會議)'의 직속 기구로 국정원의 모태인 '중앙정보부(中央情報部)'가 탄생하기에 이르렀다. 권력자의 최측근이 중앙정보부장에 임명되어 출범 초기부터 강력한 영향력을 가진 정부 기관 중 하나가 되었다.

반혁명 세력과 간첩색출, 국가안보 관련 정보활동 외에도 정치개입, 사건 조작·은폐, 민주화 세력 탄압에 앞장서는 등, 독재 정권의 시녀(侍女) 역할을 해왔다는 비판을 받게 되자 그간의 부정적인 이미지를 불식시키기 위해 중앙정보부를 '국가안전기획부(國家安全企劃部)'로 개칭하고 쇄신의 노력을 기울이는 듯하였으나, 안기부 또한 과거 중앙정보부 시절의 인권탄압과 반민주적, 탈법적 활동을 완전히 떨쳐버리지는 못했다.

'국민의 정부'에서 '국가정보원(國家情報院)'으로 개칭된 이후에도 강력한 정보기관으로서의 역할에만 충실할 수 있도록 몇 차례 개혁적인 시도가 있었으나, 과거 의혹에 싸인 사건들의 진실을 규명하는 등 많은 성과에도 불구하고 현 정부가 들어서기까지 정치인과 민간인 사찰(伺察), 선거 개입, 특수활동비 유용 등 부조리 의혹은 계속해서 불거져 나왔다. 이 때문에 일각에서는 국정원 조직의 축소나 무용론(無用論)이 제기되기도 했다.

하지만 대통령 직속기관으로서 정권을 유지하기 위한 친위부대 성격의 공작 활동에 유용할 뿐만 아니라, 독점에 가까운 정보제공의 원천인 국정원은 여전히 최고 권력자와 불가분의 관계에 놓여 있었다.

한편, 국정원 조직이 외부에 잘 드러나지 않으면서도 활발한 정보활동이 가능했던 배경에는 국가 안보와 국민 보호를 위해 소리 없이 헌신하고, 자유민주주의 체제를 수호해야 한다는 무명 요원들의 투철한 사명감과 애국심이 있었다. 또한 신의와 명예를 지키고 비밀유지와 보안을 중시하는 기관 고유의 특성이 국가발전에 기여한 측면이 있었다.

그러나 상명하복(上命下服)의 불문율에 기인하여 옳고 그름에 관계없이 상사에게 충성하는 것이 마치 국가를 위해 충성을 다하는 것으로 인식되어 온 구태적인 문화가 중앙정보부가 출범한 지 정확히 70돌을 맞이하는 현시점에서도 여전히 관행으로 남아 있었다.

그러한 관행을 바탕으로 화폐개혁안, 좀 더 정확하게는 '화폐 없는 상거래 방안'이 논의되면서부터 이를 매개수단으로 하여 권력의 심장부로 다가서려는 움직임이 일기 시작했다.

국정원장 집무실

"원장님, 축산물이력관리 시스템 아시죠?"

"몇 해 전에 농림부가 도입한 거 말이야?"

"네. 그렇습니다. 이 시스템이 해법이 될 수 있습니다."

윤 원장은 잠시 기억을 더듬었다.

"음. 그때 일이 생각나는구먼. 농림부의 핵심과제였지 아마? 당시 대통령께서 특별히 보안 교육을 잘 지원하라고 당부한 적이 있었어. 우리 요원들을 파견하기도 했고. 그러고 보니 자네가 담당하지 않았었나?"

황 차장은 웃으면서 말했다.

"맞습니다. 그래서 제가 축산물이력관리 시스템을 기억하고 있었습니다."

"그게 또 이렇게 연결이 되는구먼."

"이미 개발된 기술을 적극 활용한다는 측면도 있고, 산업기밀을 보호한다는 명분이 있기 때문에 국정원 업무와도 무관하지 않은데다가 화폐를 없애는 일에는 이 시스템을 응용하는 것이 제격입니다."

황 차장은 보고서를 내밀었다.

"자네가 포인트를 제대로 짚었어. 어떤 일이든 명분이 있어야 하네. 어디 보세."

윤 원장은 보고서를 손에 들고 한 장 한 장 꼼꼼히 읽어 내려갔다. 황 차장을 신뢰하면서도 화폐를 없앤다는 것이 결코 쉬운 일이 아니기 때문에 이전까지는 반신반의(半信半疑)의 심정이었으나 보고서를 읽는 내내 만족스러운 표정으로 고개를 끄덕였다.

"아이디어 자체는 아주 획기적이야!"

윤 원장의 반응에 고무된 황 차장은 조금은 들뜬 어조로 말했다.

"주민등록증, 운전면허증, 신용카드를 대체하고 불법 자금이나 지하경제 문제도 모두 해결할 수 있습니다. 한 해 경제적 가치가 수십조 원이 됩니다. 마다할 이유가 없을 것 같습니다."

"자네 말마따나 그렇게만 된다면 이보다 더 좋을 순 없겠어. 내 보기에 국민들 저항을 어떻게 무마할지가 관건이구먼."

"순기능을 내세워 정부가 강하게 밀어붙이면 국민들이야 따라올 수밖에 없지 않겠습니까?"

"그러려면 대통령을 설득시키는 게 우선인데, 워낙에 인권을 강조하시는 분이라 과연 승인을 하실지 그게 좀…."

이전과는 달리 윤 원장이 회의적인 태도로 돌아서자 황 차장은 조급한 마음을 드러냈다.

"원장님, 일단은 대통령께 보고하고 만약 거절하시면 나중에라도 재가를 받아낼 다른 대책을 강구해보는 것이 어떻겠습니까? 화폐를 없앨 경우, 한 해 가치가 무려 수십조 원입니다. 보고서에는 언급하지 않았습니다만, 이 돈을 재투자하면 머지않아 4대 경제 대국 반열에도 들 수 있습니다."

그러자 윤 원장이 놀랍다는 표정을 지었다.

"4대 경제 대국?"

세계 최빈국(最貧國)으로 전락하여 쥐가죽이나 머리카락을 수출하던 대한민국이 전쟁의 폐허와 자원 불모지라는 악조건을 딛고 일어서서 종전 이후 불과 30년이 지난 시점에 세계 20위권의 경제성장을 이룩한 것은 가히 맨주먹의 기적이라고 평가할 만했다.

외환위기로부터 촉발된 굴욕적인 IMF 구제금융 요청, 금리폭등, 기업도산과 대량실직 등, 국가부도사태의 시련기를 거쳤음에도 불구하고 세계 9위의 경제 대국으로 발돋움한 것 또한 제 2의 기적이나 다름이 없었다.

그런데 황차장은 도저히 불가능할 것 같은 제 3의 기적을 만들어낼 수 있다고 보고하고 있는 것이다. 실현 가능성 여부를 떠나 정부기관의 수장이라면 누구에게나 구미(口味)가 당기는 일인 것만은 분명했다.

윤 원장은 '4대 경제 대국'을 되뇌었다. 아울러 화폐를 없앰으로써 얻을 수 있는 경제적 효과 뿐만 아니라 자신이 누릴 수 있는 부가적인 이득까지 따져보느라 잠시 동안 침묵을 지켰다. 황 차장에게는 이러한 속내를 내비치지 않았다. 대통령 승인문제는 나중에 해법을 찾기로 하고 이윽고 심지(心志)를 굳혔다.

"그렇게 하세. 우리가 언제 4대 경제 대국을 꿈이나 꿔봤겠나. 장점이 이렇게 많은데 대통령이라고 설득 못할 건 없겠지. 안 되면 무슨 수를 써서라도 되게 만들어야 하는 거고."

그제서야 황 차장의 얼굴 표정이 밝아졌다.

"네, 맞습니다."

자신이 기안(起案)한 일인 만큼 혹시라도 윤 원장이 반대입장을 취할까 봐, 처음 보고서를 내밀 때부터 내심 조바심이 있었다. 대화 도중 한 차례 실망감이 들기도 했지만, 다행히 윤 원장이 강한 의지를 드러내자 마음이 놓였다. 서로가 내색을 자제하는 가운데 황 차장 역시 셈법은 윤 원장과 별반 다르지 않았다.

윤 원장은 다시금 보고서를 손에 들고 페이지를 넘겼다.

"연구소 이름이… 여기 있구나. 생체과학연구소. 당시 개발 책임자가 김순호 박사하고 장민수 박사란 말이지. 두 사람을 한번 데려오게. 내 직접 얘기를 들어보고 대통령께 보고하겠네."

"알겠습니다."

"……"

국가경영이나 기업경영을 위한 정책 입안에 있어서 최우선적으로 검토해야 하는 것이 인권침해 논란이 발생하지 않도록 하는 일이다. 다시 말해 인권 문제가 대두되는 사안은 아무리 장점이 많은 것이라 해도 애초부터 정책 수립 자체를 고려해서는 안 된다는 것이다. 서슬 퍼런 공권력의 칼날이 국민을 억압하는 독재 정권 치하가 아닌 이상, 인권 문제가 대두되면 그 큰 산을 넘어서기가 결코 쉬운 일이 아니기 때문이다.

위력(威力)으로 밀어붙인다 해도 시민 의식이 성숙한 민주사회에서는 끊임없는 저항에 부딪히게 될 것이 자명하다. 심각한 부작용과 사회적·경제적 손실을 감당해야 하는 만큼, 겉으로는 그럴듯해 보이는 정책이 결국에는 실패로 막을 내리게 될 가능성이 높다.

윤 원장은 그 사실을 잘 알고 있었지만, 아직까지 드러내지 않은 그의 야심이 그릇된 판단으로 이끌었다.

의사결정권자의 눈을 흐리게 하고 잘못된 결정을 내리도록 부추기는 것은 조직에 해를 끼치는 행위가 분명하다. 설상가상으로 대통령이나 국가 기관의 수장이 그릇된 판단을 하고 있을 때, 아무런 문제의식 없이 상명하복의 관행을 그대로 따른다면 이는 자칫 국가 전체를 나락(奈落)에 빠지게 함으로써 더욱 불행한 결과를 낳을 수 있다.

겉으로는 두 사람 모두 장점으로 포장한 당위성(當爲性)을 내세우고 있지만, 상사의 눈을 흐리게 하고 또 상사의 잘못된 의사결정에 동조하는 상황과 맞물려 각자의 사욕(私慾)에 눈이 먼 이날의 모의(謀議)가 장차 어떤 위험한 사태를 초래하게 될지는, 지금의 이들에게는 관심 밖의 일이었다.

생체과학연구소

"세부 추진 계획을 다음 주 화요일까지 제출해주시고 다른 의견이 없으시면 오늘 회의는 박수로써 마치겠습니다."

짝짝짝!

회의 참석자들이 손뼉을 쳤다. 김 박사는 자신의 사무실로 돌아왔다. 회의가 진행되는 동안 휴대폰 전원을 꺼두었는데 전원을 넣으니

미수신 전화번호가 찍혀 있었다. 잠시 망설이다가 통화버튼을 눌렀다.

-김순호 박사님?

"네, 김순호입니다. 부재중 전화가 와 있어서요."

-국정원의 황 차장입니다.

김 박사는 자신의 귀를 의심했다.

"국정원이라고요?"

-네, 그렇습니다. 이렇게 전화로 먼저 인사를 드리게 되네요.

"그런데 제게 무슨 일로…."

-나쁜 일은 아니니 안심하시고요. 김 박사님께서 축산물이력관리 시스템의 개발자시더군요. 저도 이 시스템 건으로 농림부와 보안문제를 협의한 적이 있었는데, 아쉽게도 그때는 김 박사님을 뵙지 못했습니다.

"아, 그러셨군요. 저희 시스템에 관여하셨다니 반갑습니다."

-실은 바이오코드와 관련해서 김 박사님과 장 박사님을 모시고 고견을 듣고자 연락을 드렸습니다."

"저희가 국정원에 협조해야 할 일이 있다는 말씀이신가요?"

-그렇습니다. 조만간 국정원으로 한번 모시겠습니다. 장 박사님께도 제가 연락을 드리겠습니다. 기밀사항이니 국정원과의 접촉사실은 비밀로 해주십시오.

김 박사는 잠시 다른 생각을 하느라 제때 응대하지 못했다.

-김 박사님?

"네, 말씀하세요."

-장 박사님 외에는 제가 전화했다는 사실을 비밀로 해주셔야 합니다.

"알겠습니다."

-질의할 내용은 미리 보내드리도록 하겠습니다.

"네. 받아보는 대로 검토해보겠습니다."

"……."

통화하는 내내 느낌이 좋지 않았다. 국정원에서 무슨 이유로 바이오 코드에 관심을 갖는 건지. 전화를 끊은 후에도 개운치 않은 여운이 가시지 않았다. 얼마 지나지 않아 장 박사로부터 전화가 왔다.

-선배님, 국정원에서 연락 받으셨어요?

"응. 조만간 부르겠다고 하던데."

-우리 바이오코드가 국정원하고 무슨 관련이 있을까요?

"나도 그게 좀 이상해. 일단 질의서를 받아보고 생각해 보자."

-네. 그렇게 하시죠.

"……."

윤 원장이 확고한 추진 의사를 밝힌 이상, 황 차장은 이 기회를 놓치고 싶지 않았다. 만약 대통령의 승인을 이끌어낼 수만 있다면, 자신이 기안한 일인 만큼 윤 원장의 절대적인 신임을 얻는 것은 물론 추가적으로 염두에 두었던 일까지 실현 가능할 수 있을 것으로 판단했다.

이 때문에 하루 속히 대통령의 승인을 받아내야 한다는 조급증이 생겼다. 더욱이 본인이 손을 쓸 수 있는 부분에 대해서는 촌각(寸刻)이라도 지체할 이유가 없었다. 일차적으로는 윤 원장과 두 박사의 만남을 조기에 매듭지어야 했다. 자신이 직접 질의서를 작성하여 서 국장에게 건네고 생체과학연구소를 방문하도록 지시했다.

"미리 연락을 드렸어야 하는데 불쑥 찾아와서 실례가 아닌지 모르겠습니다."

"괜찮습니다. 정부가 하는 일이라면 협조해야지요."

"프로젝트도 소개하고 질의서도 전달해드릴 겸 본격적으로 일이 시작되기 전에 먼저 두 분께 인사를 드리는 게 도리가 아닌가 싶어 이렇게 방문하게 되었습니다. 그때는 아무래도 저하고 소통해야 할 일이 많을 겁니다. 혹시 차영도 국장을 아십니까?"

"아, 성함이 기억납니다. 여전히 국정원에 계시는군요. 그때는 과장님이셨던 것 같은데…"

"그랬을 겁니다. 두 분께서 축산물이력관리 시스템 개발에 참여하시는 동안 보안 교육 담당이었죠. 나중에 다른 직원하고 직무를 바꾸기는 했지만 그 친구가 제 동기입니다. 차 국장을 통해 두 분에 대한 말씀을 많이 들었습니다. 앞으로 잘 부탁드리겠습니다."

서 국장이 고개를 숙이자 두 사람도 호응하여 답례했다. 그는 본론에 들어가기에 앞서 주제와는 관련이 없는 가벼운 소재를 꺼내 부드럽게 대화를 이끌어가고 싶었다.

"연구소 분위기가 차분하군요. 김 박사님 방에 들어설 때까지 너무 조용해서 조금은 의외였습니다."

"처음 오시는 분들은 그렇게 생각하실 수도 있을 것 같습니다. 순간순간 집중해야 할 일이 있기 때문에 직원들이 서로에게 방해되지 않으려고 조심하는 편입니다. 아마 다른 연구소도 비슷할 겁니다."

"하긴 그렇겠군요. 연구라는 게 고도의 집중력을 요하는 일인데 주변이 어수선하면 일이 진행되기 어렵겠죠. 제가 좀 어리석은 생각을 한 것 같습니다."

"아닙니다. 식기 전에 차 드시지요."

여태 한번도 찻잔을 들지 않아 김 박사가 찻잔을 가리키며 권했다.

서 국장은 그제야 한 모금을 마신 후 찻잔을 내려놓고 말을 이었다.

"두 분께서 중요한 일에 몰두하고 계실 때 훼방을 놓은 건 아닌지 모르겠습니다."

찾아온 손님에 대한 예의상 부담을 갖지 않도록 김 박사가 웃으면서 말했다.

"그렇지 않아도 장 박사하고 차 한 잔 하면서 머리를 식히려던 참이었습니다. 덕분에 골치 아픈 일을 잠시 내려놓을 수 있게 돼 오히려 좋습니다."

"그렇게 생각하신다면 저야 감사한 일이고요. 혹시 우리 프로젝트에 대해 들은 게 있으신가요?"

서 국장은 본격적으로 자신이 방문한 목적에 대해 얘기를 꺼내기 시작했다.

"바이오코드와 관련이 있다는 것만 알고 있습니다."

"실제로 화폐개혁을 단행할지 아직 확정된 것은 아닙니다만, 정부가 화폐개혁안을 준비하고 있습니다."

김 박사와 장 박사는 서로의 얼굴을 바라보며 뜻밖이라는 표정을 지었다.

"방금 화폐개혁이라고 하셨나요?"

"그렇습니다. 좀 더 정확히 말씀드리면 바이오코딩 시스템을 통해 신분을 확인하고 화폐 없이 상거래가 가능하도록 하는 일입니다."

"네?"

김 박사는 자신의 귀가 의심스러워 되물었다.

"그건 국민들에게 바이오코드를 새기겠다는 뜻입니까?"

"네. 맞습니다."

그러자 두 사람은 몹시 당황스러워했다. 바이오코드를 연구해온 자신들조차 여태까지 사람 몸에 바이오코드를 적용하는 일을 상상해본 적이 없었기 때문에 서 국장의 얘기가 충격적으로 다가왔다. 이번에는 조심스럽게 의견을 제시했다.

"죄송합니다만, 인권침해 문제가 제기될 수 있어서 과연 현실적으로 가능할지 조금은 의문이 듭니다."

"기술적으로는 문제없으시죠?"

"네. 이론적으로는 그렇습니다."

"그거면 충분합니다. 바이오코드를 새기는 일은 걱정하지 않으셔도 됩니다. 그 문제는 저희가 알아서 처리할 거고…"

대수롭지 않다는 듯이 서 국장의 말투나 얼굴 표정에는 별다른 변화가 없었다. 그런 태도가 더욱 의구심을 자아냈다. 서 국장은 계속해서 말을 이었다.

"박사님들은 기술적으로만 잘 대비해주시면 됩니다. 이 분야 최고의 전문가분들이라 저희 입장에서도 큰 문제는 없을 거라고 생각합니다만, 그래도 두 분께서 확인해주셔야 할 사항들을 별도로 정리해보았습니다."

그는 가방에서 서류 봉투를 꺼내 질의서 한 장을 김 박사에게 내밀었다. 김 박사는 잠시 내용을 훑어본 후 장 박사에게 건넸다. 국정원의 시도가 무모한 일이라는 판단에는 여전히 변함이 없었다. 자신의 뜻이 제대로 전달되지 않은 것 같아 장 박사가 질의서를 살펴보는 동안 다시 한번 의견을 말했다.

"국장님도 잘 아시겠지만, 인권 문제는 결코 소홀히 다룰 수 있는 사안이 아닙니다. 정부가 강압적으로 밀어붙인다고 해서 해결될 일이 아니라는 거죠. 국민들이 반대할 게 눈에 훤히 보이는데 그걸 알면서도 강행한다는 건 무리가 있다고 생각됩니다. 이건 학자적 양심을 걸고 말씀드리는 겁니다. 결국 국민들 저항에 부딪혀서 실행에 옮기기가 쉽지 않을 수 있습니다."

예상치 못한 반응에 난감해진 서 국장은 그럴듯한 핑계거리를 찾느라 잠시 머뭇거리다가 윤 원장을 떠올렸다.

"그런 문제도 원장님께 허심탄회하게 말씀하시면 됩니다. 당신이 타당하다고 여기시면 두 분 의견을 적극 수용하실 겁니다."

"알겠습니다."

사자(使者)의 직분에 충실할 뿐, 그가 의사결정권자가 아니기 때문에 김 박사는 이에 수긍하고 더 이상은 문제를 제기하지 않았다. 대화가 길어질수록 자신에게 이로울 게 없다고 판단한 서 국장은 오늘의 방문에 관한 자신의 역할을 신속하게 마무리 짓고 싶었다.

"원장님께서는 내일 오후 두 시에 뵙기를 청하십니다. 그때 시간이 어떠신가요?"

김 박사는 장 박사의 얼굴을 바라보았다. 장 박사가 고개를 끄덕이자 미팅 시간에 동의했다. 서 국장은 일사천리(一瀉千里)로 준비된 얘기를 꺼냈다.

"그럼 두 분을 모실 차량을 한 시까지 연구소로 보내겠습니다. 질의서의 각 항목들에 대한 답변을 준비해 오시면 됩니다. 국정원에 도착하면 먼저 황 차장님과 면담을 나누시게 될 겁니다. 그 시간을 감안해서 조금 여유 있게 연구소 출발 시간을 잡았습니다. 이후에 원장님과 질의응답 시간을 갖게 될 겁니다. 궁금하신 사항은 언제든 저한테 연락을 주시면 됩니다."

"무슨 말씀인지 잘 알겠습니다. 근데…"

장 박사는 머리를 긁적였다.

"네, 말씀하세요."

"이건 정말 궁금해서 여쭤보는데요. 왜 국정원에서 화폐개혁에 관여하고 있는 건가요?"

질문을 예상하고 있었다는 듯이 서 국장의 입가에 미소가 그려졌다.

"원장님이 기재부 출신이기도 하시고, 아시다시피 이런 일은 비밀유지가 무엇보다도 중요합니다. 비밀유지 하면 또 국정원이 아니겠습니까. 하하. 두 분께서도 잘 협조해주실 것으로 믿고 있겠습니다. 누구한테도 이 프로젝트를 언급하시면 안 됩니다. 저희가 얘기하기 전에는 김동욱 소장님께도 비밀로 해주실 것을 부탁드립니다."

김 박사는 김 소장이 알면 안 되는 이유가 아리송했으나 서 국장이 급하게 일어서려는 모습을 보이자 묻지는 않았다.

"자 그럼, 다음에 또 뵙겠습니다."

세 사람은 악수를 나누었다. 그는 출입문을 향해 걸음을 떼다 말고 몇 마디를 덧붙였다.

"제가 깜빡했습니다. 차영도 국장한테도 모르는 일로 해주십시오."

"알겠습니다."

"……"

서 국장이 떠난 후 김 박사와 장 박사가 마주 보고 앉았다.

"사람에게 바이오코드 새기는 일을 아무렇지도 않게 얘기하길래 깜짝 놀랐어요. 국정원이 제정신이 아니고서야 어떻게 이런 발상을 할 수 있죠?"

서 국장한테는 속내를 내비치지 않았지만 장 박사 또한 김 박사와 같은 고민을 하고 있었다.

"상식적으로는 도무지 이해가 안 되는 일이야. 대통령 승인을 받아야 할 텐데, 어차피 그분이 재가할 이유가 없어."

"그렇죠? 그냥 해프닝으로 끝나겠지요?"

"그럴 것 같다."

"질의서는 어떡할까요?"

"정부 기관에 사실과 다른 말을 할 순 없잖아. 있는 그대로 얘기하고 부적절한 부분에 대해서는 우리 의견을 제시하면 되겠지. 일단 답변을 준비해 보자."

"네. 그래야겠네요."

"헌데…"

김 박사는 말을 꺼내다 말고 잠시 머뭇거렸다. 서 국장과 헤어진 후에도 여전히 풀리지 않는 의문이 있었다.

"다른 거 또 준비할 게 있나요?"

"그게 아니라, 소장님한테는 왜 비밀로 하라는 걸까? 소장님 승인 없이는 우리 맘대로 할 수 있는 일이 아닌데 말이야."

"아, 저도 궁금하긴 했어요. 곰곰 생각해보니 지금 상태로는 국정원에서 소장님이 반대하실 걸로 판단한 것 같아요. 그래서 소장님을 전향적으로 만들려면 뭔가 대책이 필요하고 시간도 필요하겠지요. 그런데 소장님이 실제로 반대 성향이 강하시다면 국정원에 말려들지 않으려고 대비를 할 겁니다. 영 아니다 싶을 때는 언론에 제보할 수도 있고요. 이런 상황에서는 아무래도 소장님의 눈과 귀를 가리는 것이 국정원에 유리하지 않겠어요? 우리야 어차피 개발 당사자들이니까 반대를 하든 안 하든, 자기네 프로젝트를 알려야 하는 거지만."

"그렇구나. 네 말이 맞는 거 같다. 그럼 국정원에서 이미 소장님 성향까지 파악했다는 거니?"

장 박사는 당연하다는 듯이 웃으면서 말했다.

"그럼요. 화폐개혁이야말로 국가 대사잖아요. 아까도 비밀유지 강조하는 거 보세요. 비밀을 유지하려면 화폐개혁 자체만으로도 프로젝트 관계자들이 과연 믿을 만한 사람들인지 인적사항을 조사할 수밖에 없을 거고, 더군다나 바이오코딩은 인권침해 문제가 제기될 수 있는 일이라 소장님이라면 충분히 못하겠다고 버틸 수 있을 겁니다. 국정원이 어떤 곳인데 성향도 파악 안 해보고 섣불리 접근하겠어요? 제가 보기에 아마 소장님에 대해서는 별도로 대책을 논의하고 있을 겁니다. 그래서 자기네들이 얘기하기 전까지는 함구해달라는 거고요. 대책이 서면 그때는 얘기해도 좋다고 하겠지요."

의문점이 풀렸다는 듯이 김 박사는 고개를 끄덕이며 만족스런 눈빛을 실어 보냈다.

"역시 장 박사야. 듣고 보니 그러네."

"아이참, 선배님도…. 조금만 생각해보면 답이 나와요."

"그런가? 흐흐."

김 박사는 옅은 웃음소리와 함께 멋쩍은 미소를 지어 보였다.

"혹시라도 소문이 퍼지면 주식이나 부동산 투기 열풍도 문제지만, 그보다는 인권 문제가 치명적인 약점이 될 수 있기 때문에 언론에서 떠들어대기 시작하는 순간 이 프로젝트는 물 건너 가는 겁니다. 국정원이 그걸 모를 리가 없고요."

그러자 김 박사의 얼굴에 수심이 드리워졌다.

"다 맞는 말이기는 한데…."

"왜 그러세요?"

김 박사는 한숨을 내쉰 후 말을 이었다.

"갑자기 좀 무섭다는 생각이 든다. 너하고 나에 대해서도 조사가 끝났다는 얘기잖아."

"그랬을 거예요."

잠시 생각에 잠기더니 여전히 심란한 표정으로 말했다.

"그럼, 우리가 프로젝트에 참여 안 하겠다고 하면 국정원이 어떻게 나올까? 그냥 '알겠습니다.' 하고 순순히 물러설까?"

말이 떨어지자마자 장 박사가 손을 내저었다.

"아이고, 신경 쓰지 마세요. 선배님 말씀대로 어차피 대통령이 승인할 이유가 없잖아요."

"그래. 그럴 리가 없겠지. 헌데 지금 상황을 곰곰 따져보니까 우리가 생각하는 것처럼 그렇게 단순한 문제가 아닌 거 같아. 국정원에 똑똑한 사람이 어디 한둘이겠어? 바보들이 아닌 이상, 전혀 가능성이 없는데 얼토당토않은 일에 매달릴 이유가 없다 이거지."

그러자 장 박사의 얼굴 표정에서 웃음기가 사라졌다.

"그러고 보니 선배님 말씀에도 일리가 있네요."

장 박사는 김 박사 의견에 수긍하고 자신도 고민에 빠져들었다. 하지만 아직 일어나지 않은 일을 두고 괜한 근심을 안겨줄 것 같아 대화가 이어지는 동안은 일부러 내색하지 않았다.

"만약에 말이야, 대통령이 승인을 하게 되면 우린 어떻게 해야 하지?"

"글쎄요. 그건 좀 더 숙의를 해봐야겠는데요."

"신상을 털어서 협박이라도 하는 거 아닌지 몰라."

처음엔 성사될 수 없는 일이라고 단언했으나, 불현듯 국정원이기에 가능할 수도 있겠다는 생각이 들었다. 자신이 무모하다고 판단했을 때는 국정원 또한 같은 판단을 내렸을 것이다. 그럼에도 불구하고 프로젝트 추진을 강행한다는 것은 대통령이 거절하는 상황을 비롯하여 주변의 반발을 무마시킬 복안(腹案)이 이미 서 있거나, 혹 나중에라도 대처가 가능하다는 의미이기 때문에 이것이 후일에 대한 우려를 자아냈다.

"국민의 심부름꾼을 자처하는 공무원들이 설마 그렇게까지 불법적인 일을 하지는 않겠지요."

"그렇지?"

"네. 너무 걱정하지 마세요. 그럴 일은 없을 거예요."

김 박사는 애써 불길한 생각을 지우려고 했다. 그리고 장 박사의 말이 조금은 위안이 되었다.

"그래. 국정원을 믿을 수밖에…. 아무튼 비밀로 하라고 하니 당분간은 함구하고 있자."

그때 인터폰 벨이 울렸다. 김 박사는 자리에서 일어나 데스크 쪽으로 발걸음을 옮겼다.

"소장님, 말씀하십시오."

-김 박사, 시간 되면 지금 내 방으로 올 수 있을까요? 잠깐 얘기 좀 나눕시다.

"네. 곧 가겠습니다. 따로 준비해 갈 게 있습니까?"

-그런 건 아니고, 뭐 좀 확인할 게 있어서 그래요.

"알겠습니다. 바로 가겠습니다."

장 박사도 두 사람의 대화를 들었다.

"소장님이 무슨 일로 부르는 걸까요?"

"그러게. 지난번 회의 시간에 얘기한 것 말고는 특별한 이슈가 없는데. 국정원에서 방문한 사실을 알고 계시나?"

"방문객 명단을 확인하지 않은 이상은…. 글쎄요."

"아, 경비실에서 보고했을 수도 있겠다. 국정원이 일반기업도 아니고…."

"그러네요."

"소장님이 물어보시면 뭐라고 하지? 갑자기 고민되네."

장 박사는 자리에서 일어나 몇 걸음을 뗀 후 말을 꺼냈다.

"방문 사실을 전혀 모르신다면 함구해도 되겠지만, 알고 계시다면 굳이 소장님께 비밀로 할 필요는 없을 것 같습니다. 어차피 프로젝트 참여 여부는 소장님이 결정하실 일이니까요."

"그래, 네 말이 맞다."

두 사람은 이내 사무실을 나섰다.

김 박사가 소장실에 들어서자 김 소장이 반갑게 맞이하여 자리에 앉았다.

"차 한 잔 하시겠어요?"

"괜찮습니다. 오늘 벌써 몇 잔을 마셨습니다."

"그래요."

김 소장은 어려운 부탁이라도 할 것처럼 잠시 망설였다.

"제게 하실 말씀이…"

"김 박사가 애써준 덕에 회사가 이만큼 성장했고, 직원들 급여도 넉넉하게 줄 수 있었습니다. 그 점은 고맙게 생각하고 있어요."

이 얘기를 하려고 자신을 부른 것 같지는 않았다. 직원들 급여를 언급한 것은 자금 사정과 관련이 있다는 생각이 들었다.

"아닙니다. 소장님이 회사를 잘 이끌어주신 덕분입니다."

김 소장은 손사래를 쳤다.

"있는 사실을 부정할 수는 없지요. 미안하기도 하고 불편한 얘기일 수도 있지만, 지금 회사가 좀 힘든 시기라 실은 하소연을 하려고 김 박사를 불렀어요."

더 이상은 말을 잇지 못한 채 여전히 주저하는 눈치였다.

"괜찮습니다. 말씀하십시오."

"그럼 터놓고 얘기하겠습니다. 김 박사도 알다시피 세포재생 연구가 기대했던 것만큼 진척이 잘 안 돼서 연구용역비로 받은 돈을 거의 다 썼어요. 이대로 가다가는 조만간 회사경영이 어려워질 것 같아요. 손 박사가 용역비 증액계약을 추진하겠다고는 하는데 상황이 녹록치가 않아요. 바이오코딩 쪽에서 돌파구를 찾든지, 다른 대책이 필요합니다."

"그렇지 않아도 고민을 좀 해보았습니다. 축산물이력관리 시스템 개발이 완료된 이후로 유지보수비를 받는 것만으로는 저희 쪽도 현상 유지조차 쉽지 않기 때문에, 보안 유지 기간을 종료시켜달라고 농림부에 공문을 보냈습니다. 지금은 답변을 기다리고 있는 중이고요. 결과가 나오면 그때 다른 추진 건하고 같이 보고를 드리려고 했습니다."

"시한이 내년 말까지인가요?"

"네. 그렇습니다. 다행히 신임 장관님하고는 안면이 있어서 즉각적인 해제는 아니더라도 어느 정도 기간 단축은 가능할 것 같습니다. 그리고 종마연구소에 우리 기술을 제안했는데, 그쪽에서 하루라도 빨리 진행을 하자고 합니다. 단지 보안 문제로 구체적인 협의를 보류해둔 상태입니다. 해외에서도 몇 군데 긍정적인 답변을 받았습니다. 만약 농림부에서 시큰둥한 반응이 나오면, 그때는 장관님을 찾아뵙고 다시 한 번 기간 단축을 요청할 계획입니다."

내내 심란해 보였던 김 소장의 표정이 금세 밝아졌다.

"듣던 중 반가운 소식이군요. 김 박사가 이렇게까지 애를 쓰고 있는 줄은 미처 몰랐습니다. 고마운 마음을 어떻게 표현해야 할지 모르겠네요. 농림부 장관이 당시 시스템개발 책임자분 맞죠?"

"네. 인품도 훌륭하시고 합리적인 분이라 너무 걱정하지 않으셔도 됩니다. 농림부 입장에서는 이미 충분히 성과를 내서 대통령 당선에도 기여했는데 더 이상은 기밀로 묶어둘 이유가 없다고 생각합니다. 더군다나 회사가 어려운 판에 정 안 되면 죽기살기로 매달려봐야지요."

그러자 김 소장이 몸을 굽혀 김 박사의 손을 덥석 잡았다. 자신의 말이 끝날 때까지 잡은 손을 놓지 않았다.

"고마워요 김 박사. 지금에서야 하는 소리입니다만, 앞으로 직원들 복지혜택을 줄이고 월급을 삭감해야 한다고 생각하니 눈앞이 캄캄했습니다. 오늘부터는 두 다리 쭉 뻗고 잘 수 있겠어요. 김 박사만 믿겠습니다."

"알겠습니다. 염려 마십시오."

"그런데 아까 국정원 직원이 방문했다고 경비실장한테 연락을 받았어요."

"네. 서 국장이라는 사람이 다녀갔습니다. 실은 비밀로 해달라고 해서 소장님이 말씀하지 않으시면 함구하려고 했는데⋯. 죄송합니다."

김 박사는 솔직히 말하고 송구함의 표시로 고개를 숙였다. 아직은 고마운 마음에 대한 여운이 남아있어 김 소장의 얼굴 표정과 억양에는 별다른 변화가 없었다.

"국정원이 우리 회사를 찾아올 일이 뭐가 있지요? 축산물이력관리 시스템이야 끝난 지가 한참 되었고⋯."

"화폐를 없앨 목적으로 인체에 바이오코드를 심겠다고 합니다."

김 소장이 당황스러워하며 별안간 목소리를 높였다.

"뭐라고요? 바이오코드를 인체에 새긴다고요?"

"네. 그래서 인권침해 문제 때문에 성사될 것 같지 않다는 의견을 전달했습니다. 그랬더니 그 문제는 국정원장한테 직접 얘기하라고 하더군요."

바이오코드 얘기를 듣는 순간부터 서서히 의기(義氣)가 꿈틀거리다가 김 소장은 결국 격한 감정을 토해냈다.

"아니, 정신 너갱이 빠진 놈들 아니에요? 어떻게 사람 몸에 바이오코드를 새길 생각을 할 수가 있어요? 국민들 세금을 이따위에 쓸 궁리나 하고. 어떤 못된 놈 발상인지 도대체…. 아무리 돈이 좋다지만, 이건 목에 칼이 들어와도 할 수 없는 일입니다."

"내일 국정원에서 차량을 보내올 예정입니다. 국정원장을 만나면 우리 생각을 전달하도록 하겠습니다."

"못하겠다고 얘기하세요. 나한테는 비밀이라고 하는 것 보니까, 지들도 켕기는 게 많은 모양이죠."

"장 박사랑 함께 다녀오겠습니다. 하지만 대통령 승인 문제도 남아 있는데, 굳이 우리가 먼저 나서서 정부 정책에 반기를 들 필요는 없을 것 같습니다. 제가 볼 때 국정원이 꼼수를 쓰지 않는 한, 대통령이 승인할 가능성이 낮습니다. 설령 승인한다 해도 그 시점에 거절해도 늦지 않습니다."

"하여튼 우리 의견을 정확히 전달해 주세요."

"알겠습니다."

"미친놈들…!"

김 소장은 계속해서 격한 감정을 여과 없이 표출했다.

'장 박사 말이 맞았어.'

역시나 국정원이 김 소장에 대해 사전 조사를 마쳤다는 심증이 굳어졌다.

"이건 진심으로 걱정이 돼서 드리는 말씀입니다. 소장님은 프로젝트 추진 여부가 확정될 때까지 이 일을 모르는 척해주십시오. 국정원에서 소장님 성향을 이미 파악한 것 같습니다. 저들이 소장님 신변에 위해를 가할 수도 있으니 그렇게 하시는 게 좋겠습니다."

"허허허."

김 소장은 아무렇지도 않다는 듯이 웃음을 지은 후 말을 이었다.

"김 박사, 걱정해주는 건 고마운데 난 두려울 게 없는 사람이오. 염려 말아요."

"소장님 심정은 충분히 이해합니다. 저나 장 박사도 소장님 생각하고 크게 다를 게 없습니다. 하지만 혹시라도 소장님이 잘못되시면 회사의 존립 자체가 위험해질 수 있습니다. 저들이 과연 생체과학연구소를 가만히 내버려 두겠습니까? 간부급들이야 그동안 벌어놓은 돈으로 살아갈 수 있겠지요. 헌데 소장님을 믿고 우리 회사에서 꿈을 키워온 어린 직원들은 상실감이 클 겁니다. 직원들과 그 가족들의 생계 문제도 생각을 해주셔야 합니다."

"아, 그렇군요. 미안해요. 내가 몹시 흥분을 해서 잠시 이성을 잃었었나 봅니다. 김 박사 의견에 따르지요."

"감사합니다."

충분히 납득을 시켰다고 생각했는데, 김 소장이 다시 한번 앙금을 토해냈다.

"그렇다 해도…! 그 팔푼이 같은 놈들한테 절대로 휘둘려서는 안 됩니다."

"알겠습니다."

'에고, 못 말릴 분이야.'

"……"

국정원 접객실

"모셔왔습니다."

황 차장은 옷매무새를 가다듬고 자리에서 일어나 출입문 쪽으로 걸어갔다.

"들어오십시오."

요원의 안내에 따라 두 사람이 접객실 안으로 발걸음을 옮겼다.

"반갑습니다. 일전에 전화 드렸던 황 차장입니다."

"처음 뵙겠습니다. 김순호라고 합니다."

"장민수입니다."

인사를 나눈 후 세 사람이 자리에 앉았다.

"시간을 내주셔서 감사합니다. 질의서는 검토해보셨지요?"

"네, 확인했습니다."

"좀 있으면 원장님이 오셔서 몇 가지 질문을 하실 겁니다. 질문은 질의서에 있는 사항일 수도 있고 아닐 수도 있습니다. 어떤 것이든 성실한 답변을 부탁드리겠습니다."

"알겠습니다."

황 차장은 서류를 뒤적이더니 신상에 관한 얘기를 늘어놓았다.

"김 박사님은 생체공학 전공이시고, 장 박사님은 통신공학 전공이시네요. 고등학교 선후배이기도 하시고. 김 박사님은 아드님이 해외 유학 중이군요. 장 박사님은 몸이 불편한 따님을 두셨고…."

두 사람은 놀란 표정으로 서로의 얼굴을 바라보았다. 어느 정도 짐작은 하고 있었지만, 민감하게 받아들일 수 있는 개인정보를 면전에서 읊어대리라고는 전혀 예상치 못했다. 더욱이 자녀들까지 언급한 것은 분명 도가 지나친 처사였다.

'아니, 이 사람이…!'

인간의 도리상 최소한 몸이 불편하다는 얘기는 꺼내지 말았어야 했다. 이는 장 박사의 제일 아린 곳을 찌른 격이었다. 순간적으로 주먹을 불끈 쥔 것을 황 차장은 알아채지 못했다. 두 사람에게는 국정원이 추진하는 일에 적극적으로 협조하지 않으면 가족을 볼모로 삼겠다는 압박처럼 들렸다.

불쾌하게 받아들일 거라는 사실을 황 차장이 모를 리가 없었다. 실제로도 압박의 의도가 깔려 있었다. 그러자 두 사람의 표정 변화를 읽고 급하게 수습하려는 듯한 모습을 보였다.

"아, 별거 아닙니다. 민간인 출입자에 대해 의례적으로 확인하는 사항입니다. 오해는 마십시오."

국정원의 관행을 알 수 없는 두 사람으로서는 그렇게 믿는 수밖에 달리 도리가 없었다. 프로젝트 참여를 강제하는 겁박(劫迫)의 수단으로 활용될 가능성을 우려하지 않을 수 없기 때문에, 내심 더 이상은 신상정보가 노출된 게 없기를 바라며 침묵으로 항변했다. 황 차장은 곧바로 화제를 전환했다.

"국정원에는 처음이시지요?"

"네. 농림부 외에 다른 정부 부처는 처음입니다."

장 박사는 일부러 농림부를 언급했다.

"덕분에 좋은 축산제품 잘 먹고 있습니다. 농림부 장관님도 두 분을 높이 평가하고 계십니다."

"감사합니다. 얼마 전에 영전하셨더군요. 김영식 장관님은 지금도 기억이 납니다. 농림부에 잠깐 파견 근무하는 동안, 저희가 야근할 때마다 너무 무리하지 말라는 말씀을 곧잘 하시고 야식을 챙겨주시곤 했습니다. 3년 가까이 프로젝트를 진행하면서 명절이면 꼭 본인이 직접 손으로 쓴 감사의 편지를 보내주셨는데 정말 인품이 훌륭한 분이셨습니다."

국정원이 불손한 의도를 갖지 않기를 바라는 심정으로 장 박사가 김 장관의 행적과 인품을 들이밀었다. 장 박사의 속내를 알아차린 황 차장의 인상이 살짝 일그러졌다가 바뀌었다. 짧은 시간이었지만 황 차장의 표정변화는 고스란히 장 박사의 눈에 포착되었다. 장 박사는 자신이 의도했던 메시지가 충분히 전달된 것으로 인식했다.

"저도 그 말씀에는 동감입니다. 김 장관님은 존경 받을 만한 분이지요. 두 분이 이 분야 최고의 권위자인데다 그런 분과 함께 프로젝트를 수행하셔서 훌륭한 결과가 나온 것 같습니다. 두 분과는 좀더 일찍 좋은 관계를 맺을 뻔했는데 결국은 이렇게 뵙게 될 인연이었나 봅니다. 만약 저희와 함께 일하시게 된다면 더욱 잘 부탁 드리겠습니다."

"알겠습니다."

두 사람은 가볍게 고개를 숙였다. 그리고 서로 간의 신경전은 이것으로 일단락되었다.

"오늘 면담 시간은 삼십 분에서 한 시간 정도로 예상됩니다. 대화 내용은 모두 녹음될 겁니다. 다른 뜻은 없고 바이오코딩 시스템을 정확히 이해하기 위한 취지이니 미리 양해를 구하겠습니다."

"네, 그렇게 하십시오."

준비가 되었음을 알리자 얼마 지나지 않아 윤 원장이 접객실에 들어섰다. 인사를 나눈 뒤 본격적으로 질의응답이 이어졌다.

"개략적인 사항은 이미 통보를 받으셨겠지만, 이렇게 두 분을 모신 이유는 화폐 없는 상거래 실현을 위해 인체에도 바이오코딩 시스템을 적용할 수 있는지 직접 들어보기 위해서입니다."

김 박사가 먼저 답변에 나섰다.

"결론부터 말씀드리면 이론적으로는 가능합니다. 수많은 스캐닝 실험을 거쳐 가축들에게 유전자 변형 등의 부작용이 없다는 것을 확인했고, 최초로 바이오코드를 새긴 가축 역시 아직까지 코드 판독에 문제가 없었습니다. 다만 사람의 수명이 가축보다는 훨씬 길고 바이오코드를 새긴 부위에서 피부병이나 피부암, 그 밖에 상해로 인한 피부조직의 변형 현상이 가축보다는 다양하게 나타날 수 있기 때문에 이 문제를 보완할 필요가 있습니다. 바이오코드를 다른 부위에 다시 새기거나, 아니면 처음부터 여러 부위에 바이오코드를 새기는 것이 방안이 될 수는 있습니다."

"인체의 아무 데나 바이오코드를 새길 수 있다는 말씀인가요?"

"사실 어느 부위든 기술적으로는 문제 될 게 없습니다. 스캐닝의 편의성을 고려하면 손바닥이 무난하긴 한데, 아무래도 상처를 가장 적게 입을 수 있는 부위가 좋겠지요."

"그럼, 이마나 볼이 적합하겠군요. 불의의 사고로 손발이 없는 분들도 있으니…."

"네. 그렇다고 볼 수 있습니다."

"헌데 얼굴에 코드를 새기면 겉으로 드러나서 좀 꺼림칙하지 않을까요?"

김 박사는 미소를 띠우며 말했다.

"아, 바이오코드는 주름살과는 달리 자세히 살펴보지 않으면 육안으로는 각인여부를 거의 알아볼 수 없고 일상생활에도 지장이 없습니다."

"다행이군요. 하지만 피부 세포가 사멸하고 계속해서 재생되는데 어떻게 코드가 유지되지요?"

"일종의 지문 같은 것을 새긴다고 생각하시면 됩니다. 나이가 들어도 지문이 유지되는 것과 같은 원리입니다."

그러자 윤 원장이 놀랍다는 표정을 지어 보였다.

"오! 이런 걸 세계 최초로 개발하셨단 말씀이지요? 대단하십니다."

"감사합니다."

두 사람은 꾸벅 인사를 했다.

"바이오스캐너는 어느 정도 거리까지 인식이 가능합니까?"

"휴대용은 1미터, 거치식은 반경 20미터 정도입니다. 목장이나 대형 축사는 여러 개의 바이오스캐너를 설치하여 관리하고 있습니다. 물론 현장에서 곧바로 가축의 이력을 조회하고 현 상태를 시스템에 입력하기 위해 휴대용 스캐너도 병행해서 사용하고 있습니다."

"휴대폰처럼 통신기지국 같은 것을 설치하면 좀 더 멀리 떨어져 있어도 인식이 가능할까요?"

"축산농가들이 그렇게까지 큰 비용을 들여서 성능이 우수한 장비를 써야 할 이유가 없기 때문에 시중에 판매되고 있는 것은 20미터가 최장거리이지만, 이론적으로는 가능합니다. 판독 가능 범위를 확대하려면 신호 증폭기가 필요하고 기기들의 성능을 높여야 하는데, 늘어난 판독 반경에 비해 설비 가격과 유지비가 더욱 크게 상승하는 단점이 있습니다. 비용 측면에서 볼 때 실효성이 높지는 않습니다."

"비용 문제는 논외로 하고, 기지국 같은 것을 설치하면 어느 정도 거리까지 인식할 수 있겠습니까?"

김 박사는 장 박사를 바라보면서 조심스럽게 말했다.

"반경 한 200미터?"

그러자 장 박사가 맞장구를 쳤다.

"테스트를 해봐야 정확한 수치를 알 수 있겠습니다만, 그 정도는 가능할 것 같습니다. 그런데 그게…."

장 박사가 잠시 머뭇거리는 사이 인권 문제를 염두에 두고 윤 원장이 되물었다.

"기지국을 설치하면 무슨 문제라도 있나요?"

"죄송합니다만, 소통의 혼선을 피하기 위해 먼저 용어를 바로잡고 싶습니다."

"그런 문제라면 부담 갖지 마시고 언제든지 얘기해 주세요. 저희야 잘 모르는 분야이니 당연히 박사님들의 의견에 따라야지요."

"알겠습니다. 말씀하신 기지국은 광역스캐너로 이해해주십시오. 광역스캐너는 장비 성능을 대폭 업그레이드시켜야 하기 때문에 인체 유해성 테스트를 병행해야 합니다. 그렇게 되면 판독반경에 따라서는 개발 기간이 무한정 길어질 수 있습니다."

"그렇군요. 잘 알겠습니다."

인권 문제를 언급하지 않자 윤 원장은 안도의 미소를 지었다. 그러나 김 박사가 이를 놓치지 않고 의표(意表)를 찔렀다. 이전과는 달리 조금은 굳은 표정으로 말했다.

"외람된 말씀이지만, 제 개인적인 생각은 범죄를 예방하거나, 범죄자를 추적하거나, 누군가를 감시할 목적이 아니라면, 상거래와는 관련이 없기 때문에 굳이 원거리까지 스캐닝을 해야 할 이유가 없을 것 같습니다. 이런 기능은 CCTV만으로도 충분하다고 생각합니다. 목장이나 축사에서도 절도행위 같은 범죄예방 차원에서 추가적으로 CCTV를 설치하는 사례가 있습니다."

김박사가 말하는 도중 윤 원장의 얼굴에서 미묘한 표정 변화가 감지되었다. 그는 쓴웃음 소리를 내더니 천연덕스럽게 해명에 나섰다.

"옳은 말씀입니다. 다른 뜻은 없고 저는 단지 바이오스캐너의 성능을 확인하려는 것입니다. 오해 없으시기 바래요."

"네, 알겠습니다."

김 박사의 의견에 동의 의사를 밝혔지만 해명한 것과는 달리 윤 원장은 언짢은 기분을 삭였다. 한편으로는 속내를 들킨 것 같아 뜨끔하기도 했다. 그는 재빨리 다른 질문을 던졌다.

"전 국민을 대상으로 시스템을 도입한다면 어떤 장비들이 필요한가요?"

김 박사가 고갯짓을 하자 장 박사가 답변에 나섰다.

"각 거점마다 코드각인센터를 둬야 하고, 그곳에 설치될 바이오코더라는 각인 장비가 필요합니다. 다음으로 바이오스캐너가 필요한데, 개인정보가 요구되거나 상거래가 일어나는 장소에는 모두 설치해야 합니다. 마트에서 물건을 산다고 했을 때, 바이오스캐너와 연결된 바이오코드 단말기가 신용카드와 현금카드 단말기를 대체할 수 있을 것입니다. 바이오스캐너가 신분을 확인하고 카드사에 등록된 신용계좌를 포함하여 구매자들의 금융계좌로부터 대금을 결제는 방식입니다. 이렇게 되면 현금이나 신용카드는 필요가 없겠지요. 물론 현재와 같이 비밀번호나 서명은 필요할 수 있습니다. 마지막으로 적정 수량의 서버와 서버를 관리할 데이터센터가 구비되어야 합니다."

"서버는 몇 대 정도 소요될 것으로 보십니까?"

"성능에 따라 다르겠지만, 최고급 사양을 적용했을 때 매인 서버가 500대, 예비 서버가 300대 정도면 무난할 것 같습니다."

"너무 적은 거 아니에요? 국내 포털 사이트도 12만 대 정도를 운영하고 있는 것으로 알고 있는데…."

"아, 그들은 자체적으로 데이터를 보관하고 있기 때문에 보다 많은 수량이 필요합니다. 바이오코딩 시스템은 현재의 주민등록번호와 동일하게 인식될 수 있는 개인별 고유번호와 상거래를 위한 기본정보 외에는 데이터를 보관하지 않아도 됩니다. 추가로 필요한 정보는 각 금융기관 시스템과 연동하여 그곳에 저장된 데이터를 리트리빙 하는 방식입니다. 물론 바이오코딩 시스템에 보관해야 할 정보의 범위, 금융기관 외에도 운전면허증이나 각종 국가자격증처럼 연동해야 할 외부 시스템의 종류, 그리고 외부 시스템으로부터 불러들여야 할 데이터의 범위, 이런 것들은 정부가 정책적으로 결정해야 할 사항입니다. 결론적으로 말씀드려서, 여러 외부 서버와 연동하여 트랜잭션을 일으키기 때문에 데이터의 처리속도는 빨라야 하나 서버 수는 많지 않아도 됩니다. 하지만 보관해야 할 데이터의 양이 증가하게 되면 그에 맞게 서버 수를 늘려야겠지요."

코드각인센터는 기존의 주민자치센터를 활용할 수 있고, 바이오코더는 각 지자체에서, 그리고 바이오스캐너는 이것이 필요한 기업이나 관공서 및 가정에서 구입비와 유지비를 부담하면 되기 때문에 이들의 비용 문제에 대해서는 전혀 염려할 게 없다는 것이 윤 원장의 판단이었다. 하지만 데이터센터와 서버 등의 제반 비용은 이 프로젝트의 주무 기관이 해결해야 할 사항이었다.

이 때문에 서버 관련 답변을 듣는 동안 윤 원장의 얼굴에 화색이 돌았다. 800대와 12만 대는 장비 구입비와 운영비에 있어서 실로 엄청난 차이가 있다. 많은 서버가 필요치 않다는 사실이 윤 원장에게는 그야말로 희소식이 아닐 수 없었다. 이로써 예산 마련에 대한 고민거리가 완전히 해소된 것이나 다름이 없었다.

더불어 서버 관련 비용이 예상보다 훨씬 적게 발생하는 만큼, 그 여력을 광역스캐너 도입에 활용하면 장차 자신이 꿈꾸는 세상을 만들어가는 데에도 유리하게 작용할 것으로 내다봤다.

"네, 무슨 말씀인지 잘 알겠습니다. 다른 질문을 드리겠습니다. 국내에 입국하는 외국인들은 어떻게 해야 할까요?"

"출장이나 관광 목적으로 단기간 체류하는 외국인들에 대해서는 예외적으로 신용카드 또는 달러화, 유로화 같은 기축통화를 중심으로 현금거래를 허용해야 할 것입니다. 그렇지 않으면 상업적인 서비스를 전혀 이용할 수 없을 테니까요. 하지만 국내에서 경제활동을 영위하는 장기체류 외국인들에게도 같은 규정을 적용할지, 아니면 바이오코드를 받게 할지는 정부가 결정해야 할 사항입니다. 먼 미래의 이야기일 수는 있습니다만, 국제협약을 맺어서 국가 간 바이오코딩 시스템을 연계시키면 여권 없이도 입출국관리는 물론 상거래까지 가능할 수 있을 것입니다."

"듣고 보니, 외국인 문제를 해결하는 것이 관건이군요. 무조건 국내법을 따르라고 강요할 수도 없는 일이고… 말씀하신 것처럼 궁극적으로는 국제협약을 맺는 것이 최선일 것 같습니다."

윤 원장은 잠시 침묵을 지켰다. 머릿속에서는 같은 말을 되뇌고 있었다.

'국제협약이라, 국제협약…'

이는 장차 자신의 야망을 더욱 확대시키는 또 하나의 중요한 열쇠가 될 것이다. 고개를 몇 번 끄덕이고는 다른 질문으로 전환했다.

"시스템 구축을 완성하기까지 시간이 얼마나 걸릴 것으로 보십니까?"

"어떤 시스템들과 연동시킬지에 따라 개발 기간이 달라질 수 있습니다. 연동해야 할 시스템의 로직이 복잡하게 구현되어 있거나, 이들의 시스템 수가 많아지면 그만큼 개발 기간이 길어지게 될 것입니다. 구체적인 것은 연계할 시스템이 확정되어야 알 수 있겠습니다만, 짧게는 1년, 길게는 2년 정도면 시스템 구축이 가능할 것 같습니다. 그 안에 코드각인센터와 데이터센터가 준비된다고 보고, 바이오스캐너 설치나 통신망 연결에 문제가 없다는 전제하에 그렇습니다."

"축산물이력관리 시스템 개발이 3년 정도 걸린 것으로 알고 있습니다. 길게 잡아도 2년은 좀 짧다는 생각이 드는데, 정말 2년 내에 가능할까요?"

"원장님도 잘 아시다시피 바이오코드를 적용한 축산물이력관리 시스템 구축은 세계 최초의 시도였습니다. 그러다 보니 로직에 따라서는 프로그래밍 소스가 존재하지 않거나 완벽하지 않은 상태에서 개발에 착수했습니다. 게다가 이미 프로그래밍에 돌입한 후 일부 시스템 모듈의 로직을 전면적으로 수정하는 시행착오를 겪기도 했습니다. 이런 것들이 개발 기간에 영향을 끼쳤습니다. 하지만 화폐를 없애는 시스템은 이미 검증된 기술을 활용할 수 있기 때문에 그렇게 많은 시간이 걸리지는 않을 것입니다."

"아, 그렇군요. 고맙습니다."

윤 원장은 기분이 좋아져서 고맙다는 말이 절로 나왔다. 비용과 더불어 개발 기간 또한 주요 관심사항이었기 때문이다.

애초에 3년 이상을 염두에 두었었는데 2년이면 충분하다는 사실이 무척이나 고무적이었다. 더욱이 시간을 끌다가 정권이 교체되는 경우, 프로젝트가 중단되는 상황을 우려하지 않을 수 없었다. 결과적으로 현 대통령의 임기 내에 시스템 구축을 완료할 수 있다는 것이 더없이 반가운 소식이었다.

자신이 염려했던 문제들이 말끔히 해소되자 윤 원장은 한층 자신감이 생겼다. 대통령의 승인을 받게 되면 생각했던 것보다 훨씬 수월하게 시스템을 구축할 수 있을 것 같았다. 이쯤에서 두 사람을 추켜세워야 한다는 생각이 들었다.

"역시 박사님들이라 다르군요. 답변이 술술 나오십니다. 예상했던 대로 두 분 모두 정말 훌륭하십니다."

"아닙니다. 미리 질의서를 주셔서 답변을 준비했습니다."

"마지막으로 질문을 드리겠습니다. 이 시스템을 도입하게 되면 어떤 문제가 예상되십니까?"

최우선적으로 해결해야 할 과제가 있으나, 이를 도외시하는 것 같아 질의를 받는 동안 김 박사는 마음이 조금은 불편했다. 혹, 이에 대한 질문이 없다면 별도로 의견을 제시할 작정이었다. 이전보다는 좀 더 묵직한 목소리로 답변에 임했다.

"제가 말씀 드리겠습니다. 바이오코딩 시스템을 적용하기 위해서는 인권 문제를 신중하게 다뤄야 한다고 생각합니다. 여기에는 세 가지 문제점이 제기될 수 있습니다."

윤 원장으로서는 좋았던 분위기에 찬물을 끼얹는 말이었다.

'이런…!'

세 가지라는 얘기를 들으니 순간적으로 움찔했다. 속내를 읽히지 않으려고 태연한 척 표정 관리에 신경 쓰며 시선을 낮추었다.

"정부가 강제적으로 사람 몸에 바이오코드를 새긴다는 것은 국민의 자유권과 선택권을 침해할 수 있어서 어쩌면 이 프로젝트 자체가 원천적으로 성립되지 않을 수 있습니다. 광역스캐너 체제하에서는 특정인의 위치를 추적하여 감시가 가능하기 때문에 사생활침해 논란이 발생할 수 있습니다. 마지막으로 개인정보가 악용될 우려가 있습니다. 앞서 장 박사가 언급한 것처럼 어떤 시스템과 연동시킬지는 정부에서 결정해야 할 사항입니다만, 기존에는 개별 시스템에 접속해야 알 수 있는 정보들을 한 곳에서 조회가 가능해져서 시스템관리자가 마음만 먹으면 누군가에게 위해를 가할 수 있을 것입니다. 그 대상이 평범한 개인일 수도 있고, 정치적으로 반대편에 선 사람일 수도 있습니다. 원장님께서는 그럴 리가 없겠지만, 만약 권력자가 불손한 의도를 가지고 시스템을 장악해버린다면 국가적으로 불행한 사태를 초래하게 될 것입니다."

나중에 바이오코딩 시스템이 구축되더라도 결코 악용(惡用)해서는 안 된다는 뜻을 담아 일부러 윤 원장을 언급했다. 만약 불미스러운 일이 발생한다면 그 중심에 윤 원장이 서 있을 것이기 때문이다. 윤 원장은 다소 상기된 표정으로 두 사람을 안심시키려고 했다.

"적절한 지적입니다. 두 분 입장에서는 충분히 우려할 만한 일이라고 생각합니다. 그 부분에 대해서는 저나 황 차장도 깊이 공감하고 있고 필요한 대책을 강구하고 있습니다. 어떠한 경우든 먼저 국민들의 이해를 구하고 인권 문제가 제기되지 않도록 철저히 관리하겠습니다. 그것이 정부 기관이 마땅히 해야 할 책무이기도 하고요."

"네, 꼭 그렇게 해주십시오."

"알겠습니다. 제 질문은 여기까지입니다. 황 차장, 추가로 확인할 게 있나요?"

"그 정도면 충분한 것 같습니다."

"오늘 말씀 잘 들었습니다. 귀한 시간 내주셔서 감사합니다. 한 가지 당부드릴 것은 우리가 대화를 나눈 사실을 누구한테도 얘기해서는 안 됩니다. 기밀 사항이라는 점 명심해주세요."

"알겠습니다."

"잠깐만 기다리십시오."

황 차장이 인터폰으로 차량을 대기시켰다. 잠시 후 한 요원이 들어와서 준비됐음을 알리자 네 사람이 자리에서 일어났다. 윤 원장은 악수를 청했다. 승용차가 정차해 있는 곳까지 동행하면서 황 차장은 다시 한번 비밀유지를 당부했다.

"또 뵐 날이 있을 겁니다. 안녕히 가십시오."

"……."

국정원장 집무실

두 사람이 떠난 뒤 황 차장은 원장실로 돌아왔다.

"일이 시작되면 이 사람들 협조가 절실한데 아무래도 김 박사가 눈에 거슬려. 광역스캐너는 해서는 안 된다고 얘기하잖아. 내가 마치 국민들을 감시라도 할 것처럼 말이야."

한껏 불쾌감이 실린 어조였다. 윤 원장은 김 박사의 답변을 듣는 동안 자신의 속내를 훤히 들여다보고 있는 것 같아 김 박사가 썩 마음에 내키지 않았다.

"자네가 보기에는 어떻던가?"

"저도 좀 거슬리는 부분이 있었습니다."

"인권 문제 때문에 이 프로젝트가 성립될 수 없다는 둥, 정보가 악용될 수 있다는 둥, 게다가 나를 콕 집어서 얘기하는데 내 얼굴이 다 화끈거릴 정도였어. 이 친구가 대범한 건지, 아둔한 건지 당최…."

윤 원장은 한층 불쾌감의 수위를 높였다. 대략적인 시스템구축 기간이나 비용 문제를 제외하고는 기존의 보고서만으로도 시스템을 이해하는 데에 큰 무리가 없었다. 아울러 이들 또한 구체적인 것은 정책방향에 따라 차후에 다시 논의되어야 할 사안이었다. 두 박사를 국정원으로 부른 것은 사실 개인적인 성향을 파악하려는 의도가 강하게 작용했다.

"너무 심려하지 마십시오. 다시는 그런 얘기가 입 밖에 나오지 않도록 단단히 조치를 취해놓겠습니다."

황 차장은 그들이 프로젝트 참여를 거부하더라도 신상정보를 압박의 수단으로 활용하면 순순히 따라올 수밖에 없을 것이라 생각했다.

"음. 그래야겠지."

원하는 답변을 듣자 윤 원장의 불편했던 심기가 조금은 누그러졌다. 주머니에서 봉투 하나를 꺼내 탁자 위에 내려놓더니 황 차장 앞으로 쓱 밀어 보냈다.

"받게. 자네가 요새 애를 많이 쓰는 것 같아 준비했네."

양복 안주머니에 봉투를 집어넣고 자리에서 일어나 허리를 굽혀 답례했다.

"감사합니다."

"두둑하게 넣었으니 부하들도 좀 챙겨주고."

"알겠습니다."

다시 한번 고개를 숙여 사의를 표했다.

"어떤가? 자네가 보기에⋯. 잘 될 것 같나?"

기대와는 달리 황 차장의 얼굴 표정이 이내 어두워졌다.

"일전에 가능하다고 보고를 드렸습니다만, 지금 시점에서 냉정하게 판단해보면, 조금은 네거티브합니다. 인권을 중요시하는 대통령이 아닙니까. 대통령께서 승낙을 하실지 그게⋯."

윤 원장은 두 사람과의 면담을 마친 후 심리적으로 한껏 고무된 상태였다. 썩 내키지 않았던 김 박사의 입을 잠재우겠다고 하니, 대통령의 승인을 받아내는 일 외에 더 이상은 장애물이 없을 거라고 생각했다. 이마저도 여러 장점을 내세우면 그다지 어려운 일이 아니라는 자만심이 생겼다. 그리하여 자기 기분에 들떠 미리 준비라도 한 것처럼 황 차장의 말을 받아쳤다.

"황 차장, 자네도 인권, 인권 운운하는데 말이야, 인권이라는 건 관점에 따라 얼마든지 판단이 달라질 수 있네. 귀에 걸면 귀걸이인 거고, 코에 걸면 코걸이인 거야. 어떤 일이든 양면성과 부작용은 있기 마련이지. 그중에서 긍정의 효과가 더 큰 쪽을 선택하면 되는 걸세. 안 그런가?"

황 차장으로서는 도무지 납득이 가지 않는 말이었다. 처음 기획안을 보고했을 때, 대통령의 인권 의식 때문에 프로젝트 추진이 쉽지 않을 거라는 얘기가 윤 원장 본인의 입에서 흘러나왔었다. 그런데 지금에 와서는 대수롭지 않다는 듯이 궤변(詭辯)이나 다름없는 말로 과거 자신의 언사와는 상반된 입장을 취하고 있는 것이다.

윤 원장의 판단력이 흐려진 것은 아닌지, 그리고 이 상태로 과연 대통령의 승인을 이끌어낼 수 있을지 의구심이 들었다.

"제 생각이 짧았습니다. 원장님 말씀이 맞습니다."

대통령의 인권 의식을 걸림돌로 여기지 않는 것 같아 황 차장으로서는 대통령을 설득시킬 계책을 궁리해야 할 필요성이 사라졌다. 윤 원장의 생각을 되돌려 놓기가 쉽지 않다는 사실을 잘 알고 있기 때문에 굳이 맞서야 할 이유도 없었다. 대신에 인권 문제를 상기시킨 만큼, 일이 성사되지 않더라도 자신을 책망하지 않을 최소한의 명분은 만들어 놓은 셈이었다.

윤 원장은 고개를 끄덕이며 만족감을 드러냈다. 계속해서 그 속내를 알 듯 말 듯 한 말을 늘어놓았다.

"정치는 그렇게 하는 거야. 뭔가를 얻으려면 다른 한 편에서는 잃는 것도 감수해야 되네. 잃는 것 없이 순전히 다 얻겠다는 건 오만이지. 그래서는 정치가 제대로 될 수 없어. 자네도 시간이 지나면 내 말의 뜻을 이해하게 될 걸세."

"알겠습니다."

윤 원장이 정치에 대해 언급한 것은 좀처럼 보기 드문 일이었다. 본인이 정치에 뜻을 두고 있다는 의미로 받아들여졌다. 한편으로는 인권침해 문제가 발생하더라도 이를 감수하고 프로젝트를 추진하겠다는 의중을 빗대서 하는 말 같았다.

황 차장은 지금의 상황이 결코 나쁠 게 없다는 판단이 섰다. 만약 대통령이 거절하여 윤 원장이 눈 밖에 난다면 차기 국정원장 자리를 기약할 수 있고, 반면에 승인을 한다면 대세에 편승해 더 큰 그림을 그릴 수 있는 일이라고 생각했다.

그러나 윤 원장은 자만심에 사로잡혀 자신의 입에서 나온 말조차 망각한 채, 인권 문제를 가볍게 여기고 대통령이 거절하는 상황에 대비할 그 어떤 대책 마련도 지시하지 않았다. 이것이 자충수가 될지, 원하는 결과로 이어질지는 머지않아 판가름 날 일이었다.

그는 잠시 동안 말이 없었다. 얼굴 표정에는 그 밖에도 다른 고민거리가 있는 듯했다.

"제가 또 해결해야 할 일이 있습니까?"

"아닐세. 뭐 좀 생각해 봤네."

"무슨…."

궁금하다는 듯이 윤 원장의 눈에 시선을 고정시켰다.

"음…. 이젠 말해도 될 것 같구먼. 자네, 내 꿈이 뭔지 아나?"

"네?"

뜻밖의 질문에 황 차장은 뜬금없다는 생각이 들었다. 머리카락이 희끗희끗한 나이에 꿈을 얘기한다는 것이 낯설게만 느껴졌다.

"내 꿈은 말이야, 국가를 경영하는 일일세."

꿈이라기보다는 목표라는 표현에 더 어울릴 법한 말이었다. 정치를 언급한 것은 결국 이 말을 하려는 포석(布石)인 셈이었다. 심증은 있었지만 윤 원장 본인의 입을 통해 직접적으로 포부를 들은 것은 이때가 처음이었다.

"대통령이 되시겠다는 말씀입니까?"

"하하. 뭐, 그럴 수도 있겠지. 헌데 꼭 대통령만이 국가를 경영할 수 있는 건 아닐세. 나는 내 방식대로 이 나라의 지도자가 될 거야. 필요하면 대통령도 내 발 앞에 무릎을 꿇게 할 수 있어."

실현 가능성 여부는 차치하더라도 목표가 아니라 꿈이라는 단어를 꺼내든 이유를 알 수 있을 것 같았다. 다만, 예상치 못한 발언에 황 차장은 당황스럽기도 하고 한편으로는 황당하다는 생각이 들기도 했다.

대통령을 능가하는 권력자가 된다는 것은 현행법상 불가능한 일이다. 이는 마치 어떤 종교의 교주와도 같은 발상이었다. 그리고 이 같은 장밋빛 환상에 젖어 든 것이 윤 원장의 판단력을 흐리게 만들었다는 추측이 가능했다.

그러나 범인(凡人)으로서는 감히 상상조차 할 수 없는 엄청난 얘기를 허투로 꺼낼 사람이 아니기 때문에 혹, 본인이 구상하고 있는 방법론을 얘기해줄까 싶어 다시 한번 물었다.

"그게 정말 가능한 일입니까?"

"물론이지. 나는 한다면 하는 사람일세."

기대와는 달리 윤 원장은 짤막하게 대답했다. 그런데 자신의 꿈을 얘기하면서부터 윤 원장의 눈빛이 예사롭지가 않았다. 황 차장은 반신반의하면서도 그가 신념에 찬 태도를 보이자 귀신에라도 홀린 것처럼 정신이 혼미해지면서 자신조차 어떤 신령한 기운에 동화된 것 같은 야릇한 느낌을 받았다.

상황을 반추해볼 때 어차피 당분간은 한배를 탈 수밖에 없는 몸이기 때문에 상식적으로는 납득이 가지 않지만 지금으로서는 동조하는 척하는 것 말고는 다른 선택지가 없었다.

"원장님이 하시는 일이라면 끝까지 따르겠습니다."

"내가 꿈꾸는 세상에서 자넨 2인자가 되어 내 뒤를 이을 걸세."

"정말입니까?"

"아무리 둘러봐도 자네만 한 인물이 없어."

그러자 황 차장이 소파에서 내려와 무릎을 꿇었다. 그리고는 머리를 조아리면서 말했다.

"무슨 일이든 맡겨만 주십시오! 온몸을 바쳐 충성을 다 하겠습니다!"

황 차장의 목소리에는 당찬 기운이 실려 있었다. 윤 원장은 황 차장에게 다가가 그를 일으켜 세우려는 몸짓을 했다

"갑자기 왜 이러나. 어서 올라와 앉게."

놀란 표정을 지으면서도 한편으로는 내심 기대했던 반응이었다. 마지못해 응하는 것처럼 황 차장이 천천히 일어나 소파에 다시 앉았다.

자신의 야망을 실현시키기 위해서는 바이오코딩 시스템이 절실했다. 하지만 모든 것을 해결해주는 충분조건은 아니었다. 그 부족한 부분을 채워줄 수 있는 것이 바로 황 차장이 가진 역량과 그 역량을 전적으로 윤 원장 본인을 위해 사용하도록 하는 충성심이었다. 그런데 황 차장 스스로가 충성을 다짐하고 나서자 윤 원장으로서는 무척 다행스러운 일이 아닐 수 없었다.

"나는 한번 믿으면 끝까지 가는 거 알지?"

"네, 원장님."

황 차장은 절도 있게 고개를 숙였다.

"자네가 애쓰는 만큼 나도 자네를 믿을 걸세."

"성심을 다해 보필하겠습니다."

가볍게 쥔 두 손을 무릎 위에 올려놓고 좀 더 꼿꼿하게 등을 세운 채 격식을 차린 자세를 취했다.

"우리의 꿈을 이루려면 바이오코딩 시스템이 필요하단 말이야."

윤 원장은 자신의 꿈을 우리의 꿈으로 포장했다. 황 차장이 그 표현의 변화를 감지해 주기를 바랐다. 이후로도 계속해서 '우리'를 언급하며 각인효과를 누리고자 했다.

대통령을 능가하는 국가지도자가 되겠다는 야망을 드러낸 이상, 좀 더 강화된 동질감을 표명하고 미래 권력의 중심부에서 황 차장과 함께 하겠다는 자신의 확고한 의지를 인식해주기를 바라는 의도가 담겨 있었다. 또 한편으로는 황 차장의 적극적인 협조를 이끌어내 그가 가진 역량을 자신의 것으로 활용하여 보다 수월하게 지도자의 자리에 오르겠다는 숨은 의도가 깔려있었다.

"황 차장."

"네, 원장님."

윤 원장의 눈빛에서 굳은 결기가 느껴졌다. 그는 다소 흥분된 어조로 말했다.

"이건 화폐개혁 차원의 문제가 아닐세. 이 시스템이 완성되면 많은 정보를 우리 손아귀에 움켜쥘 수 있는데 무슨 일인들 못하겠나. 머지 않아 우리가 꿈꾸는 세상이 열리게 될 거야."

"네. 그렇습니다."

"보고서 준비해 놓게."

"알겠습니다. 그런데 한 가지 좀…"

황 차장은 말을 잇지 못하고 머뭇거렸다.

"말해보게."

"생체과학연구소의 김동욱 소장이라는 사람을 조사해봤습니다. 과거에 학생 운동 좀 했던 인물입니다. 지금도 몇몇 시민단체와 친분을 유지하고 있는데, 미혼인데다가 워낙 강성이라 쉽게 넘어올 것 같지가 않습니다."

"그런 문제가 있었구먼…"

김 박사의 입을 단속한다거나 대통령을 무릎 꿇게 하겠다는 발상, 그리고 넘어올 것 같지 않다는 발언과 이를 문제로 받아들이는 인식, 이 모두는 두 사람 스스로가 옳지 않은 일을 획책(劃策)하고 있음을 인정하는 격이었다. 그러나 이들은 최소한 표면적으로는 찰떡궁합을 과시하며 죄의식에 대한 감각이 점점 무디어져 가고 있었다.

윤 원장은 잠시 생각에 잠겼다. 그리고는 머릿속에서 한 사람을 떠올렸다.

"너무 걱정하지 말게. 내게 믿을 만한 사람이 있네. 그 친구라면 우리 일에 협조해줄 거야. 우선은 대통령 승인을 받아내는 게 순서일세. 그 이후에 적당한 꼬투리를 잡아서 갈아치우도록 하세나."

"알겠습니다. 그럼 이만 나가보겠습니다."

윤 원장은 답변 대신 고개를 끄덕였다. 자신이 미처 헤아리지 못한 부분까지 치밀하게 대비하는 모습에 역시 황 차장이라는 생각이 들었다. 집무실을 걸어 나가는 그의 뒷모습을 바라보면서 흐뭇한 미소를 지었다.

청와대 대통령 집무실

-대통령님, 국정원장이 보고할 게 있다고 합니다.

인터폰에서 비서실 직원의 목소리가 들려왔다.

"들여보내세요."

잠시 후 윤 원장이 집무실에 들어서서 대통령 앞으로 다가와 예를 갖추었다.

"보고할 게 있다고요?"

"네. 여기."

윤 원장은 조심스럽게 보고서를 내밀었다.

"일전에 말씀하신 화폐개혁안입니다."

"벌써 방안이 나왔습니까?"

"그렇습니다."

"어디 봅시다."

대통령은 다른 안경으로 바꿔 쓰고 보고서의 내용을 읽기 시작했다. 그러다 윤 원장을 바라보며 놀란 표정으로 목소리를 높였다.

"화폐를 없앤다고요?"

"네, 그렇습니다."

"아니, 어떻게 이럴 수가…"

호기심과 의구심으로 대통령의 얼굴이 다소 상기되었다. 이어서 소리 내어 또박또박 문구를 읽었다.

"바이오코딩, 바이오스캐닝…. 개인의 고유번호를 바이오코딩 시스템에서 관리한다."

생소한 용어들 때문에 잠시 머뭇거렸다.

"뭐가 이렇게 어려워요? 내가 알아듣기 쉽게 설명해보세요."

보고서를 내려놓고 이전의 안경으로 고쳐 썼다.

"플라스틱 신분증이 없어도 스캐너를 통해 개인의 신분을 식별할 수 있습니다. 이 정보가 금융기관 시스템과 연동되어 이를테면 마트에서 물건을 살 때, 은행계좌나 신용계좌에서 곧바로 결제할 수 있습니다. 현금과 신용카드가 전혀 필요치 않은 세상을 만들 수 있습니다."

"음, 현금은 물론 카드 없이도 된단 말이지요. 그럼 음지에 묶여있는 돈들도 다 은행계좌로 들어오는 건가요?"

"네, 그렇습니다."

"그것참 놀랍군요. 그렇게만 된다면 더 이상 바랄 게 뭐가 있겠어요. 수표까지 포함해서 화폐제조 비용이 수천억 원이 든다는데 이런 비용도 없앨 수 있고…"

"맞습니다 대통령님."

윤 원장은 대통령이 흡족해하는 것 같아 마음이 놓였다.

"헌데 조폐공사 직원들이나 은행원들이 실업자가 되겠어요."

"어떤 일이든 명암이 있지 않겠습니까. 대신에 절감된 비용을 재투자하면 그만큼 양질의 일자리가 더 많이 늘어나서 우리 경제에 활력소가 될 겁니다."

"전체적인 일자리 숫자야 걱정거리가 아니지만, 생업을 잃게 되는 사람들은 정부가 생계 대책을 마련해서 어떤 식으로든 돌봐줘야 합니다."

대통령은 갑자기 생각났다는 듯이 오른손을 들었다가 내려놓았다.

"아, 화폐를 없애면 범죄도 많이 줄어들겠군요."

그리고는 다소 감정이 북받친 어조로 말을 이었다.

"엊그저께 현금 몇만 원을 갈취하려다가 칼부림이 났다는 기사를 보고 얼마나 마음이 아팠는지 몰라요. 이유야 어찌 됐든, 가해자나 피해자나 국가가 보호해야 할 다 같은 우리 국민이 아닙니까. 이런 일이 벌어진 건 대통령도 그 책임에서 자유롭지가 못해요. 앞으로는 우울한 기사를 접하지 않아도 된다고 생각하니 나로서는 아주 반가운 소식입니다. 윤 원장이 제시한 방안이 효과가 한둘이 아닌데 당장 착수해도 되겠어요. 내가 뭘 도와주면 되지요?"

윤 원장은 드디어 자신의 야망을 실현시킬 수 있다는 생각에 몹시 흥분이 되었다. 하지만 대통령이 아직 보고서를 다 읽지 않았다는 점이 마음에 걸렸다.

"화폐개혁 공포일이나 추진비용 등 세부 실행방안에 대해 별도로 기안을 올리겠습니다. 그때 승인을 해주시면 됩니다."

"좋습니다. 그렇게 하세요. 바쁜 사람을 너무 오래 붙든 건 아닌지 모르겠습니다."

"아닙니다. 괜찮습니다."

"나중에라도 필요한 게 있으면 주저하지 말고 얘기하세요. 화폐개혁만큼은 전폭적으로 지원할 생각입니다."

"감사합니다."

"헌데, 궁금한 게 있어요."

대통령은 별안간 안경을 바꿔 쓰고 보고서를 들여다보기 시작했다. 윤 원장은 불길한 예감이 들었다.

"한 가지만 물어봅시다. 여기 바이오코드는 뭘 말하는 거죠?"

"화폐를 없애려면 사람들 몸에 개인 고유의 바이오코드를 새겨야 합니다. 일종의 지문 같은 것이라고 생각하시면 됩니다. 이 바이오코드를 스캐너로 읽어서 신분을 확인할 수 있습니다."

그러자 대통령의 표정과 말투에 싸늘한 기운이 감돌았다.

"뭐라고요? 국민들 몸에 뭘 새긴다고요?"

"네, 통증도 없고 겉으로는 드러나지 않는 개인별…."

어느새 대통령의 얼굴에 노기(怒氣)가 드리워졌다. 윤 원장의 말을 자르고 버럭 소리를 질렀다.

"윤 원장! 우리가 여태까지 무슨 얘기를 한 거죠? 그걸 지금 말이라고 해요? 그건 소나 돼지 같은 짐승들에게나 하는 짓이잖소! 국민들을 소, 돼지로 취급하자는 거요?"

윤 원장의 가슴에 비수처럼 꽂히는 말이었다. 대통령은 잠자코 있다가 다시 한번 격노하여 쏘아붙였다.

"게다가 너도 나도 감시당한다고 생각할 거 아니오! 국민들이 가만히 있겠소? 인권을 강조하는 내가 이딴 걸 승인할 거라고 생각했소? 뭐 이런 제안이 다 있어! 하마터면 큰일날 뻔했잖아!"

대통령은 이전과는 전혀 다른 사람으로 변해 있었다. 몹시 격앙된데다가 한바탕 소리를 지르고 나니 숨소리가 거칠어졌다.

'아뿔싸! 대통령을 너무 쉽게 생각했어.'

윤 원장은 대비를 소홀히 한 자신을 책망하며 고개를 떨구었다. 그제야 황 차장의 얘기를 귀담아듣지 않고 그의 지략을 활용하지 않은 것이 한스러웠다. 그러나 이미 엎질러진 물이었다.

"거참, 허!"

대통령은 어처구니가 없다는 듯이 헛웃음 소리를 냈다. 이토록 심하게 역정(逆情)을 내는 데는 그럴 만한 이유가 있었다. 윤 원장의 화폐개혁안이 국민들에게 트레이드 마크처럼 인식되어 온 자신의 신념과 상징성을 정면으로 부정하는 것이었기 때문이다. 그리고 그 당사자가 대통령의 인권 의식을 적극 지지하고 이에 기반하여 정책을 펼쳐야 할 공직자, 그것도 자신의 손으로 임명한 정부 기관의 수장이라는 점에서 불쾌감이 극에 달했다.

윤 원장은 대통령 집무실에 들어설 때까지도 환상에 젖어 대통령이 인권 문제를 민감하게 받아들일 거라는 사실을 간과하고 있었다. 물론 본인으로서도 우려하는 부분이었으나, 여러 장점들을 내세우면 무난히 승인을 받아낼 수 있을 것으로 기대했다. 결과적으로는 부질없는 회망 사항에 그치고 말았다.

이전 정부 시절, 강압 수사에 의한 인권유린(人權蹂躪) 의혹 사례들이 속속 사실로 밝혀짐에 따라 검찰의 무소불위(無所不爲) 권력을 견제할 장치를 마련하고 수사 관행을 개혁해야 한다는 목소리가 높아졌다.

그러던 중 대선을 6개월여 앞둔 시점에 수뢰(受賂) 혐의로 검찰에 소환되어 조사를 받던 방 의원이 돌연 사망하는 사건이 발생했다. 그는 야당을 대표하는 인물로 본인 스스로는 대선 출마를 고사(固辭)하였지만, 다섯 차례에 걸쳐 국회의원에 당선되는 동안 정치인으로서 신망을 얻으며 상당한 지지층을 형성하고 있었다.

사인(死因)이 급성심근경색(急性心筋梗塞)으로 알려졌으나, 무리한 수사가 지병을 악화시켰고, 응급조치 또한 제 때에 이뤄지지 않았다는 주장이 제기되었다. 이후 야당의 강력한 저항운동을 불러온 것은 물론, 전직 대통령과 검찰이 연일 여론의 뭇매를 맞았다. 야당의 대통령 후보들에게는 청신호가 켜진 반면, 지지율이 곤두박질치면서 여당의 후보들에게는 그야말로 대형악재로 작용하였다.

이 상태가 지속되면 정권이 교체될 가능성이 높았다. 현 대통령으로서는 국면을 전환시킬 돌파구가 필요했는데, 그에 따른 대책이 검찰개혁 공약과 본인이 정치권에 몸담기 이전 인권변호사로 활약했다는 사실에 착안하여 '인권 대통령'의 기치(旗幟)를 내거는 일이었다.

이는 여당의 대통령 후보로 선출된 후 당시 범국민적 관심사와 맞물려 유권자들의 선택을 받는 강력한 동기 중 하나가 되었다. 결국 인권 문제는 이 대통령에게 있어서 역린(逆鱗)과도 같은 것이었다.

여전히 분이 가시지 않은 대통령이 보고서를 내팽개치자 윤 원장의 몸에 부딪쳐 집무실 바닥에 떨어졌다. 윤 원장은 지푸라기라도 잡는 심정으로 입을 열었다.

"대통령님, 이대로만 시행하면 우리 경제가 한 단계 도약할 수 있습니다. 국익 차원에서 꼭 추진해야 합니다."

실망과 좌절감에 휩싸여 기가 꺾인 목소리였다. 문득 너무 심하게 윽박질렀다는 생각에 대통령은 흥분을 가라앉히고 차분하게 말했다.

"이 일은 없었던 걸로 합시다."

그리고는 의자의 방향을 돌려버렸다. 더 이상은 대화가 무의미함을 몸으로 표현한 것이었다. 뜻을 굽힐 의도가 전혀 없다는 사실을 인지하고도 윤 원장은 간절하게 매달렸다.

"주민등록증과 운전면허증을 대체하고 불법 자금 문제나 지하경제 문제를 일거에 해결할 수 있습니다. 한 해 경제 가치가 수십조 원이 됩니다. 우리나라가 세계 4대 경제 대국 반열에도 들 수 있습니다. 이게 다 대통령님의 치적으로 남게 됩니다. 다시 한번만 생각해주십시오."

대통령은 조용히 듣고 있다가 일갈(一喝)했다.

"듣기 싫으니 그만 나가 보시오!"

"대통령님!"

1개월 후 청와대 대통령 집무실

북한 관련 현안을 논의하기 위해 대통령이 비서실장을 집무실로 불렀다.

"북한의 식량 사정이 상당히 어려운 모양입니다. 탈북 주민 수가 나

날이 늘어나고 있고, 하나원도 포화상태라고 합니다. 이대로 손을 놓고 있다가는 북한정세에 급변사태가 올 수도 있다는 생각이 들어요. 우리 쪽에서 뭔가 대책 마련이 필요해 보입니다."

북한문제를 언급하는 내내 대통령 얼굴에는 근심의 기색이 역력했다. 비서실장 또한 표정이 어두워졌다.

관개시설이 미비한 가운데 가뭄과 홍수가 반복되면서 북한은 해마다 100만 톤 이상의 식량이 부족한 것으로 알려져 있었다. 몇 해 전까지만 해도 중국이 쌀과 옥수수를 원조하여 모자라는 식량을 충당하였으나, 원조 규모가 축소되면서부터 상황이 악화된 것이다.

대통령은 계속해서 말을 이었다.

"전 실장도 알다시피 과거에 북한이 핵실험을 강행할 때마다 주가지수가 폭락하는 바람에 상당히 많은 투자자들이 빚더미에 나앉게 되었지요. 개성공단이 중단된 것도 북한이 핵실험을 강행한 탓이 아닙니까. 만약 이 시점에서 북한정세에 불안한 조짐이 보이게 되면 그때와는 비교할 수 없을 정도로 우리 사회에 훨씬 더 큰 충격을 안겨줄 겁니다. 나로서는 작금의 상황을 심각하게 받아들이지 않을 수가 없어요."

"저도 좀 우려가 됩니다. 굶주리다 못해 주민들의 반발이 거세질 수 있고, 이를 무마시키기 위해서도 저들이 강도 높은 도발을 강행할 가능성이 있습니다."

"맞는 말이에요. 그래서 경제제재를 완화시키고 북한을 지원할 대책이 필요합니다. 더 이상은 늦출 수 없을 것 같습니다. 우리가 나서서 돌파구를 찾아야 합니다. 안보도 안보지만 북녘의 주민들 역시 우리 동포가 아닙니까?"

"그 점이 제일 안타깝기는 합니다."

북한이 6차에 걸쳐 핵실험을 진행하는 동안 남한 사회에 일으킨 파장은 실로 대단했다. 외국인 자금의 이탈, 금값폭등, 주식시장과 환율 변동의 불확실성 확대, 국제신용등급 하락 우려 등 우리 경제에 직접적인 영향을 미쳤을 뿐만 아니라, 실생활에 있어서도 사재기가 기승을 부리면서 생수가 동이 나고 라면, 통조림, 즉석밥 등의 간편식 제품들이 불티나게 팔리는가 하면, 생존배낭을 꾸리고 오토바이를 구입하는 사례가 부쩍 늘어났다.

그러나 핵무기가 투하된다면 살상 반경과 낙진 등의 2차 방사능 피해를 감안할 때, 과연 남한 내에서 안전지대라고 할 만한 곳이 어디에 있으랴! 그럼에도 불구하고 국민들의 불안 심리가 이 같은 생존 대책을 마련하려는 러시로 이어졌다.

핵실험에 기인하여 또 다른 충격을 안겨준 것이 개성공단 가동 중단 사태였다.

개성공단은 개성시 봉동리 일대 9만3,000㎡ 면적에 조성된 공업단지로, 2000년 6·15공동선언 이후 남북경제협력사업의 일환으로 추진되어 현대아산과 북한의 민경련(조선민족경제협력연합회) 및 아태(조선아시아태평양평화위원회) 사이에 체결한 '개성공업지구건설운영에 관한 합의서'가 공단조성의 단초가 되었다. 이어서 2002년 11월 27일 북한이 '개성공업지구법'을 공포함으로써 개성공단의 모습이 구체화되었다.

남북교류협력의 역사적인 사건이자 남한의 자본과 기술, 북한의 토지와 노동력이 결합하여 시너지효과를 높인 사례라고 할 수 있다. 2010년 9월에는 입주기업 생산액이 10억 달러를 돌파하였으며, 2012년 1월 북한 근로자 수가 무려 5만 명을 넘어섰다.

하지만 2016년 1월 6일 4차 핵실험과 2016년 2월 7일 장거리 미사일 발사 영향으로 공단가동에 회의론이 제기되면서 2016년 2월 10일, 정부가 개성공단 중단조치를 발표함에 따라 124개 입주기업들이 갑작스레 사업을 접어야 하는 불운을 겪게 되었다.

"새터민 모두를 온전하게 대한민국 국민으로 정착시키는 데에도 한계가 있어요. 얼마 전에 새터민을 고용했다가 일을 제대로 못한다는 이유로 임금을 주지 않아 폭행 사건이 벌어졌다는 소식을 듣고 마음이 아팠습니다. 국민들 인식도 달라져야 하지만 남북이 갈라진 채 살아온 지가 86년이나 되다 보니 아무리 교육을 잘하고 정착금을 지원한다 해도 어느 날 갑자기 경쟁 사회에 적응해야 한다는 것이 말처럼 쉬운 일은 아닐 겁니다."

"맞습니다. 원주민들이 당연하게 생각하는 일을 새터민들 또한 당연하게 받아들이고, 새터민들이 당연하게 생각하는 일을 원주민들도 당연하게 받아들이는 그런 사회가 되어야 비로소 이질감 없이 새터민들이 잘 정착할 수 있을 거라고 생각합니다."

북한 이탈 주민이 대한민국 내에서 생활하려면 먼저 3개월 동안 통일부 산하의 '하나원' 교육과정을 수료해야 한다. 이후에는 5년간 정착자금과 국고보조금을 지원받아 대한민국 국민으로서의 삶을 영위하게 된다.

반면에 우리 사회 시스템을 이해하고, 새로운 생활환경에 적응하고 또 안정적인 직업을 찾아 새터민 스스로 생계를 꾸려나간다는 것이 결코 호락호락한 일은 아니었다. 더욱이 여전히 개선되지 않은 주변의 곱지 않은 시선과 차별을 극복해야 한다는 것 또한 새터민들에게 주어진 녹록치 않은 현실이었다.

원주민과 새터민 간의 갈등 문제가 언론에 보도되는 빈도가 높지 않을 뿐, 장사나 취업을 미끼로 정착금을 뜯어낸다든지, 결혼 사기에 이용하는 등 새터민들을 대상으로 한 범죄 행위들이 부쩍 늘어나면서 이즈음 이름이 알려진 새터민 인사들을 중심으로 시민단체를 결성하고 새터민들이 공정하게 대우받을 권리를 주장하는 목소리를 내기 시작했다. 각종 선거에서 새터민들의 표심을 결집시키겠다는 의지를 표명하기도 했으나, 아직은 새터민 사회가 주류 사회에 대한 영향력이 크지 않아 대부분이 반짝 이슈에 그쳤다.

아이러니하게도 다른 새터민에게 배신을 당해 가진 것을 다 잃기도 하고, 또 그러한 소식을 접하게 되는 사례가 심심치 않게 발생했다. 이는 평소에 가장 믿고 의지했던 같은 처지의 지인들이 가해자였다는 점에서 정신적으로 더욱 큰 고통을 안겨주었을 뿐만 아니라 새터민들 사이에서조차 불신의 벽을 높이는 원인이 되었다.

여러 다양한 사유로 대한민국 사회에 제대로 뿌리를 내리지 못한 새터민들이 범죄의 유혹에 빠져들거나, 제3국으로 도피하는 일들이 늘어나자 새터민과 더불어 사는 문제가 점차 새로운 사회문제로 대두될 조짐을 보였다. 대통령도 이러한 세태를 인지하고 있었다.

"원천적으로 북한의 경제 사정이 나아져야 이런 고민도 사라지게 될 겁니다. 헌데 지금처럼 근본적인 대책 없이 탈북 주민들을 무작정 받아들이다가는 우리 재정도 어려워지고 북한과는 영영 척을 지게 될 수 있어요."

"남북교류를 활성화해서 의식의 차이를 좁혀야 하는데, 일단은 당국 간 대화의 물꼬를 트는 일이 급선무라고 생각합니다."

"대화채널이 닫힌 지가 3년이 넘었지요? 언제까지 미국 눈치를 봐가며 남북관계 개선에 나서야 할지 좀 답답합니다."

"미국이 워낙 강경한 태도를 취하다 보니 전임 대통령께서도 달리 손을 쓸 수 없었던 것 같습니다. 늦은 감은 있지만 지금이라도 우리 쪽에서 시도를 해볼 필요는 있습니다."

"그래서 하는 말인데, 조만간 총리나 통일부 장관을 대북 밀사로 보낼 계획입니다. 전 실장 생각은 어떻습니까?"

"좋은 말씀입니다. 외교부 장관하고 국정원장도 나쁘지는 않은 것 같습니다."

그러자 이전과는 달리 대통령이 굳은 표정으로 목소리를 높였다.

"다른 사람은 몰라도 국정원장은 안 됩니다."

"무슨 특별한 이유라도 있습니까?"

"전 실장한데 설명할 수는 없지만, 하여간 그자는 안 됩니다."

주무 부처를 배제한 화폐개혁안 마련 지시가 자신의 실책이었다는 사실을 인정하는 격이 되기 때문에 대통령은 차마 그 얘기를 꺼낼 수 없었다. 하지만 장관급 인사를 '그자'로 표현하는 것은 매우 이례적인 일이었다. 전 실장은 대통령과 국정원장 사이에 자신이 모르는 갈등이 있다는 것을 직감할 수 있었다. 그리고 언젠가 윤 원장이 알현한 뒤로 대통령이 격앙된 기색을 내비친 적이 있었는데, 그때의 일과 무관하지 않다는 생각이 들었다.

"그러시면 제가 적임자를 물색해서 추천을 드려도 되겠습니까?"

"네, 그렇게 해주세요. 빠르면 빠를수록 좋습니다."

"밀사가 전달해야 할 메시지는 어떻게 잡으면 되겠습니까?"

"아무래도 조건 없는 식량 지원을 약속하고 북미대화에 나설 수 있도록 김 위원장을 설득해야겠지요. 지금으로서는 미국이 대북 제재를 풀지 않으면 한 발짝도 나아갈 수가 없어요. 그래서 일차적으로 북미대화가 성사될 수 있도록 다리를 놓는 게 중요합니다. 철도나 도로 연결 문제도 우리가 전폭적으로 지원하겠다는 약속을 하면 됩니다. 이 정도면 어느 정도는 유인책이 될 겁니다. 그리고 나중 문제이긴 하지만, 대북제재를 풀어주도록 우리가 국제적으로 외교력을 발휘해야 합니다."

"그러려면 북한이 핵을 포기해야 하는데, 지금 상황에서 가능하겠습니까?"

"물론 최종적인 목표는 북한이 핵을 포기하도록 설득하는 일입니다. 그런데 당장 핵을 포기하라고 하면 저들은 콧방귀를 뀔 겁니다. 그러니 핵 문제는 언급하지 말고 빠른 시일 내에 대화의 장으로 나오도록 유도하는 것을 목표로 삼아야 합니다. 지금은 그것만으로도 충분합니다."

"알겠습니다."

"……"

청와대 비서실장 집무실

전 실장은 정책실장, 정무수석, 민정수석을 소집했다.

"북한의 경제 사정이 심상치 않다는 것을 세 분도 알고 계실 겁니다. 이대로 가다가는 북한에 갑작스러운 변고가 발생할 수도 있습니다. 대통령께서는 이 점을 우려하여 대화의 물꼬를 트기 위해 김 위원장에게 밀사를 파견하시려고 합니다. 어떤 분이 밀사로 적합할지 의견을 듣고자 이렇게 오시라고 했습니다."

대통령에게 곧바로 적임자를 추천할 수 있었다. 그러나 밀사 파견의 성과가 기대에 미치지 못하게 되면, 전 실장 자신이 적임자 선정 실패에 대한 책임을 오롯이 떠안아야 할 것이다. 세 사람을 부른 것은 비서실의 의견을 취합하는 형식을 갖춤으로써 만약의 경우, 자신의 책임을 경감시키려는 의도가 작용한 것이었다.

정무수석이 발언에 나섰다.

"그 일이야 통일부 장관이 적임자가 아니겠습니까? 과거 정부에서 협상단의 일원으로 활약한 전례가 있고, 무엇보다도 오랫동안 대화가 단절된 상태이기 때문에 그나마 안면이 있는 인사가 적합하다고 생각합니다. 국무총리도 나쁘지 않고요."

"심 실장은 어떻게 생각하세요?"

"안건에 따라 적임자가 달라져야겠지요."

"구체적인 것은 밀사가 정해지는 대로 대통령님과 다시 한번 상의를 해봐야겠지만, 이번 밀사의 가장 중요한 역할은 북한을 설득해서 미국과의 대화에 나서게 하는 일입니다. 우리 정부에서는 식량 지원을 약속하고 향후 대북경제사업 추진 시 우리가 아낌없이 지원할 것과 저들이 만족할 만한 이익보장을 약속하면 됩니다. 물론 최종적인 목표는 비핵화를 유도하고 대북제재를 완화시키는 일입니다. 그래야 우리 정부가 그동안 계획해 왔던 대북사업을 원만하게 추진할 수 있습니다."

"예상은 했습니다만, 그런 일이라면 국정원장이나 통일부 장관이 적임자라고 봅니다."

전 실장은 난감해하는 표정을 지었다.

"윤 원장은 대통령께서 반대하시기 때문에 고려 대상에서 제외하겠습니다."

그러자 민정수석이 조금은 불만스러운 표정으로 의문을 제기했다.

"국정원장은 왜 안 된다는 겁니까?"

"이유를 말씀하지 않으셔서 자세한 건 저도 알 수 없습니다."

"이건 좀 납득이 안 됩니다. 다른 장관들은 기자들이 일거수일투족을 취재하고 있지 않습니까. 자칫 밀사 직분이 노출될 수 있습니다. 관례도 그렇고 제가 볼 때는 윤 원장이 적임자 같은데, 대통령님께서 반대하시는 이유를 확인할 필요가 있을 것 같습니다."

"윤 원장 얘기는 논외로 합시다. 저로서도 어쩔 수 없는 일이니…"

민정수석은 고개를 갸우뚱했다. 여전히 이해할 수 없다는 눈치였다. 정무수석이 재빠르게 거들었다.

"안 수석님은 다른 추천 후보가 있습니까?"

"윤 원장 외에는 딱히 없습니다."

"제가 통일부 장관을 추천했고, 심 실장님도 통일부 장관을 언급했으니, 비서실에서는 통일부 장관으로 제안을 드리는 것이 타당하다고 생각됩니다."

전 실장은 고개를 끄덕였다.

"그렇게 합시다. 저 역시도 통일부 장관이 적임자라는 데에 동의합니다. 내일 대통령님께 우리 의견을 말씀드리겠습니다."

"……"

안 수석은 비서실장 집무실을 나서자마자 윤 원장에게 연락을 취했다.

"선배님, 안녕하세요?"

-오, 안 수석, 네가 웬일이야. 잘 지내고 있어?

안 수석은 다급한 목소리로 말했다.

"선배님, 큰일 났습니다. 지금 빨리 청와대로 오십시오."

-자초지종 얘기도 없이 큰일은 뭐고 빨리 오라는 건 또 뭐야?

"대북 밀사를 파견하는 문제 때문에 누가 적임자인지 비서실에서 의견을 나누었습니다. 그런데 통일부 장관을 추천하는 것으로 결론이

내려졌습니다."

-뭐라고? 그게 사실이야?

"네, 그렇게 됐습니다."

-누가 그런 결정을 내렸어?

"그게 중요한 게 아니라, 빨리 오셔서 전 실장을 설득하십시오. 지난번에 대통령님하고 사이가 안 좋게 됐다고 말씀하셨잖아요. 이번에 밀사로 가신다면 만회할 수 있는 좋은 기회입니다. 얘기를 들어보니 어려운 일도 아닙니다. 일이 성사되면 대통령님하고는 관계가 회복될 수 있을 것 같습니다."

-그래? 알려줘서 고맙다. 내 지금 바로 출발할 테니까, 구체적인 것은 가면서 통화하자. 전 실장한테는 내가 약속시간을 잡을게.

"네. 그렇게 하십시오."

"……"

청와대 비서실장 집무실

"갑자기 뵙자는 연락을 드려서 놀라셨을 수도 있겠지만, 안 수석한테 얘기를 들었습니다. 이번 대북 밀사직은 제가 수행할 수 있도록 협조해주십시오. 부탁드립니다."

윤 원장은 고개를 숙여 자신의 절실한 마음을 전달했다. 전 실장은 고자질에 가까운 안 수석의 행위가 괘씸하다고 생각해 잠시 떨떠름한 표정을 지었다.

"참 소식이 빠르군요. 이러시면 좀 곤란합니다. 비서실 내부적으로 적임자를 이미 정했는데 이제 와서 바꾸기가…"

"전 실장님 입장은 충분히 이해합니다. 하지만 이번 일은 저만이 성사시킬 수 있습니다. 아시지 않습니까. 현 정부에서 과거에 김 위원장을 만난 적이 있는 관료는 저밖에 없습니다. 통일부 장관은 고위급 회담에 참여한 경력은 있어도 김 위원장과 직접적으로 대면한 사실은 없습니다. 과연 누가 적임자인지 다시 한번 생각해 주십시오."

"대통령님이 윤 원장님을 배제하라고 지시하셔서 저로서는 추천을 드리기가 좀 난감합니다. 죄송합니다."

"왜 그렇게 말씀을 하셨는지는 모르겠습니다만, 전 실장님이라면 얼마든지 대통령님 마음을 움직일 수 있지 않습니까? 한번만 저를 도와주십시오."

부탁한다는 말이 어느새 도와달라는 표현으로 바뀌었다. 그만큼 윤 원장이 밀사직에 목을 매고 있다는 반증이었다.

"글쎄요. 아무리 비서실장이라 해도 당신의 뜻이 있는데, 제가 어떻게…."

그러자 윤 원장이 회심의 카드를 꺼냈다.

"전 실장님, 언제까지 비서실에 계시겠습니까? 후일도 생각하셔야지요. 안 그렇습니까?"

"그게 무슨 말씀이세요?"

"일단은 내년 총선에 출마하셔야 차기를 기약할 수 있죠. 그런데 전 실장님은 조직도, 자금도 여유로운 상황이 아니지 않습니까. 이래서는 국회로 가시기가 험난할 겁니다."

"그 말씀은 총선에서 저를 지원해주시겠다는 뜻인가요?"

"예전에는 대통령도 만들어낸 국정원입니다. 전 실장님 당선이야 제가 힘을 쓰면 식은 죽 먹기지요."

전 실장의 눈이 휘둥그레질 정도로 혹할 만한 제안이었다. 그렇지 않아도 전 실장은 향후 본인의 거취에 대해서 심각하게 고심해본 적이 있었다.

"정말 저를 도와주시겠습니까? "

"이번에 밀사직만 맡게 해주신다면 약속드리겠습니다."

"흠…."

전 실장은 잠시 고민에 잠겼다. 과거 문 대통령이 비서실장을 거쳐 대통령에 당선되었는데, 비서실장직에서 물러난 이후 국회의원을 역임하면서 정치 경륜을 쌓은 전례가 있었다. 그 사실을 상기하며 전 실장은 마음이 흔들렸다.

"쉽지는 않겠지만…. 알겠습니다. 윤 원장님을 추천해보겠습니다. 대신 일이 성사되면 약속은 꼭 지키셔야 합니다."

"현명한 판단이십니다. 제 명예를 걸고 오늘 이 약속은 반드시 지키겠습니다."

"그럼, 그렇게 믿고 있겠습니다."

"헌데 한 가지 부탁이 있습니다."

"네, 말씀하십시오."

"안 수석을 너무 나무라지는 마십시오. 전 실장님도 아시다시피 제 후배이긴 하나, 국가 중대사를 그르치지 않으려는 충정에서 제게 알린 것으로 이해해주시면 고맙겠습니다."

"그렇게 하지요. 윤 원장님이 약속만 지키신다면 저야 불평할 이유가 없습니다."

"제가 드린 말씀은 염려 안 하셔도 됩니다."

"……."

청와대 대통령 집무실

"대통령님, 비서실에서는 윤 원장이 이번 대북 밀사로 적임자라는 의견을 모았습니다."

대통령은 고개를 갸우뚱했다.

"그래요? 정무수석 얘기로는 통일부 장관이라고 하던데…."

'아니, 이 친구가…!'

전 실장의 표정이 순간적으로 일그러졌으나 대통령은 눈치채지 못했다. 전 실장은 순발력을 발휘했다.

"이후에 재차 의견을 취합하여 윤 원장으로 정정했습니다. 지금 우리 정부에서 김 위원장을 대면한 관료는 윤 원장이 유일합니다. 그동안 대화가 진전되었다면 몰라도 이제 막 물꼬를 트려는 시점에 그나마 김 위원장과 안면이 있는 인물이 낫지 않겠습니까?"

대통령은 잠시 생각에 잠기더니 고개를 끄덕였다.

"음…. 전 실장 말이 일리가 있군요. 실은 일전에 윤 원장한테 언성을 높인 적이 있어요. 그래서 좀 꺼림칙하기는 했습니다. 사적인 감정으로는 받아들일 수 없지만, 국사를 생각하면 전 실장 말에 동의할 수밖에 없군요. 내 그리 조치하겠어요."

"윤 원장이라면 밀사 직분을 잘 수행할 거라고 생각합니다."

"능력이야 뭐, 나무랄 데가 없는 사람이지요. 알겠습니다. 우선은 전 실장이 윤 원장과 협의해서 일정을 잡아보세요. 일정이 정해지는 대로 윤 원장을 따로 불러 친서를 전달하겠습니다."

"알겠습니다."

"……."

청와대 비서실장 집무실

"대통령께서 이번 대북 밀사로 윤 원장을 낙점했습니다."

정책실장과 정무수석은 어리둥절한 표정을 지었다. 정무수석이 대들 듯이 말을 꺼냈다.

"아니, 어떻게 이럴 수가 있습니까? 비서실 의견은 분명 통일부 장관이 아니었습니까?"

정무수석의 말이 뜨끔하게 다가왔으나 전 실장은 태연하게 대꾸했다.

"저도 그렇게 의견을 제시했습니다. 헌데 대통령님께서 김 위원장을 대면한 관료가 있는지 물으시길래 윤 원장이 유일하다고 말씀드렸습니다. 그건 사실이니까요."

"아무리 사실이라 해도 그렇지, 비서실 의견이 이렇게 묵살된 적은 없지 않습니까?"

"그건 팽 수석이 이해를 해주셔야 합니다. 사안이 사안인 만큼 김 위원장과 안면이 있는 관료가 밀사직을 맡는 것이 바람직하다는 것이 대통령님의 의중입니다."

"대통령님께서 그렇게 말씀하셨다면 저로서는 드릴 말씀이 없습니다."

윤 원장의 설득이 통했다고 생각한 안 수석은 속으로 쾌재를 불렀다.

"세 분은 그렇게 알고 계세요. 필요한 건 제가 윤 원장과 상의하겠습니다."

"……."

자신의 집무실로 이동하는 중에 안 수석이 윤 원장에게 전화를 걸었다.

"선배님 혹시 전 실장한테 연락받으셨어요?"

-아니. 아직인데.

"축하합니다. 선배님이 대북 밀사로 확정되었습니다."

-정말이야?

"네, 그렇습니다."

-오! 정말 고맙다. 내가 사례는 반드시 하마.

"사례가 중요한 게 아니라 이 참에 대통령님하고 확실하게 관계를 개선하세요."

-그래 알았어. 고마워.

"제가 곤경에 처했을 때 어차피 선배님도 제 편이 되어주실 거잖아요."

-당연하지.

"전 실장한테서 곧 연락이 갈 겁니다. 준비 잘 하시고 꼭 성과 내세요."

"……."

청와대 대통령 집무실

"방북 여정은 어땠습니까?"

"덕분에 잘 다녀왔습니다. 받으십시오. 김 위원장 친서입니다."

윤 원장은 봉투 하나를 내밀었다.

"그래요. 어디 봅시다."

대통령은 조심스럽게 봉투를 개봉하고 친서를 꺼냈다. 글을 읽기 시작하면서부터 대통령의 표정이 환하게 바뀌었다.

"오, 이런! 우리 제안을 수용하고 북미대화에 나서겠답니다. 와우! 대단해요 대단해. 정말 훌륭하게 해냈어요."

"아닙니다. 대통령님께서 저를 믿고 맡겨주신 덕분입니다."

"미안해요. 그동안 바이오코딩 시스템 때문에 윤 원장을 오해한 부분이 있었나 봅니다. 이번 일은 칭찬받아 마땅합니다."

"감사합니다."

"우리 앞으로 잘 지내봅시다."

"네. 대통령님."

"……."

윤 원장의 방북 이후 북한의 긍정적인 시그널이 언론에 보도되었다. 그중 한 언론사는 다음과 같은 기사를 내보냈다.

- 전략 -

교착상태에 빠졌던 북미대화가 급물살을 타게 되었다. 북한 당국은 조건 없는 대화에 나서기로 방침을 정하고 최근 그 사실을 미국 정부에 통보해 왔다고 오늘 셀라시 백악관 대변인이 발표했다.

이에 따라 북미 간 고위급회담이 조만간 개최될 것으로 보인다. 대북 경제제재가 장기간 지속되면서 북한의 경제 사정이 심각한 지경에 이른데 따른 해법을 북미대화에서 찾겠다는 의도로 풀이된다. 향후 개최될 고위급회담에서 북한이 과연 어떤 카드를 꺼내 들지 이목이 쏠리고 있다.

한편 북미 간 접촉 소식에 도라쿠 일본 총리는 북한의 진정성이 의심스럽다며, 북한의 의도를 제대로 파악하고 미국이 신중하게 대응해야 한다는 입장을 밝혔다.

- 후략 -

현시점에서 일본 정부가 가장 우려하는 것은 대북경제제재가 풀리고 남북 간 철도와 도로가 연결되는 일이었다. TCR, TMR, TSR 등의 철도 노선을 타게 되면 중국, 몽골, 유럽 그리고 CIS 지역으로의 대한민국 수출 경쟁력이 대폭 향상되기 때문이다.

반면에 일본이 유럽이나 CIS 지역에 자국산 제품을 수출하기 위해서는 기존의 해상 항로를 이용하는 대신 부산항이나 울산항 등으로 해상운송을 진행한 후 남북 종단 철도와 도로를 통해 이들 광역철도와 연계하는 서비스를 이용하는 것이 훨씬 효용성이 높은 방법이 될 것이다. 결국 일본 수출품의 상당수가 대한민국의 철도나 도로에 의존하는 결과로 이어지게 된다.

이것이 성사되면 위안부, 강제징용, 독도 영유권 다툼 등 한일 간 여러 정치적인 현안과 무역문제 협상의 주도권을 대한민국이 갖게 될 가능성이 높기 때문에 일본 총리의 냉랭한 반응은 이 같은 상황을 우려한 속내를 간접적으로 드러낸 것이었다.

4개월 후 산들카페

아름다운 선율이 카페 안을 채우고 있었다. 가볍게 손뼉을 치기도 하고, 노래를 따라 부르기도 하면서 적지 않은 시선들이 무대를 향하고 있었다. 노래가 끝나자 여기저기서 '앵콜'을 청했다. 그녀는 자리에서 일어나 허리를 굽혀 인사했다.

"제 노래는 여기까지입니다. 즐거운 시간 되십시오. 지금까지 여러분의 행복 도우미 성연희였습니다."

그 순간 맨 뒤쪽 테이블의 손님이 큰소리로 외쳤다.

"한 곡 더 부탁해요!"

다른 손님들도 손뼉을 치면서 가세했다.

"한 곡 더! 한 곡 더! 한 곡 더!"

그녀는 아쉬운 표정을 지어 보였다.

"저 역시 노래를 들려드리고 싶은데 시간이 다 돼서…. 죄송합니다.
제 뒤에 오시는 분이 더 멋진 음악을 선사해드릴 거예요. 좋은 시간
되십시오."

마이크를 내려놓은 뒤 청중을 향해 다시 한번 허리를 굽혔다. 실망
과 야유로 손님들이 웅성거렸지만 개의치 않고 악보와 기타를 챙기는
동안 두 사람이 그녀를 주시하고 있었다. 그들은 이내 카페 출입문을
열고 나갔다. 건물을 나섰을 때 그들이 기다리고 있었다.

"성연희 씨, 잠깐만 얘기 나눌 수 있을까요?"

"무슨 일이신데요? 스케줄이 있어서 가 봐야 해요."

"다음 장소가 샤르망 카페죠?"

"그걸 어떻게 아셨어요?"

"거긴 이미 다른 가수가 대체하는 걸로 얘기되었습니다."

그녀는 어이가 없다는 듯이 목소리를 높였다.

"아저씨가 뭔데 맘대로 취소시켜요!"

"오늘만 그런 거고 내일부터는 나갈 수 있어요."

"저, 경찰에 신고할 거예요!"

말이 떨어지자마자 그는 신변과 관련된 얘기를 늘어놓았다.

"상길동 명화여고 나오셨죠? 어머니는 며칠 전에 고관절 수술을 받
으셨고, 요새 동생 성적 때문에 허민숙 담임선생님이 걱정이 많으십니

다. 알고 있었나요?"

"이런 걸 어떻게…"

어안이 벙벙하여 더 이상은 말을 잇지 못했다. 대화에 응하지 않을 수 없는 일이라는 것을 직감적으로 알아챘다.

"더 얘기해 볼까요?"

"아, 아닙니다. 근데 왜 저를…"

"일단 조용한 데로 갑시다."

두 사람을 따라 걸은 후 승용차에 올라탔다. 그녀가 오른쪽 뒷좌석에 앉았는데 기타 때문에 자리가 불편해 보였다.

"이거 좀 당겨 봐."

운전석에 앉은 남자가 그녀의 앞 좌석을 당겨 공간을 넓혀주었다. 좌석 등받이에 기타를 기대 한결 편안한 자세가 되었다.

"이거 받으세요."

그는 봉투를 꺼내 건넸다.

"오늘 노래 부르지 못한 시간에 대한 보상입니다."

그녀가 주저하자 다시 한번 청했다.

"넣어두세요. 어머니 병원비에 보태야지요."

"감사합니다."

자신도 모르게 고개가 숙여졌다. 나쁜 짓을 할 사람들은 아닌 것 같아 조금은 마음이 놓였다.

"조만간 연희 씨가 어떤 분하고 저녁식사를 해야 합니다."

"그게 무슨 말이에요?"

"그냥 곁에서 말동무해주고 술 몇 잔만 따르면 됩니다."

"그 분이 누구인데요?"

"나중에 만나보면 알게 될 겁니다."

그녀는 울상을 지었다.

"죄송해요. 못하겠어요. 무섭기도 하고…."

"연희 씨가 해야 합니다."

시무룩한 표정으로 잠자코 있다가 다시 한번 의사를 밝혔다.

"저, 정말 못하겠어요."

"보수는 넉넉하게 드리겠습니다."

"그래도…."

그녀가 완고하게 나오자 한숨을 내쉬었다. 그녀는 고개를 푹 숙인 채 작은 목소리로 말했다.

"죄송해요."

"이렇게까지는 안 하려고 했는데…."

그는 어딘가에 전화를 걸었다.

"잘 지냈어?"

"……."

"요새는 괴롭히는 녀석들 없지?"

"……."

"언니가 야단치지 않는다고 공부 게을리하고 그러면 안 돼."

"……."

"그래, 좋은 대학 가서 가족들 기쁘게 해드려야지."

"……."

"알았다. 다음에 또 통화하자."

전화를 끊고 양복 안주머니에 휴대폰을 넣었다.

"재희가 앞으로는 공부 열심히 하겠다네요."

"뭐라고요?"

재희라고 얘기하는 순간 가슴이 철렁 내려앉는 것 같았다.

"병원에도 전화해볼까요?"

문득 자신을 끌어들이기 위해 철저하게 계획된 일이라는 생각이 들었다. 더 이상의 거절은 무의미한 것이었다. 그녀는 풀이 죽은 목소리로 말했다.

"아닙니다. 해보겠습니다."

"잘 생각하셨어요."

그는 미소를 지어 보이더니 주머니에서 봉투를 꺼내 건넸다.

"일단 선금이라 생각하시고 이거 받으세요. 일이 잘되면 충분한 보상이 있을 겁니다."

하지만 그녀에게는 돈이 문제가 아니었다. 불안한 마음에 다시 한번 확인을 받고 싶었다.

"정말 술만 따르면 되는 거죠?"

"네. 그렇습니다. 나중에 때가 되면 우리가 데리러 올 겁니다. 연희 씨가 주의해야 할 점은 그때 다시 전달할 거고…."

"알겠습니다."

"이 일은 극비사항입니다. 누구에게도 얘기해서는 안 됩니다. 현명하게 처신할 걸로 믿고 있겠습니다. 재희한테도 모르는 일로 해주세요."

도대체 어떤 인물이기에 철저하게 입막음을 하려는 건지, 그 순간 불안감이 더욱 커지면서 봉투를 쥔 손이 떨리기 시작했다. 자칫하면 가족들에게까지 피해가 미칠 일이라고 생각하니 가슴이 조마조마하여 되묻지 않을 수 없었다.

"그 분이 대기업 회장이라도 되나요?"

"그런 건 아닙니다. 지금으로서는 말씀드릴 수 없지만 비밀은 꼭 지키셔야 합니다. 아셨죠?"

더 이상은 얘기해줄 것 같지 않아 체념하고 마지못해 대답하는 것처럼 기어들어 가는 목소리를 냈다.

"네."

그는 불안에 떨고 있는 모습을 애처롭게 바라보았다. 이대로 헤어지면 한동안 갈피를 잡지 못할 것이 분명했기 때문에 한껏 애정(哀情) 어린 목소리로 말했다.

"우린 결코 나쁜 일을 하는 사람들이 아닙니다. 연희 씨가 뭘 걱정하는지 잘 알고 있습니다. 연희 씨나 가족들 모두 아무 일 없을 테니 마음 푹 놓으셔도 됩니다."

자신이 원했던 말을 듣자 안도하며 기분이 조금은 나아졌다. 그녀는 즉각적으로 반응했다.

"정말 아무 일 없는 거죠?"

"물론입니다. 때가 되면 모든 걸 알게 될 겁니다. 그럼 그때 봅시다."

차에서 내려 인사를 하고 돌아서려는데 차 문을 닫지 않은 채 그가 몇 마디를 덧붙였다.

"재희한테 집적거리던 녀석들, 이젠 괴롭히지 못할 거예요. 재희 성적도 올라가겠죠."

그녀는 아무 말 없이 다시 한번 고개를 숙이고는 돌아서서 걸어갔다.

청와대 대통령 집무실

"대북 현안도 잘 풀리고 있고, 한일관계도 그 어느 때보다 좋습니다. 수출도 순항하고 있습니다. 이런 말씀을 드리기에는 이른 감이 있지만, 지금 같은 분위기라면 재선에는 문제가 없어 보입니다. 헌법 개정 이후 역사적인 첫 연임 대통령이 되시는 겁니다."

"음, 반가운 소식이군요. 다 윤 원장 덕분입니다."

대통령은 흡족한 표정을 지었다.

"감사합니다."

윤 원장은 고개를 숙여 답례했다.

"저, 대통령님…"

"그래요, 말해보세요."

"이번 순방에 저 대신 황 차장이 수행했으면 하는데 그래도 되겠습니까?"

"무슨 특별한 이유라도 있나요?"

"황 차장 부친 일도 있고, 격려 차원에서 배려를 해주시면 좋겠다는 생각을 했습니다."

대통령의 중동 순방에는 정보협력 안건 외에 역대 최대 규모로 추진되는 건설 프로젝트에 대한 서명식이 예정되어 있었다. 이미 국내외 언론에 회자(膾炙)되어 세인들의 주목을 받고 있는 사안이었다. 이 때문에 재계는 물론 정관계의 고위직 인사라면 누구나 사절단에 합류하여 대통령 수행(隨行)을 희망하고 있는데 반해, 윤 원장은 이를 마다한 것이다.

"아, 황 차장의 부친 일은 미처 생각을 못했군요."

대통령은 고개를 끄덕이면서 혼잣말을 했다.

"음, 그래."

시선을 내린 채 잠시 생각에 잠겼다가 윤 원장을 가리킨 손을 가볍게 흔들면서 말했다.

"윤 원장은 좀 남다른 데가 있어요. 내 미처 그걸 알아보지 못했습니다."

"무슨 말씀이신지요?"

대통령은 속에 담아뒀던 얘기를 거침없이 꺼냈다.

"의제와 관련이 없는 장·차관들까지 순방길에 따라나서겠다고 난린데, 그게 뭐겠어요. 앞으로 국회의원 출마라도 하게 되면 자기네들 치적으로 포장해서 홍보자료에 사진 몇 장 끼워 넣고 이력서에 한 줄 더 써넣겠다는 수작이지. 뻔한 거 아니에요? 이 사람들 요구를 다 들어주다가는 내 전용기로는 자리가 모자랄 판입니다."

차려진 밥상에 숟가락만 얹으려는 듯한 일부 관료(官僚)들의 행태에 불쾌한 심기를 드러냈다. 윤 원장은 아무 말 없이 고개를 숙였다. 대통령은 계속해서 말을 이었다.

"예전이나 지금이나 나랏일은 뒷전이고 제 잇속만 챙기려는 자들이 있어요. 내가 그걸 모를 줄 압니까? 어리석은 사람들 쯧쯧. 내 오늘 윤 원장을 다시 봤어요. 정부에는 윤 원장 같은 사람이 필요합니다. 그렇게 하세요."

장·차관들의 수행 문제로 고심하고 있던 차에 그들과는 달리 수하의 차장을 앞세우는 윤 원장의 배려심이 작게나마 감동을 주었다.

"감사합니다."

"오히려 내가 고마워해야 할 일입니다."

"당치 않으십니다."

"그렇게 알고 그만 나가보세요."

윤 원장은 잠시 머뭇거렸다.

"내게 또 할 말이 있나요?"

"비서실에 스케줄을 확인해보니 오늘 저녁 특별한 일정이 없으시던데, 제가 조촐한 저녁식사 자리를 마련하고자 합니다."

정보활동을 책임지는 국정원의 수장으로서 당연한 일일 수도 있으나, 윤 원장은 중동 순방을 앞두고 대통령의 심기가 어떠하다는 사실을 훤히 꿰뚫고 있었다. 이 때문에 다른 관료들과는 의식이 다르다는 점을 부각시키고 싶었다.

그리고 이는 오늘의 만찬을 성사시키기 위한 계획된 포석이었다. 사심을 내려놓은 듯한 청을 넣으면서까지 대통령과의 만찬에 공을 들인 데에는 그럴 만한 이유가 있었다. 하지만 대통령은 그 속내를 전혀 알아채지 못했다.

"윤 원장 초대라면 만사를 제쳐두고 가야지요. 그렇게 합시다."

기대했던 대로 대통령은 흔쾌히 수락했다.

"감사합니다."

"아, 이왕에 황 차장도 부르세요. 수행 얘기도 할 겸, 위로 좀 해줘야겠어요."

만약 대통령이 황 차장을 언급하지 않는다면 자신이 청을 넣을 작정이었다. 윤 원장은 일이 술술 잘 풀리는 것 같아 속으로 쾌재(快哉)를 불렀다.

"알겠습니다."

"······."

국정원 안가

어둠이 내려앉을 무렵, 검은색 리무진들이 안가(安家)에 들어섰다. 먼저 도착한 경호원들이 이곳저곳을 둘러보고 안전에 이상이 없음을 보고한 뒤였다. 대기하고 있던 경호원이 차량 문을 열자 대통령이 차에서 내렸다.

"오셨습니까?"

윤 원장의 인사에 가볍게 고개를 끄덕였다. 팔을 토닥거리면서 인사에 답례했다.

"대통령님, 안녕하십니까?"

곁에 서 있던 황 차장이 허리를 굽혀 인사했다.

"오! 황 차장, 오랜만이오. 황 차장도 자리를 함께 합시다."

"모시게 돼서 영광입니다."

혹시라도 섭섭하게 생각하고 있을 것 같아 대통령은 일부러 더욱 반갑게 황 차장을 대했다.

"부친께서 소천하셨다는 소식은 들었어요. 내 미처 위로를 못해 미안하게 됐습니다."

"아닙니다. 대통령님."

"좋은 곳으로 가셨을 거예요."

"감사합니다."

윤 원장은 대통령을 만찬장으로 안내했다. 경호원들이 따라나서려 하자 대통령이 손을 내저었다.

"자네들은 대기실에 가 있어."

"대통령님, 저희는…."

"시키는 대로 하게. 가족 같은 사람들 앞에 자네들이 지켜 서 있는 건 도리가 아니지."

"괜찮으시겠습니까?"

"허허, 이 사람이…."

"알겠습니다."

더 이상은 주장을 못하고 송 차장이 고개를 숙였다. 윤 원장은 첫 단추부터 순조롭게 꿰어지고 있다는 생각에 안도했다. 미소를 머금은 채 황 차장을 바라보며 고개를 끄덕였다.

만찬장에는 병풍이 쳐 있고 그 앞에 술과 갖가지 먹음직스러운 음식들로 상이 차려져 있었다. 만찬장에 들어서자 대통령과 윤 원장의 양복 상의를 황 차장이 받아 들었다.

"이쪽으로 드십시오."

윤 원장이 허리를 굽혀 자리를 가리켰다.

"방석이 하나가 더 있군요. 누구 또 부른 사람이 있나요?"

어느 때 같았으면 비서실장이 앉을 자리였다. 예정에 없던 만찬이 갑작스럽게 계획됨에 따라 그는 피치 못할 선약을 이유로 참석하지 못했다. 비서실장의 일정까지 미리 파악해둔 황 차장의 계략(計略)이 통한 결과였다. 대통령이 자리를 잡은 후 두 사람도 맞은 편에 앉았다.

"대통령님께서 맘에 드실 만한 아이 하나를 준비해두었습니다."

"그래요? 내가 연애에는 관심이 없다는 걸 몰랐나요?"

"잘 알고 있습니다. 그저 곁에서 시중들 아이를 부른 것뿐입니다. 일단 목부터 축이시지요."

윤 원장의 손짓에 황 차장이 위스키와 맥주로 폭탄주를 제조했다.

"처음부터 너무 세게 나가는 거 아닙니까?"

"오늘은 마음 푹 놓고 즐기십시오. 저희가 편안히 모시겠습니다."

"대통령님, 여기…."

황 차장이 폭탄주가 담긴 술잔을 건넸다.

"그럼 쭉 한잔들 합시다."

세 사람은 모두 잔을 비웠다.

"아, 술맛이 좋구만. 그동안 고생들 많았어요."

"감사합니다."

"한 잔 더 올려도 되겠습니까?"

"뭐, 급할 거 없는데 천천히 합시다. 윤 원장, 사석에서는 형님이라 부르세요. 전부터 얘기한다는 게 기회가 없었어요."

윤 원장은 급히 자세를 고쳐 무릎을 꿇었다. 황 차장도 덩달아 무릎을 꿇었다. 이어서 황망하다는 듯이 머리를 조아리며 말했다.

"제가 어떻게 감히 대통령님을 형님이라 부르겠습니까. 만부당하십니다."

"괜찮아요. 지금 누구보다 든든한 내 오른팔이 아닙니까."

"그렇게 생각해주셔서 감사합니다."

"그래야 나도 두 사람에게 편하게 말을 놓을 거 아니오."

"무슨 뜻인지 알겠습니다."

"그만 바로 앉아요."

"네."

두 사람은 곧바로 자세를 고쳐 앉았다.

"윤 원장을 국정원장에 앉힌 것이 신의 한 수였어요. 바이오코딩인지 뭔지 그것만 제안하지 않았어도 우리가 좀 더 일찍 가까워졌을 텐데 쓸데없는 고집을 부려서 시간이 좀 걸렸구먼. 어쨌든 충심을 알아봐 주지 못해 미안하게 됐소. 취하기 전에 이 말이 하고 싶었어요."

"감사합니다. 대통령님."

대통령은 검지를 펴고 가볍게 손을 저으면서 말했다.

"저, 저, 형님이라 부르래도 그러네."

"네, 알겠습니다. 형님."

그러나 대통령 역시 선뜻 하대(下待)의 말이 나오지 않았다.

"황 차장, 한 잔 더 말아봐요."

"네, 대통령님."

황 차장은 다시 한번 폭탄주를 제조했다.

"자, 건배!"

세 사람은 술잔을 부딪쳤다. 대통령이 절반쯤 마시고 내려놓자 두 사람도 눈치를 보아가며 술을 남겼다. 잔을 내려놓자마자 대통령이 불편한 심기를 드러냈다.

"야당 의원들이야 늘상 하는 일이 정부를 비판하고 대통령을 까대는 거라지만, 요즘 여당에서도 슬슬 눈엣가시가 보이는 거 같지 않아요?"

"홍 의원 말입니까?"

"그래요, 그 친구."

마치 홍 의원을 가리키듯 허공을 향해 손가락질을 했다.

"사사건건 정부 정책에 비토나 놓고, 하는 짓을 보면 여당인지 야당인지 당최 소속을 모르겠어요. 야당에서 위장 취업한 저들 나팔수야 뭐야!"

윤 원장은 대통령만큼이나 강한 어조로 응대했다.

"형님, 염려 마십시오. 그 여편네 못된 버르장머리를 제대로 고쳐놓겠습니다!"

그러자 대통령의 목소리가 이전처럼 차분해졌다.

"거, 너무 세게 들이대지는 말고, 뭐 좀 구린 데를 캐서 잠자코 있도록 해봐요."

"네. 알겠습니다."

대통령은 가볍게 고개를 끄덕였다.

"야당에 그 친구 누구였지?"

이름을 떠올리느라 잠시 기억을 더듬었다.

"아, 한만출 의원. 도대체 언제적 얘기인데 출석 일수가 모자라다는 둥, 성적표가 조작되었다는 둥, 우리 애가 뭘 그렇게 큰 잘못을 했다고 여기저기 들쑤셔대고 말이야. 제시하는 서류들도 그래요. 그거 다 개인정보 불법 유출 아닌가? 이 친구 때문에 머리가 지끈지끈 아팠는데,

앓던 이가 쑥 빠진 것처럼 요샌 좀 살 것 같아. 두 사람이 힘을 써준 덕분에 한시름 덜었어요."

대통령의 어조는 롤러코스터라 할 만큼 기복(起伏)이 심했다. 자식 문제가 구설수(口舌數)에 오르면서 야당의 뭇매에 시달렸던 기억을 떠올리며 고마운 심정을 에둘러 표현한 것이었으나, 한편으로는 앞으로도 곤란한 일들을 잘 처리해달라는 부탁의 의미이기도 했다.

"아닙니다. 어떤 일이든 맡겨만 주십시오."

"그래요, 지금 믿을 수 있는 사람은 윤 원장밖에 없어요."

"감사합니다."

바이오코딩 시스템을 제안했다가 대통령이 거절하면서부터 두 사람 관계가 한동안 소원(疏遠)했다. 하지만 이후 윤 원장이 대북 밀사직을 성공적으로 수행하게 되자 두 사람의 관계가 점차 회복되기 시작했다.

그런가 하면 한편에서는 이처럼 은밀하게 정치인들에 대한 공작 활동을 수행하는 등, 대통령이 부담스러워하는 일들을 능숙하게 처리함으로써 대통령의 신임을 얻게 되었다.

그러나 공작 활동을 진행하는 과정에서 검찰 영역에까지 윤 원장의 손길이 미치고, 선을 넘는 일이 되풀이되자 검찰 내부에서 윤 원장의 월권행위(越權行爲)를 비판하는 목소리가 불거져 나오기 시작했다. 이 때문에 강진묵 고검장과 반목(反目)하는 일이 벌어졌는데, 대통령이 윤 원장의 손을 들어줘 검찰 내부에서조차 없던 일로 마무리되었다.

검찰의 이의 제기가 지극히 타당하고, 강 고검장의 동문 선배로서 강 고검장이 선배님이라고 부를 만큼 그와는 각별한 사이였으나 대통령은 정치적으로 유리한 쪽을 선택했다. 이후 윤 원장과 강 고검장은 서로를 견제하며 견원지간(犬猿之間)으로 남게 되었다. 이것이 훗날 강 고검장이 검찰 총수 자리에 올랐을 때 또 다른 사건의 불씨가 되었다.

"내가 대통령이 되어보니까, 그 전에 생각했던 대통령하고는 영 딴판이에요. 혼자서는 할 수 있는 일이 아무것도 없어요. 그나마 충성스런 몇 사람 때문에 이 자리가 유지되는 거지. 아무튼 고맙소."

윤 원장은 머리를 숙여 답례하고 곧바로 말을 이었다.

"형님, 말씀을 낮추십시오. 형님으로 부르라 하시고 존대하시니 좀 부담스럽습니다."

"그런가? 습관이 안 돼서 쉽게 말이 떨어지지가 않는군요. 지금부터 그렇게 하지. 이건 어디까지나 사석에서 하는 얘기이고 국사를 논하는 자리에서는 이전처럼 대하겠어."

"네, 형님."

잔을 마저 비운 후 다시금 술잔을 채웠다. 문득 대통령의 뇌리에 떠오른 게 있었다.

"윤 원장, 황 차장한테 얘기했나?"

"아, 아직입니다."

그러자 대통령이 미간을 찌푸렸다.

"그런 소식은 바로바로 전해줘야지."

중동 순방의 수행 문제는 대통령과 정관계의 주요 인사들에게는 중대한 관심사일 수 있으나, 두 사람에게는 사실상 유통기한이 지난 상품이나 다름이 없었다. 이들의 흑막(黑幕)을 알 도리가 없는 대통령으로서는 내심 윤 원장이 얘기하지 않았기를 바라며 본인의 입으로 황 차장에게 그 소식을 전해주고 싶었다.

"황 차장."

"네, 대통령님."

"이번 중동 순방은 자네가 나를 수행하도록 해. 특별히 윤 원장 부탁으로 그리 하기로 했어."

"감사합니다. 감사합니다."

황 차장은 두 사람을 향해 방향을 바꿔 가며 고개를 숙였다.

"자네는 참 좋은 상사를 뒀어. 내 눈을 씻고 봐도 이 정부에는 윤 원장 같은 사람이 없네."

"아닙니다. 형님."

답변 대신 두 사람을 향해 다시 한번 정중하게 인사했다.

"윤 원장 배려에 누가되지 않도록 잘 준비해 봐."

"알겠습니다."

내색은 안 했지만, 큰 아량을 베푼 것으로 여겨 대통령은 몹시 뿌듯해 했다.

"자, 자, 정치 얘기는 그만하고 다른 재미있는 얘기를 해보세."

"형님, 준비된 아이를 부를까요?"

"응, 불러보게."

윤 원장은 황 차장을 바라보며 말했다.

"아이 교육은 잘 시켰겠지?"

"네, 물론입니다."

두 사람의 대화가 대통령 귀에도 들렸다. 대통령은 자신을 공대(恭待)하기 위한 의례적인 예절 교육쯤으로 여겼다. 만찬을 파(罷)하고 청와대에 복귀한 시점에서조차 상상했던 것과는 다른 교육내용이 포함되어 있다는 사실을 전혀 알아채지 못했다.

황 차장이 자리에서 일어나 조심스럽게 문을 열고 나갔다. 그리고 잠시 후 한복으로 곱게 단장한 젊은 여성과 함께 들어왔다. 그 사이 대통령은 술을 반쯤 비웠다.

"인사드리세요. 대통령님이십니다."

"안녕하십니까? 성연회라고 합니다."

"송연회 씨, 반갑습니다."

"성.연.희.입니다."

그녀는 또박또박 다시 한번 이름을 말했다. 곁에 서 있던 황 차장이 못마땅하다는 듯이 눈살을 찌푸렸다. 대통령을 향해 고개를 숙이고 있어서 그와는 시선이 마주치지 않았다.

"미안해요. 성연회 씨."

대통령은 멋쩍은 미소를 지어 보였다.

"대통령님 옆으로 가서 앉으세요."

"네."

걸어오는 모습을 유심히 지켜보며 자리에 앉을 때까지 대통령은 그녀에게서 시선을 떼지 않았다. 문득 시야가 흐린 듯한 느낌이 들어 주머니에서 안경닦이를 꺼냈다. 그러자 황 차장이 재빠르게 거들었다.

"연회 씨, 대통령님 안경을 닦아드리세요."

"괜찮아. 그럴 것까진 없어."

안경을 닦은 효과가 있었는지, 안경을 다시 쓴 후 대통령은 눈이 밝아진 것처럼 말했다.

"오! 정말 미인이군요."

"감사합니다."

"그래, 무슨 일을 하시나요?"

"가수입니다."

"내가 본 적이 없는 것 같은데."

"아직은 무명가수입니다."

"아직이라면… 앞으로 대성할 가수란 말인가요?"

"네, 그렇습니다."

그녀는 대통령을 똑바로 쳐다보지 못하고 고개를 숙인 채 조아렸다.

"말은 당돌하게 하면서 몸은 수줍음을 많이 타는 아가씨군요."

"죄송합니다."

"뭐, 죄송할 일은 아니고…. 자, 자, 새 식구도 왔으니 한 잔씩 하세. 지금부터는 위스키가 좋겠어."

말이 떨어지기가 무섭게 황 차장이 눈총을 주었다.

"뭐하고 있어요? 대통령님께 얼른 술 한 잔 올려드리지 않고."

"네."

그녀는 떨리는 손으로 술을 따랐다.

"죄송합니다. 이런 일은 처음이라서…."

모두가 잔을 채우고 '건배'를 외치자 대통령은 곧장 입속에 털어 넣었다.

"한 잔 또 따라 봐요. 미인을 보니 술맛이 더 좋은 것 같아."

이번에는 대통령 혼자서만 술을 마셨다. 내려놓은 빈 잔에 그녀가 술을 따르려 할 때 잔을 들어 호응했다. 윤 원장과 황 차장 눈에는 대통령이 그녀에게 마음이 동한 것처럼 보였다. 하지만 처음 들어올 때부터 표정이 굳어 있더니 여전히 긴장한 듯한 모습이 눈에 거슬렸다.

"대통령님을 삼촌이라 생각하고 대하면 편안해질 거예요. 형님, 제 말이 맞죠?"

"그럼 그럼. 부담 갖지 말고 편히 있어요."

"네."

경호원 네 사람이 안가 건물 외곽에 배치되었다. 이들은 출입구를 지키고 주기적으로 순찰을 돌며 주변의 동태를 살폈다. 나머지 경호원들은 별도로 마련된 빈실(賓室)에서 대기하고 있었다.

그 시각 송 차장은 불안한 마음을 떨칠 수가 없어 테이블 주변을 서성거렸다.

"차장님, 이것 좀 드십시오."

"신경 쓰지 말고 너희들 많이 먹어. 아무리 지시에 따른다지만 대통령님을 혼자 계시게 해도 되는 건지 모르겠어. 처장님이 아시면 노발대발하실 텐데."

"대통령님이 윤 원장을 너무 믿으시는 것 같습니다."

"그래도 이건 아니지. 혹시 우리가 옆방에서 대기할 걸로 생각하시고 그렇게 지시하신 게 아닐까?"

"그럴 수도 있을 것 같습니다. 차장님, 제가 한번 가보겠습니다."

"아니다. 저 여우 같은 서 국장한테 휘말리면 골치 아파. 너희들은 감당이 안 돼."

그러자 부하 경호원이 목소리를 높였다.

"차장님, 우리가 누굽니까. 국정원 따위가 뭐 대수라고…"

송 차장이 손짓을 하면서 작은 목소리로 말했다.

"야야, 목소리 낮춰. 여긴 국정원 아지트야. 그건 네가 서 국장을 잘 몰라서 하는 소리야."

송 차장은 결심했다는 듯이 고개를 끄덕였다.

"아무래도 대통령님을 지키고 있어야겠어. 내가 부르면 너희들도 만찬장으로 와라."

"알겠습니다."

만찬장 출입문 주변에는 서 국장과 다른 국정원 요원 세 명이 서 있었다.

"서 국장님, 수고가 많으십니다."

"송 차장님이 웬일이십니까?"

도둑이 제 발 저리다고 송 차장을 발견한 순간 서 국장은 뜨끔했다.

"저야, 경호를 책임지는 사람으로서 대통령님의 안위를 살피는 건 당연한 일이 아니겠습니까?"

"보시다시피 여기는 저희가 물샐 틈 없이 지키고 있습니다. 염려 마시고 돌아가 계십시오."

"아닙니다. 대통령님을 알현하고 방에서 대기해야겠습니다."

"대통령님의 지시를 따르는 것 또한 송 차장님의 임무가 아니신가요? 대통령님께서 분명 방해하지 말라고 지시하신 것 같은데…"

대기실에 있으라는 지시를 방해하지 말라는 지시로 교묘하게 둔갑시킨 말이었다. 지시위반에 대한 책임을 더욱 크게 부각시키려는 속셈이었으나 송 차장은 쉽게 물러서지 않았다.

"그렇다 해도 마땅히 제 본분을 다하는 것이 우선입니다."

언짢다는 듯이 서 국장이 미간을 찌푸렸다.

"그 말씀은 국정원을 믿지 못하겠다는 뜻인가요?"

대통령이 경호원들에게 빈실 대기를 지시할 때부터 서 국장은 송 차장이 접근해 올 것을 예상하고 여러 반응을 가정하여 그를 따돌리려는 말들을 미리 염두에 두고 있었다. 네 명이 지키고 서 있었지만, 이를 국정원으로 범위를 넓혀 말한 것도 시나리오에 포함되어 있었다. 언변으로는 송 차장이 서 국장을 당해내기가 쉽지 않은 이유였다. 송 차장은 손을 내저었다.

"그런 뜻이 아닙니다. 오해는 마십시오."

더욱이 어떻게 해서든 경호원들의 접근을 차단하라는 황 차장의 특명을 받았기 때문에 서 국장은 계속해서 단호한 입장을 취했다.

"국정원 안가에 오신 이상, 오늘만큼은 저희 역시 대통령님의 안전을 책임져야 할 사람들입니다. 이 점을 분명히 하고 싶습니다. 그리고 지금 한창 즐겁게 대화를 나누고 계시는데, 송 차장님이 대통령님을 뵙게 되면 명령을 어긴데다가 좋았던 분위기를 망치는 일이 될 겁니다. 그 뒷감당을 어떻게 하시려고… 저희 또한 대통령님의 명령에 따르고 있다는 사실을 잊지 말아 주십시오."

송 차장이 물러설 것 같잖자 이번에는 지시를 명령이라는 표현으로 바꾸어 말했다. 명령을 사수(死守)해야 한다는 경호원들의 수칙과 관련된 아픈 구석을 찌른 것이다. 반면에 자신들은 명령을 준수하고 있는 것처럼 대비시켜 송 차장이 단념하도록 유도하였다.

생각했던 것보다 서 국장이 완강하게 나오자 송 차장은 한숨을 내쉬었다. 불쾌하게 들리기도 했지만 그의 말에 타당한 점이 전혀 없는 것은 아니었다.

"알겠습니다. 그러면 방은 아니더라도 우리 경호원들을 여기에 배치하는 건 이의가 없으시겠죠?"

"그 말씀 또한 국정원을 믿지 못하겠다는 거 아닙니까?"

서 국장은 다시 한번 기세를 올렸다. 서 국장의 월권행위가 지나치다는 생각이 들어 이번에는 송 차장도 강경한 태도를 취했다. 그 역시 경호에 관한 한, 소신이 뚜렷하고 서 국장만큼이나 한 분야에서 경험이 많은 베테랑이었다.

"서 국장님, 제 얘기를 고깝게 듣지는 마십시오. 저 또한 분명히 해둘 게 있습니다. 아무리 이곳이 국정원 안가라 해도, 대통령님의 안위에 문제가 생긴다면 일차적인 책임은 경호처에 있습니다. 그리고 오늘의 경호 책임자는 접니다. 국정원 요원이 아니라는 말씀입니다. 서 국장님을 못 믿어서가 아니라, 저는 경호에 대한 최소한의 책무를 다하려는 겁니다. 제 말씀에 부적절한 부분이 있다면 지적해주십시오."

그러자 까칠했던 말투가 부드러워졌다.

"오해가 있으신 것 같은데, 대통령님의 경호는 당연히 송 차장님이 주무자지요."

책임자를 주무자로 표현하여 의도적으로 송 차장의 격을 낮췄다. 그리고는 잠시 망설이는 척하다가 후의(厚意)를 베푸는 것처럼 말했다.

"뭐, 그 정도는 양보하겠습니다."

'양보를 한다고? 이 작자가 정말…! 어이가 없어!'

서 국장의 말 한 마디 한 마디가 듣기에 거북했으나 지금은 실랑이를 벌이고 있을 때가 아니라는 생각에 이의를 제기하지는 않았다.

"그럼 지금 바로 우리 경호원들을 불러서 제가 여기에 함께 대기하도록 하겠습니다."

"네, 그러십시오."

송 차장은 휴대폰을 꺼내 들었다.

한편 만찬장에서는 여전히 그녀가 대통령의 주된 대화상대였다.

"누가 보면 우리가 늘 이렇게 마시는 줄 알겠어. 내가 대통령이 되고 나서 집사람 말고 여성분 옆자리에 앉은 건 오늘이 처음이라우. 믿어 주세요."

취기가 올랐는지, 대통령의 목소리에 애교가 섞여 있었다.

"영광입니다. 그리고 걱정하지 마십시오. 그런 생각은 하지 않습니다."

"오호라. 우리 예쁜 아가씨, 지금까지 한 말 중에 제일 긴 말이었어요."

그즈음 황 차장이 젓가락질을 하다가 도토리묵이 갈라졌다. 갈라진 묵을 겨우 집어 들고 입속에 넣으려는 찰나, 두 동강이 나면서 불룩하게 튀어나온 배 위에 떨어져 와이셔츠에 얼룩이 졌다. 얼룩을 바라보며 난감해하는 황 차장의 얼굴 표정이 눈에 들어오자 그녀의 입에서 웃음이 흘러나왔다.

"푸흡."

황 차장의 시선을 피해 대통령 쪽으로 얼른 고개를 돌렸다. 황 차장의 표정을 상기하며 그녀는 여전히 웃음기를 머금고 있었는데 그제서야 황 차장이 그녀를 바라보았다. 대통령과 눈이 마주치는 순간 경솔한 모습을 보인 것 같아 두 손으로 입을 가렸다. 대통령은 자신이 한 말 때문에 웃음을 지은 줄 알고 즐겁다는 듯이 화기(和氣)가 완연했다.

"웃었어! 웃으니까 경국지색이 따로 없는걸?"

실제로도 그녀가 정말 아름다워 보였다. 대통령은 머지않아 자신이 한 말의 의미를 깨닫게 될 운명이었다. 영문을 모르는 황 차장은 그녀가 조금은 긴장이 풀린 것 같아 마음이 놓였다. 자신들이 의도한 바를 이루기 위해서는 무엇보다도 그녀의 역할이 중요했기 때문이다. 그녀는 차마 황 차장을 처다볼 수 없어 계속해서 대통령 쪽으로 고개를 돌리고 있었다. 대통령은 그녀의 얼굴을 빤히 들여다보았다.

"우리 이쁜이, 머리카락이 호수 같은 눈을 가렸어요."

다정한 연인 사이처럼 한층 농도가 진해진 애교의 목소리였다. 그리고는 흘러내린 머리카락을 천천히 쓸어 올렸다. 의외라는 생각이 들 만큼 평소의 근엄한 태도와는 달리 살가운 모습을 자아냈다. 황 차장은 속으로 생각했다.

'미인 앞에서는 대통령도 별 수 없구나!'

"형님, 한 잔 하시지요."

"그래, 오늘 기분 최고다!"

"건배!"

술잔을 비운 후 그녀는 물컵에 물을 따라 한 모금을 마셨다. 대통령은 곧바로 화장실을 찾았다. 윤 원장이 일어서서 출입문 바로 옆의 화장실을 가리켰다.

"이쪽입니다."

대통령이 앉아 있으라고 했으나 두 사람도 자리에서 일어났다.

'하필 잔을 비워놓고….'

대통령이 화장실에 들어간 것을 확인하고는 황 차장이 아쉬운 표정을 짓더니 그녀를 바라보면서 눈총을 주었다.

"교육받은 대로 똑바로 해!"

"네."

그녀는 기어들어 가는 목소리로 대답했다. 잠시 후 대통령이 화장실에서 나와 좌정(坐定)한 뒤 다른 사람들도 자리에 앉았다. 대통령을 거쳐 윤 원장의 잔에 술병을 기울일 때 위스키 한 병이 동이 났다. 새로운 병의 마개를 제거하고 두 사람의 잔을 마저 채웠다.

"술은 잘하는 편인가요?"

"아닙니다. 이곳저곳 닥치는 대로 노래를 부르러 다녀야 겨우 입에 풀칠할 정도라…."

"열심히 사는 친구군요. 나도 아가씨 나이 때는 힘들게 살았지요. 내가 그보다 더 어렸을 때 한창 공부해야 할 나이에 시계 공장에서 일했다면 믿을 수 있겠어요? 지금 일국의 대통령이라는 사람이…. 그래서 인권 문제에 관심을 갖게 됐고 이렇게 대통령이 될 수 있었어요."

과거의 아린 기억을 떠올리며 그녀에게 애잔한 눈빛을 실어 보냈다.

"열심히 살다 보면 아가씨한테도 좋은 날이 올 거예요."

"감사합니다."

대통령은 그녀의 등을 토닥거리다가 조금은 난처해하는 기색을 보였다.

"미안해요. 내가 경솔했군요. 이름이 어떻게 된다고 했지요?"

"성연희입니다."

"그래요, 연희 씨. 연희 씨 모습이 보기 좋아서 내가 상을 내려야겠어요. 윤 원장, 현금 가진 거 있나?"

윤 원장은 당황한 표정으로 황 차장에게 눈길을 주었다.

"저한테 있습니다."

허겁지겁 지갑에 있는 돈을 전부 꺼내 대통령에게 건넸다.

"수수께끼 하나 내볼게요. 맞히면 우리 연희 씨한테 이 돈을 다 줄 거고 아니면 절반만 줄 겁니다."

"네. 알겠습니다."

"여기저기서 사람들이 기를 쓰고 덤벼드는데 쉽게 잡히지 않는 게 있어요. 과거에도 그랬고 지금도 그래요. 힘으로 밀어붙이거나 때로는 술수를 써보기도 하지만 오직 자격이 있는 사람만이 잡을 수 있어요. 그게 뭘까요? 한번 맞혀 보세요."

그녀는 골똘히 생각하다가 잠시 후 입을 열었다.

"대통령님, 그것은 돈입니다."

"맞아요. 그럴 수도 있지요."

"자네들은 뭐라고 생각하나?"

술기운이 돌면서 대통령이 두 사람을 하대하는 일이 전보다는 한결 자연스러워졌다.

"형님, 그건 사람의 마음이 아닙니까?"

"황 차장은 뭐라고 생각해?"

"저도 사람의 마음이 담인 것 같습니다. 민심이 될 수도 있고요."

"그 말도 일리가 있군. 내가 말하려는 것은 권력이에요, 권력. 연희 씨는 잘 모르겠지만, 이걸 잡겠다고 나를 흔들어대는 사람들이 있어요. 하지만 대통령은 강한 사람이에요. 우리 국민들을 위해서도 꿋꿋하게 맞설 겁니다."

야당과 언론으로부터 시달린 경험을 상기하며 이 같은 수수께끼를 냈으나, 마치 자신들을 빗대서 하는 말 같아 윤 원장과 황 차장에게는 뜨끔하게 다가왔다. 윤 원장이 재빠르게 거들었다.

"형님, 너무 염려 마십시오. 저희가 잘 보필하겠습니다."

"그래, 고맙군. 연희 씨, 손 내밀어 봐요."

그녀가 두 손을 내밀자 약속대로 절반의 돈을 손바닥 위에 올려놓았다. 그런데 그녀의 당돌함이 분위기를 썰렁하게 만들었다. 고개를 푹 숙인 채 그녀가 말했다.

"대통령님, 남은 돈도 다 주시면 안 될까요?"

'아니, 이 친구가!'

대통령이 역정을 낼까 봐 황 차장은 다소 긴장이 되었다. 두 사람은 동시에 대통령의 얼굴을 바라보았다.

"그러죠 뭐. 이거는 예쁘게 낳아주신 부모님께 감사하라는 의미로…."

대통령은 나머지 돈을 그녀의 손바닥 위에 올려놓았다.

"감사합니다."

그녀는 넙죽 절을 하고 조심스럽게 방석 밑으로 돈을 옮겼다. 자세를 바로잡았을 때 황 차장과 시선이 마주쳤다. 처음부터 그녀의 태도가 영 내키지가 않은 데다가 조금 전의 행동은 더욱 마음에 들지 않았다. 이 때문에 황 차장의 입에서 쌀쌀맞은 목소리가 튀어나왔다.

"상도 받았으니, 그 잔 마시고 대통령님께 술 한 잔 따라 드리세요."

"네."

그녀는 곧바로 술잔을 비웠다. 그리고 티슈로 잔을 닦아 공손하게 내밀었다.

"대통령님, 여기요."

하지만 대통령은 뜻밖의 반응을 보였다.

"에이!"

고개를 휙 돌리고는 다른 곳을 바라보았다. 대통령이 듣기에는 황 차장이 그녀에게 던지는 말마다 가시가 돋쳐 있었다. 이 때문에 여전히 주눅이 들어 있는 것 같아 일부러 취한 행동이었다. 울먹이는 듯한 목소리로 그녀가 말했다.

"대통령님, 제가 무슨 잘못이라도 저질렀나요?"

그러자 웃으면서 말했다.

"연희 씨가 큰 잘못을 했지. 그걸 닦으면 어떡해요?"

"네? 아…. 푸흡!"

그녀의 입에서 다시 한번 웃음이 흘러나왔다.

"농담이에요, 농담."

대통령은 그녀의 등을 쓸어 내렸다. 그녀는 한결 여유를 찾은 모습이었다.

"나는 잔만 채우고 조금 이따가 넘겨줄게요."

"네, 대통령님."

"형님, 잠시만요."

윤 원장이 자리에서 일어나 가까이 다가가서 귓속말로 얘기했다.

"오늘 잠자리 어떠세요?"

"으응? 아니야, 아니야. 난 연애 같은 건 안 해."

"알겠습니다."

윤 원장은 제자리로 돌아와 앉았다.

"대통령님, 식사하셔야지요?"

"이것저것 집어먹었더니 배가 부르구먼. 자네들은 식사해."

"괜찮습니다."

이후 몇 차례 더 술잔을 부딪치자 한껏 취기가 오른 대통령이 방안을 두리번거렸다. 양쪽 벽에 걸려있는 그림 중에 오른편의 그림이 만찬장에 들어설 때부터 시선을 끌었다. 그림에 대해 얘기하고 싶어 전부터 입이 간질간질하던 차였다. 그런데 병풍 위치보다 조금 앞쪽에 놓여 있어서 고개를 많이 젖혀야 했다.

"저 그림이 맘에 드는구먼."

황 차장이 재빠르게 거들었다.

"피카소의 게르니카를 축소해놓은 모작이라고 합니다. 대통령님 혹시 아십니까?"

"그럼~. 내가 피카소의 열렬한 팬이잖아."

그러자 윤 원장이 호응했다.

"형님, 그림 설명 좀 부탁드려요."

대통령은 일사천리로 자신이 알고 있는 지식을 들려주었다.

"피카소는 스페인 태생에 프랑스에서 활동한 입체파 화가야. 게르니카는 스페인 내란을 주제로 전쟁의 참상을 표현한 피카소의 대표작인데, 스페인 내란 중에 독일의 무차별 폭격을 받아 폐허가 된 도시를 말해."

대통령은 여전히 그림을 가리키고 있었다. 그때 황 차장이 신호를 주었다. 그녀는 뭔가를 꺼냈다. 손이 덜덜덜 떨리면서 술잔에 쏟아 넣는다는 것이 그만 테이블 위에 하얀 가루를 쏟고 말았다. 황 차장은 얼른 닦아내라고 손짓, 눈짓을 했다. 그러자 그녀가 다급하게 손바닥으로 쓸어 내렸다.

놀란 가슴을 주체하지 못해 황 차장은 얼굴이 화끈거렸다. 대통령은 전혀 눈치채지 못하고 그림을 가리키며 설명에 몰두하고 있었다.

"불이 난 집, 죽은 아이의 시체를 안고 절규하는 여인, 멍한 황소의 머리, 부러진 칼을 쥐고 쓰러진 병사…"

황 차장이 다시금 눈길을 줬다.

'제발 실수하지 마라!'

그녀는 다시 한번 시도를 했다. 이번에는 정확히 술잔 속에 가루를 쏟아넣었다.

"광기에 울부짖는 말, 램프를 들고 쳐다보는 여인, 여자들의 절규, 해체된 시신 등 전쟁터에서 볼 수 있는 모습들이 뒤엉켜있는 거야."

설명이 끝나자 두 사람이 손뼉을 쳤다. 그녀도 덩달아 손뼉을 쳤다. 윤 원장은 엄지를 치켜들었다.

"형님, 대단하십니다! 어떻게 이런 걸 다…"

"소싯적에 피카소에 미쳐서 공부 좀 했지."

황 차장도 맞장구를 쳤다.

"대단하십니다! 대통령님."

대통령은 으쓱해져서 얼굴에 미소가 가득했다.

"자, 한 잔씩 하지."

"건배!"

술잔을 부딪친 후 두 사람은 대통령이 마시는 모습을 지켜보았다.

"캬! 술맛 죽인다. 우리 이쁜이도 죽이고, 피카소도 죽이고…"

얼근하게 취기가 오른데다가 두 사람이 추켜세우자 흥에 겨워 말투에 가락을 실었다.

"자네들, 안 마시고 뭐 해?"

"아, 아닙니다."

두 사람도 잔을 비웠다. 잠시 후 대통령이 졸린 눈을 깜박거렸다.

"아⋯."

그러더니 그녀의 몸에 기대었다. 윤 원장이 무릎을 꿇은 채 팔을 뻗어 대통령의 어깨를 흔들었다.

"형님, 형님?"

반응이 없었다. 황 차장은 작은 목소리로 강하게 쏘아붙였다.

"놀라 나자빠지는 줄 알았잖아!"

윤 원장도 목소리를 낮췄다.

"시간이 어떻게 돼?"

"십오 분 정도입니다."

"차장님, 잠시만요."

그 시각, 한 경호원이 송 차장의 손목을 잡아끌며 몇 발짝을 걷게 한 후, 그만이 알아들을 수 있을 정도로 나지막이 말했다.

"차장님, 낌새가 좀 수상합니다."

"무슨 소리야?"

"조금 전까지만 해도 박수 소리가 들리고, 대통령님 목소리도 들렸는데 지금은 조용합니다."

"그렇구나. 뭔 일 생긴 거 아니야?"

"느낌이 안 좋습니다."

송 차장이 급히 서 국장에게 다가갔다.

"서 국장님, 지금 대통령님을 뵈어야겠습니다."

서 국장도 만찬장의 분위기가 잠잠해졌다는 사실을 인지하고 있었다.

"갑자기 왜 그러십니까?"

"너무 조용한 것이 좀 이상합니다."

서 국장은 별일이 아니라는 듯이 거드름을 피웠다.

"허허, 이거 왜 이러십니까? 잘 알고 계시면서…"

"뭘 말입니까?"

"아가씨가 있다는 걸 모르세요? 더 이상 무슨 말이 필요합니까?"

송 차장은 여전히 불안한 기색이 역력했다.

"그래도 확인을 해야 합니다."

출입문을 향해 팔을 뻗는 순간, 서 국장이 그의 손을 밀쳐 제지했다. 곧바로 송 차장이 인상을 찌푸리면서 버럭 성을 냈다.

"지금 뭐 하자는 겁니까!"

"송 차장님, 경을 칠 일이 있습니까? 이따가 대통령님을 뵙도록 해드리겠습니다."

서 국장 자신이 경호책임자인 양 주객을 바꿔 말하자 송 차장은 다시 한번 언성을 높였다.

"그게 무슨 말씀입니까? 대통령님 경호는 제 소관입니다. 누가 누구를 뵙게 합니까?"

"아, 제가 말실수를 했습니다. 죄송합니다. 하지만 잘 판단해 보십시오. 대통령님이 큰일을 치르고 계시는데, 혹시라도 흥을 깨놓으면 송 차장님이 그에 대한 모든 책임을 지셔야 합니다. 만약에 그런 일이 생긴다면 앞으로 대통령님께서 마음 편하게 송 차장님 얼굴을 대할 수 있겠습니까? 대면은 둘째치고, 송 차장님 성함만 들어도 두고두고 불쾌했던 기억이 떠오를 것 같은데요. 감당할 자신이 있으시다면 지금이라도 문을 열고 들어가십시오."

이상기류를 감지한 경호원들과 요원들이 출입문 쪽으로 다가와 두 사람의 실랑이 모습을 지켜보고 있었다. 서 국장은 길을 터주듯이 호기롭게 출입문 측면으로 한 발짝 비켜섰다. 이런 말을 듣고도 설마 그가 행동을 취할 거라고는 생각하지 않았다. 그러나 기대와는 반대로 송 차장이 출입문을 향해 팔을 뻗었다.

'안 돼!'

만약 송 차장이 만찬장에 들어선다면 자신들의 계략이 들통날 게 분명했다. 뿐만 아니라 윤 원장을 비롯한 국정원 관계자들은 그에 대한 처벌을 면하기가 어려울 것이다. 이런 생각을 하다가 다시 한번 그를 제지해야 할지 망설였다. 두둑한 배짱을 과시한 것과는 달리 일촉즉발(一觸即發)의 순간 서 국장은 간이 오그라들 지경이었다.

만찬장에서는 분주한 움직임이 이어졌다. 황 차장이 득달같이 다가가서 병풍을 한쪽으로 밀어붙인 후 세 사람이 합심하여 대통령을 건너편으로 옮겼다. 미리 준비해둔 요 위에 눕히고 부랴부랴 옷을 벗겼다. 황 차장은 그녀를 재촉했다.

"뭐해? 빨리 안 벗고."

"저, 이거 꼭 해야 돼요?"

금방이라도 울음이 터질 것 같은 목소리였다. 황 차장은 속사포처럼 내뱉었다.

"그게 무슨 소리야! 시키는 대로 하지 않으면 어떻게 된다고 얘기 들었을 텐데!"

작은 목소리라 해도 험상궂은 표정으로 윽박지르는 모습에 잔뜩 공포에 질려 몸이 파르르 떨렸다. 마지못해 천천히 옷을 벗자 황 차장이 직접 옷을 벗겼다. 순식간에 그녀가 알몸이 되었다.

"어서 위에 올라가 앉아."

송 차장은 팔을 뻗은 채 한참 동안을 서 있다가 결국 스스로 물러섰다. 곰곰 생각해보니 서 국장 얘기에도 일리가 있는 것 같았다. 몸을 돌려 가슴을 가볍게 치면서 혼잣말을 내뱉었다.

"아, 정말 미치겠네!"

이러지도, 저러지도 못하고 고민만 깊어졌다.

'휴!'

서 국장은 그제서야 뛰는 가슴을 진정시킬 수 있었다. 더 이상은 실랑이가 벌어지지 않도록 이 시간이 빨리 지나가기만을 고대했다. 그러나 그가 언제 변심할지 모르기 때문에 상황이 종료될 때까지는 긴장의 끈을 놓을 수 없어 다시 한번 그럴 듯한 말을 장황하게 늘어놓기 시작했다. 최대한 시간을 끌면서 그가 돌출행동을 하지 않도록 붙들어두려는 속셈이었다.

"대통령님을 안전하게 모시려는 송 차장님의 충정은 십분 이해합니다. 제가 송 차장님 입장이라 해도 무리는 아니라고 생각합니다. 헌데 그럴 리는 없겠지만, 대통령님 신변에 문제가 생기는 날엔 저희라고 무사하겠습니까? 저희라고 걱정이 안 돼서 여기 서 있는 게 아니라는 겁니다. 명령을 받았으면 군말 없이 그대로 따르는 것이 부하 된 자의 도리로 알고 있습니다. 저나 송 차장님이나 명령에 죽고 명령에 사는 사람들이 아닙니까. 제일 중요한 것은 오늘 만찬이 국사를 논하는 자리가 아니고 사적인 만남인 만큼, 대통령님의 사생활을 존중해 드려야 한다는 겁니다. 대통령님도 대통령이시기 이전에 남자라는 점을 깊이 헤아려서 우리 처신에 좀 더 신중을 기할 필요가 있습니다."

서 국장의 말을 되뇌며 송 차장은 잠시 생각에 잠겼다. 그리고 그의 얘기가 그럴듯해 보여 조금은 안심이 되기도 했다. 송 차장은 비로소 담담하게 말했다.

"무슨 말씀인지 알겠습니다."

결국 단념하기는 했지만, 대통령이 여색을 탐하는 성격이 아니라는 사실을 잘 알고 있었기 때문에 여전히 마음 한구석이 개운하지가 않았다.

황 차장의 지시에 따라 마치 실제 상황인 것처럼 그녀가 정사 장면을 연출했다.

"조금만 뒤로…. 좋아 됐어. 그대로 있어."

황 차장이 사진을 찍었다.

"반대 방향으로 자세를 바꿔…. 그래. 고개 오른쪽으로 약간만 돌리고."

다시 한번 사진을 찍었다.

"대통령을 안고 누워. 팔 좀 더 어깨 위로. 가슴을 왼쪽으로 움직여봐. 그래 됐어."

황 차장은 찍힌 사진들을 살펴보았다.

"좋았어."

그녀는 재빠르게 일어나 옷을 입었다. 두 사람도 서둘러서 대통령에게 옷을 입혔다.

"어서 옮기세."

자리로 돌아와 아무 일도 없었던 것처럼 대통령이 그녀의 어깨에 기댄 자세를 연출했다. 황 차장은 원래의 위치로 병풍을 펼쳐놓았다. 윤 원장이 대통령의 몸을 가볍게 흔들었다.

"형님, 형님?"

잠시 후 대통령이 잠에서 깨어나 왼손에 안경을 벗어 든 채 눈을 비비면서 말했다.

"아, 깜빡 졸았네."

"피곤하신 것 같아 잠깐 주무시게 했어요. 형님, 괜찮으시겠어요?"

"아직 말짱해. 피카소 얘기라면 밤새 할 수 있는데…"

만찬장의 정적(靜寂)이 지속되는 동안, 금이라도 그어놓은 것처럼 좁은 공간에서 송 차장이 쉼 없이 옮겨 다녔다. 누가 봐도 안달이 난 모습이었다.

"송 차장님, 염려 마십시오. 아무 일 없을 겁니다."

"물론 그래야지요."

서 국장이 쏟아낸 그럴 듯한 얘기에 혹해 수긍은 했지만, 자신의 본분을 다하지 못하는 것 같아 여전히 갈등 상태에 있었다.

'맞아. 그럴 리가 없어. 단 한번도 여인을 가까이 하신 분이 아니야. 이건 분명히…'

이런 생각과 초조한 마음에 압도되어 그 시각 자신의 귀에는 아무것도 들리지 않았다. 윤 원장의 간계(奸計)일 수도 있다는 데까지 생각이 미치자 정신이 번쩍 들었다.

'도저히 안 되겠어!'

잽싸게 서 국장을 밀치고 우당탕 출입문을 열어젖혔다.

"송 차장님!"

순식간에 벌어진 일이라 그를 제지할 틈이 없었다. 송 차장의 돌발행동에 놀란 다른 경호원들도 그의 뒤를 쫓아갔다. 서 국장은 이미 상황이 종료된 것을 알고 미소를 머금은 채 자리를 지켰다.

번개처럼 내달리는 바람에 멈추려는 순간, 살짝 미끄럼을 타면서 몸이 기우뚱했다. 대통령과 눈이 마주치자 자세를 바로 하고 허리를 굽혀 예를 갖추었다. 다른 경호원들도 속속 고개를 숙였다. 미닫이문이 문설주에 부딪치는 소리가 워낙 크게 들린 데다가 송 차장의 행동이 전혀 예상치 못한 것이어서 대통령은 다소 놀란 표정을 지었다.

황 차장은 자신들이 벌인 일이 들통난 게 아닌지 가슴이 조마조마했다. 윤 원장 또한 긴장감이 극에 달했다. 물티슈를 집어 들더니 후끈 달아오른 얼굴을 닦았다.

버릇없다는 핀잔을 줄 법도 한데, 대통령은 이내 표정을 바꾸고 평소와 별반 다름 없이 평온한 음성을 들려주었다.

"허허, 이 사람들, 대기실에 있지 않고 여긴 웬일이야?"

"너무 조용한 것 같아서 결례를 무릅쓰고…."

"단지 그 이유야?"

"네, 그렇습니다."

두 사람은 안도의 숨을 내쉬었다.

"무슨 사달이라도 난 줄 알았잖아. 아무 일 없으니 가서 대기하고 있어."

대통령의 목소리는 여전히 차분했다. 대통령을 보호해야 한다는 일념 하에 부득이하게 취한 행동이라는 사실을 잘 알고 있는 탓이었다.

"정말 별일 없으신 거죠?"

대통령은 검지를 편 채 가볍게 손을 흔들면서 말했다.

"하여간 이 사람…. 나를 걱정해주는 건 고마운데, 자네들이 이러면 여기 두 분이 얼마나 부담스러워하겠나."

"죄송합니다."

대통령의 편안한 모습과는 걸맞지 않게 과잉행동을 보인 데다가 몸이 기우뚱하면서 우스꽝스럽게 비쳐졌을지도 모른다는 생각에 얼굴이 화끈거렸다. 대통령에게 먼저 고개를 숙인 후 두 사람에게도 정중하게 예를 표하고 다른 경호원들과 함께 이내 만찬장 밖으로 물러났다.

"미안하네. 나를 위한답시고 그런 거니 송 차장의 무례를 너그러이 이해해주게. 우악스럽게 보이기는 해도 충성심 하나는 믿을 만한 사람이야."

윤 원장은 당장이라도 혼쭐을 내주고 싶은 심정이었으나, 굳이 대통령의 심기를 건드릴 이유가 없기 때문에 마음에 없는 말들을 늘어놓았다.

"형님, 신경 쓰지 마십시오. 송 차장이 직무를 제대로 수행하는 것 같아 오히려 보기가 좋습니다. 저희를 믿지 못하는 것은 아니겠지만, 경호처 차장이라면 핀잔을 듣는 한이 있더라도 저런 자세가 필요하다고 생각합니다."

"그렇게 봐주니 다행이구먼."

"오늘은 이쯤에서 마무리하는 게 좋을 것 같습니다."

이미 목적을 달성한 이상, 두 사람에게는 이후의 시간이 무의미한 것이었다.

"왜? 한 잔 더 해야지."

"내일 조찬에 경제부처장 회의가 있지 않습니까? 송 차장 근심도 덜어주시고…"

"아, 그렇지. 지금 몇 시야?"

황 차장이 시계를 들여다봤다.

"열 시 십오 분입니다."

"벌써 그렇게 됐나? 그럼 오늘은 여기까지 하고 담에 또 한 잔 하세."

"네 알겠습니다."

대통령은 번갈아 가며 두 사람을 가리켰다.

"거, 훌륭한 친구들이야. 맘에 들어."

"형님, 다음번에는 더 좋은 자리로 모시겠습니다."

"기다리고 있겠네. 연희 씨도 기회가 되면 또 봐요."

일련의 과정을 겪으면서 그녀는 여전히 불안과 충격이 가시지 않은 상태였다. 떨리는 목소리로 간신히 입을 열었다.

"오늘 감사했습니다. 대통령님."

차마 대통령 얼굴을 똑바로 쳐다볼 수 없어 한참 동안 고개를 숙였다. 대통령이 만찬장을 나서자 경호원들이 분주하게 움직였다. 이윽고 대통령이 탄 차량이 안가를 출발했다. 정문을 벗어날 때까지 일동은 허리를 굽힌 자세를 취했다.

그녀는 사복으로 갈아입었다. 시내 모처에 이르러 안대를 풀고 승용차에서 내렸다.

"내 말 명심해! 알았지?"

차 창문 사이로 얼굴을 내민 요원을 향해 고개를 끄덕였다. 이후 차량은 그녀의 시야로부터 점점 멀어져 갔다.

두 사람은 만찬장으로 돌아왔다.

"황 차장, 오늘 정말 대단했어."

"감사합니다."

"내 술 한 잔 받게"

두 손으로 받쳐 들고 머리를 숙여 술잔을 내밀었다.

"원장님도 한 잔 받으시지요."

술잔이 채워지자 윤 원장은 활기찬 목소리로 '건배'를 외쳤다. 약속이라도 한 것처럼 두 사람 모두 단숨에 털어 넣었다. 그리고 다시금 잔을 채웠다.

"대통령이 피카소 좋아하는 걸 알고 있었나?"

이들도 대통령만큼이나 얼얼하게 취기가 오른 상태였다. 황 차장은 약간 혀가 꼬인 듯한 발음으로 우쭐대며 말했다.

"원장님, 제가 누굽니까. 대한민국 국가정보원 황 차장입니다. 그 정도는 기본이지요."

"그래, 자네 실력을 잘 알지."

"무슨 일이든 시켜만 주십시오. 확실하게 처리해 놓겠습니다."

"못 보던 그림이 걸려 있어서 웬일인가 했네."

황 차장은 그림을 가리키더니 팔을 빙 돌리면서 말했다.

"이거 구하느라 우리 요원들이 여러 군데 수소문했습니다."

"그랬구먼. 아무튼 수고 많았어."

"감사합니다."

"헌데 수면제는 어떻게 된 건가?"

"혹시라도 실수할까 봐, 하나를 더 준비했습니다. 제가 직접 술을 마시고 서 국장이랑 시간을 체크해보았습니다."

"오! 역시 황 차장이야. 대단해."

윤 원장은 황 차장의 치밀한 준비에 놀라움을 금치 못했다. 일찍이 그가 가진 지략을 활용하지 못하고 시간을 허비한 것이 너무도 아깝게 느껴졌다. 회상에 잠겨 그 날의 기억을 떠올렸다.

"이 수모는 도저히 참을 수가 없어!"

집무실 의자에 앉아 주먹을 불끈 쥐고 데스크를 강하게 내리쳤다.

쾅!

"원장님, 인권문제는 대통령의 역린이 아니겠습니까. 이번 건은 아쉽지만…"

황 차장의 말에 발끈하며 버럭 소리를 질렀다.

"황 차장, 내가 했던 말 잊었나? 난 이대로 포기 못 해!"

윤 원장은 몹시 흥분된 상태였다. 식식거리는 소리가 황 차장 귀에 들릴 정도였다.

"그럼 앞으로 어떻게 하실 계획입니까?"

"내가 대통령을 너무 얕잡아 봤어. 뭐가 됐든 대책을 세워야지."

"지금으로서는 달리 뾰족한 방법이 없지 않습니까?"

"그렇긴 해도 반드시 묘수를 찾아야 해."

윤 원장은 긴 한숨을 내쉬더니 잠시 동안 생각에 잠겼다.

"그래, 바로 그거야!"

손바닥으로 데스크를 가볍게 내리치고는 언제 그랬냐는 듯이 얼굴에 생기가 돌았다.

"맞아! 그때까지 납작 엎드려주겠어."

"네? 무슨 말씀이신지…."

"신임을 얻고나서 안심하고 있을 때 비수를 꽂는 거야!"

"그럼, 시간을 두고 기다리시겠다는 말씀입니까?"

"대통령 승인만 받아낼 수 있다면 내 얼마든지 기다릴 수 있네. 일단 대통령의 환심을 살 만한 일거리가 뭐가 있는지 조사해 봐. 그쪽을 공략하면 길이 있을 거야."

"알겠습니다."

"실수는 한번이면 족해. 내 반드시 대통령의 기세를 꺾어놓고 말겠어. 지금부터 차근차근 준비를 해나가자고."

"네. 방법을 찾아보겠습니다."

"……."

"자, 마셔. 내일은 출근하지 말고 푹 쉬게."

"감사합니다."

황 차장은 고개를 한번 숙이고는 곧바로 말을 이었다.

"이번 일은 서 국장 공이 컸습니다. 원장님께서 서 국장을 불러서 직접 격려해 주신다면 앞으로 원장님이 꿈꾸시는 일에 큰 힘이 될 겁니다."

"쓸만한 친구라는 건 알고 있네."

"서 국장이 아니었으면…."

한껏 취기가 오른 황 차장이 같은 말을 되풀이할까 봐 도중에 잘랐다.

"그래그래. 자네 뜻대로 하겠어. 역시 황 차장은 빈틈이 없단 말이야."

"……."

윤 원장은 오늘의 결과에 대단한 만족감을 표시했지만, 그 이면에는 새로운 근심거리가 생겼다. 황 차장이 기획한 일들이 허점을 찾아볼 수 없을 만큼 너무도 완벽했기 때문이다. 언젠가는 자신의 입지를 위협하는 존재가 될 수도 있을 거라는 생각이 들었다.

'대비를 해둬야겠어.'

한편, 두 사람은 상상할 수 없는 일을 저질러 놓고도 일말의 가책(呵責)이나 죄책감을 느끼지 않았다. 이 계략에 동원된 국정원 요원들 또한 오직 명령에 따르며 역모(逆謀)나 다름이 없는 범죄행위의 조력자(助力者)들로 전락하고 말았다.

옳고 그름에 관계없이 상사에게 충성하는 것이 마치 국가를 위해 충성을 다하는 것처럼 인식되었던 상명하복의 구태적인 관행이 낳은 대표적인 부작용 사례로 남게 되었다.

이 같은 관행과 이 날의 범죄행위는 장차 보다 더 가혹한 인권 유린을 자행하는 것은 물론, 살인을 비롯한 또 다른 중범죄(重犯罪)로 이어지게 된다. 그리고 서로가 경쟁이라도 하듯 이들의 죄의식이 가슴속 밑바닥까지 빠른 속도로 메말라가고 있었다.

청와대 대통령 집무실

"부르지도 않았는데, 윤 원장이 웬일이오?"

"긴급하게 보고드릴 게 있습니다."

대통령은 북한이나 다른 대외적인 관계에 심각한 문제가 발생한 것으로 여겨 순간적으로 바짝 긴장했다. 내색하지 않으려고 호흡을 가다듬은 후 차분하게 물었다.

"북한 정세에 무슨 급변사태라도 벌어졌나요?"

"그런 건 아닙니다."

"그럼 뭐요? 뜸 들이지 말고 얼른 말해 봐요."

"예전에 보고 드린 화폐개혁안을 승인해 주십시오."

대통령으로서는 귀를 의심해야 할 만큼 당돌하기 그지없는 요구였다.

"뭐라고?"

자신도 모르게 반말이 튀어나왔다. 가슴 가득 차올랐던 긴장감이 일순간에 해소되었다.

"대통령님, 화폐개혁안을 승인해주십시오."

"허."

어처구니가 없어 헛웃음이 나왔다. 도대체 무슨 생각으로 이러는 건지 대통령으로서는 아리송하기만 했다.

"그게 지금 긴급한 일입니까?"

그러나 윤 원장은 더욱 의연한 태도를 보였다.

"네, 국가대사를 위해서는 그 무엇보다도 긴급한 일입니다."

평소와는 달리 기세가 등등한 윤 원장의 목소리와 눈빛에서 수상한 낌새를 감지했다.

"그건 이미 끝난 얘기 아니었어요?"

"아닙니다. 잠시 보류하셨을 뿐, 아직 최종 결론을 내려주시지는 않았습니다."

대통령은 고개를 갸우뚱했다. 몹시 격분하여 보고서를 내팽개친 기억이 아직도 또렷하게 남아 있는데, 실제와 다른 얘기를 태연하게 꺼내는 모습이 윤 원장의 기억장치에 혹 이상이 생긴 건 아닌지 의구심을 자아냈다.

"내 분명 승인할 수 없다고 얘기하지 않았어?"

대통령은 슬슬 분노지수가 높아지기 시작했다. 불편한 심기를 일부러 자극이라도 하듯 윤 원장은 동문서답을 늘어놓았다.

"세계 4대 경제 대국 반열에 들어서는 일입니다. 국익을 위해 반드시 실행해야 합니다. 재가하여 주십시오."

이미 거절한 안건을 다시금 들이민다는 것은 사퇴를 각오하고 배짱을 부리거나, 거절 못할 명분이 있을 때 가능한 일이다. 짧은 시간 동안 기억을 더듬어보았지만 윤 원장에게 책잡힐 만한 일은 없는 것 같았다. 그래서 전자의 경우로 여기고 거칠게 쏘아붙였다.

"오냐, 오냐 했더니, 이거 안 되겠구먼! 볼 일 없으니 그만 나가 봐!"

그러자 윤 원장은 아무 말 없이 사진을 꺼내 대통령 가까이 내밀었다.

"이게 뭐야?"

사진을 집어든 대통령은 입을 쩍 벌린 채 금방이라도 튀어나올 것처럼 눈이 커졌다. 몹시 놀란 표정에서 대통령이 받았을 충격을 짐작하고도 남음이 있었다.

"어쩌자는 거야! 지금 날 협박하는 거야?"

"협박이 아닙니다. 요청을 드리는 겁니다."

대통령은 의자에 등을 기댄 채 눈을 감고 생각에 잠겼다. 상대는 분명 국정원 안가에서 만난 여인이었다. 그동안 윤 원장과 황 차장이 보여준 모습이 치밀하게 짜여진 각본에 따라 충심으로 위장한 연기에 불과했으며, 이들의 권모술수(權謀術數)에 완벽하게 말려들었다는 사실을 깨달았다.

당장이라도 두 사람을 내치고 싶었지만, 이 사진이 세상에 알려지면 아무리 해명하려 한들 여론이 용인할 리 만무하고, 자신의 하야(下野)는 피할 수 없는 일이 될 것이 자명했다. 가족들 또한 갖은 고초(苦楚)를 겪게 될 것이다. 더욱이 자신과 대한민국이 국제적인 조롱거리가 될 것을 생각하니 결론은 명약관화(明若觀火)했다. 우선은 타협의 길을 택해 훗날을 기약하는 것이다.

'언젠가는 네놈들을 반드시 응징하리라!'

"대통령님."

"당신 뜻대로 하시오."

평정심을 되찾은 것처럼 말과 표정이 차분해진 것과는 달리 속으로는 역한 감정을 간신히 억누르고 있었다.

"여기 서명해주십시오."

윤 원장은 결재서류를 내밀었다.

"죄송합니다. 그리고 감사합니다."

한 가지 목적을 달성하기 위해 몇 개월 동안 은밀하게 준비했던 거사(巨事)의 마침표를 찍는 순간이었다. 윤 원장은 서류를 돌려받은 후 정중하게 인사를 하고 돌아서서 걸어갔다. 윤 원장의 뒷모습을 물끄러미 바라보면서 대통령은 머리끝까지 분노가 치솟았다.

'이 쳐죽일 놈들!'

윤 원장이 집무실을 나간 뒤 비서실장이 들어왔다.

"대통령님."

"무슨 일인가요?"

"경기도지사 면담시간을 오후로 늦췄습니다."

"오늘 일정은 다 취소하세요."

평소와는 달리 생기가 없는 목소리였다.

"무슨 특별한 이유라도 있습니까?"

"좀 생각할 게 있어서 그래요."

"알겠습니다."

비서실장은 대통령의 얼굴을 살폈다.

"안색이 안 좋아 보이십니다. 어디 편찮으신 데라도…"

"아닙니다. 그냥 좀 피곤하군요."

"……"

국정원장 집무실

"어서 오시게, 황 차장."

윤 원장은 어느 때보다도 반갑게 황 차장을 맞이했다.

"대통령은 만나보셨습니까?"

"황 차장!"

윤 원장의 목소리가 경쾌하게 들렸다. 그리고 얼굴 표정에서 화창한 기운이 느껴졌다.

"해내셨군요!"

윤 원장은 오른손을 치켜들었다. 황 차장도 두 손을 들어 호응했다.

"축하합니다!"

"이게 다 자네 덕이야."

"아닙니다. 원장님 음덕입니다."

두 사람은 더없이 환한 표정을 지었다.

"이쪽으로 앉게."

윤 원장이 자리를 잡은 후 황 차장도 맞은 편에 앉았다.

"앞으로는 원장님이 비상할 일만 남은 것 같습니다."

"무슨 소리야? 우리 나란히 함께 가야지."

윤 원장이 상석에 앉지 않은 것도 이 말과 관련이 있었다.

"차질이 없도록 준비하겠습니다."

"황 차장, 내가 했던 말 잊지 말게. 누가 뭐래도 자네는 내 오른팔일 세."

윤 원장은 황 차장의 충성심을 다시 한번 확인하고 싶었다. 그런데 내심 기대했던 일이 벌어졌다. 황 차장이 바닥에 무릎을 꿇은 채 머리를 조아렸다.

"충심을 다 하겠습니다. 믿어주십시오."

윤 원장의 입가에 미소가 그려졌다. 그리고는 얼른 표정을 바꾸었다.

"저, 저. 어서 일어나게."

황 차장이 머뭇거리자 다시 한번 재촉했다.

"허허, 이 사람, 얼른 일어서래도…"

그는 천천히 몸을 움직여 소파에 앉았다.

"앞으로는 이런 행동 하지 말게. 내가 뭐 자네를 믿지 못하는 것 같잖아."

언짢은 투로 말했지만 기분은 흡족했다.

"아닙니다. 죄송합니다."

그러나 무릎을 꿇고 머리를 조아린 것은 일말의 의구심이라도 철저히 불식시키려는 황 차장의 계산된 행동이었다. 그리고 자신의 가장(假裝)된 충심을 전적으로 믿어주는 것 같아 안도했다. 윤 원장은 그 사실을 눈치채지 못했다.

"한가지 또 좋은 소식이 있네. 전에 얘기했던 내 후배가 생체과학연구소 소장 자리로 옮기게 됐어. 우리 프로젝트 추진에 도움이 될걸세. 이미 손을 써놓았지. 앞으로 김 박사와 장 박사만 잘 관리하면 되네."

"정말 잘됐군요."

김 소장의 협조를 이끌어내는 것이 결코 쉽지 않은 일이었기 때문에 대통령의 승인을 받아낸다 해도 황 차장으로서는 커다란 근심거리였다. 결국 윤 원장의 야망이 아니라 자신의 야망을 실현하기 위해서는 아주 잘된 일이었다.

"머지않아 우리 세상이 올 거야."

"그렇습니다. 원장님."

"이게 다 신의 뜻이 아니겠나. 하하하!"

화폐개혁안을 준비하면서부터 윤 원장은 처음으로 신의(神意)를 언급했다. 자신이 어떤 길을 가려고 하는지 모든 구상이 완료되었다는 것을 함의(含意)하는 말이었다.

"다시 한번 축하드립니다."

"……."

'권력은 부모 자식간에도 나누지 않는다.'는 말이 있다. 권력의 냉정함과 비정함을 나타낸 표현이기도 하지만, 권력에는 그만큼 필연적으로 견제가 뒤따를 수밖에 없다는 얘기이기도 하다.

한나라의 개국공신 한신(韓信)이나 민무구(閔無咎)를 비롯한 조선 태종의 처남들, 그 외에도 승승장구하던 2인자의 비참한 말로에 얽힌 과거 역사가 말해주듯이, 공신 여부와 관계없이 그리고 누군가를 처단하기 위해 내세우는 구실의 진실성 여부와 관계없이 권력을 쟁취한 자가 견제가 될 만한 세력들로부터의 잠재적 위협을 차단하기 위해 선제적 행동에 나서는 것은 어쩌면 당연한 일인지도 모른다.

결국 오른팔이니, 2인자니 하는 표현들은 일인자의 목표가 보다 신속하고 수월하게 달성될 수 있도록 환심(歡心)을 사기 위한 미사여구(美辭麗句)에 불과했다는 사실을 토사구팽(兎死狗烹)의 희생양이 될 즈음에서야 비로소 깨닫게 된다.

애초에 윤 원장은 자신이 지도자 자리에 오르더라도 권력을 분점할 생각이 추호도 없었다. 그때까지 지시에 잘 따라주고 수족 노릇을 할 충직한 부하 장수가 필요했을 뿐이다. 황 차장을 향해 그럴듯한 미사여구를 사용한 것은 예정된 수순이었다. 윤 원장이 지도자가 된다면 그는 토사구팽의 영순위 후보였다.

그런데 이때까지만 해도 윤 원장은 황 차장의 속내를 제대로 파악하지 못하고 있었다. 치밀한 업무 추진력에 대한 경계심은 있었으나, 아직은 본인의 입지를 위협할 만한 수준이 아니었다. 게다가 단 한번도 지시에 어긋나는 행동을 하지 않았기 때문에 정상에 도달할 때까지 지렛대 역할을 충실히 이행해줄 것으로 믿고 있었다.

하지만 황 차장은 결코 만만한 상대가 아니었다. 그 또한 윤 원장 만큼이나 바이오코딩 시스템의 위력을 잘 알고 있었다. 더욱이 기재부에서 공직생활을 더 오래 한 윤 원장에 비해 국정원에서 잔뼈가 굵은 황 차장이야말로 조직 장악력에 있어서 윤 원장과는 비교할 바가 아니었다.

이미 야망을 드러낸 윤 원장과는 달리, 날카로운 발톱을 숨기고 자신의 충성심에 의구심을 갖지 않도록 대처한 점도 황 차장의 강점이라면 강점이었다. 그는 국정원 안가에서의 만찬 사건을 계기로 윤 원장의 오른팔이 아니라 자신이 몸통이 되려는 야망을 품게 되었다. 그리고 권력의 심장부에 먼저 우뚝 서기 위한 준비를 차근차근 해나가고 있었다.

한편 황 차장 역시 윤 원장의 강점을 과소평가한 부분이 있었다. 황 차장의 배경에 국정원 조직이라는 굵은 원줄기가 자리잡고 있다면, 정관계 곳곳에 포진한 가지들이 윤 원장의 배경에 있었다. 굵은 원줄기는 이미 윤 원장에게 노출되어 있는 반면, 가지들의 상당수는 황 차장의 가시권 밖에 있었다.

서로가 서로의 숨겨진 강점을 제대로 알지 못하는 상태에서 이때부터 권력을 틀어쥐기 위한 두 사람의 암투가 시작되었다. 목표가 같은 두 마리의 용이 공존할 수 없듯이 야망을 포기하지 않는 한 언젠가 최소한 한쪽은 찍혀 나갈 운명이었다.

2부

적그리스도 출현에 맞서다

온드림아파트

똑, 똑.

영숙은 조심스럽게 서재의 문을 두드렸다. 살며시 문을 열고 서재 안을 살폈다. 컴퓨터 모니터 앞에 앉아 무엇인가에 몰두하고 있는 남편의 모습이 보였다.

"오늘 같은 날은 좀 쉬면 안 돼요?"

"미안해. 회사 일이 너무 밀려 있어서."

"그러지 말고 재야의 종소리 함께 들어요. 작년에도 야근한다고 혼자 두더니 같이 있을 때도 이럴 거예요?"

"어, 벌써 그렇게 됐나? 금방 같게."

김 박사는 고개를 끄덕이면서 손을 내저었다.

"시작할 시간 다 됐어요. 얼른 와요."

"응, 알았어."

그녀는 이내 문을 닫고 주방으로 향했다.

"어디 보자…. 그래 이게 좋겠다."

와인과 와인잔 그리고 치즈와 훈제연어를 챙겨 거실 탁자에 배치했다.

"여보!"

"응. 지금 가!"

김 박사는 곧장 서재에서 나와 거실 소파에 나란히 앉았다.

"웬 와인이야?"

"우리가 오붓하게 술잔을 기울인 게 언제인지 기억이나 해요? 맨날 늦게 들어오고, 주말에도 출근하고, 오늘 같은 날 아니면 언제 해요!"

표정이나 억양이 평소와는 사뭇 다르다는 것을 감지한 김 박사는 그녀의 두 팔을 잡고 살며시 흔들면서 한껏 애정 어린 목소리로 말꼬리를 올려세웠다.

"미안해. 지금 하는 일만 잘 마무리되면 우리 색시 열 배로 보상해 줄게요."

"어떻게 보상할 건데요?"

그녀는 여전히 볼멘소리를 냈다.

"여행도 함께 다니고, 매일 당신이랑 와인 한 잔씩 하지 뭐."

"그때 가면 또 다른 일 핑계 댈 거면서…"

"아. 니. 네. 요."

믿어달라는 의미로 뚝뚝 끊어 말하고 그녀의 잔에 와인을 따랐다. 이어서 자신의 잔에도 와인을 따르려 하자 그녀가 가로채듯 와인병을 들고 남편의 잔에 따랐다.

"예쁘지는 않지만, 그래도 내가 따라줘야지."

"무슨 소리야? 내 눈에는 당신이 여전히 천사로 보여."

"당신도 참…"

영숙은 가볍게 주먹을 쥐고 김 박사의 팔을 툭 쳤다.

"빈말이지만 싫지는 않네요. 나이가 들어도 천상 여자인가 봐요."

"정말이라니까 그러네. 하하."

"에이그."

그제서야 서운한 감정이 조금은 누그러졌다. 그리고 남편의 말재주에는 당할 수가 없다고 생각했다.

"우리 건배합시다."

"짠."

술잔을 부딪쳤다. 김박사는 향기를 음미했다.

"음, 향이 좋은데?"

잔을 기울여 입술을 대보고 잠시 와인을 입안에 머금었다가 삼켰다.

"오! 맛도 괜찮아."

"전에 장 박사님을 초대했을 때, 장 박사님이 선물로 가져온 거예요. 비싼 거라면서 우리 둘이 오붓하게 마시라고 했잖아요."

"아이구야, 이렇게 좋은 술을 묵히고 있었다니."

앵커: 새해맞이 보신각 타종행사에 이 시각 현재 십만여 명의 시민들이 운집해 있습니다. 현장에 나가 있는 김한나 기자를 불러보겠습니다. 김한나 기자:

기자: 2032년 임자년의 환희와 아쉬움을 뒤로 하고, 2033년 계축년 새해를 맞이하기 위해 많은 시민들이 이곳, 보신각 앞에 나와 있습니다.

"내년이 소띠해구나. 여태 그것도 몰랐네. 소띠해에는 좋은 일이 많았던 것 같은데. 우리 결혼도 그렇고."

"재영이가 콩쿠르에서 일등상을 차지한 것도 소띠해였어요. 세상을 다 얻은 것처럼 얼마나 기뻤는지…. 기억나요? 떡도 돌리고 아파트 잔치한 거."

"맞아. 그랬지. 우리를 맺어준 것도 소 아니야?"

"하긴 그러네요. 소하고는 참 인연이 많았네요."

불현듯 영숙을 처음 만났을 때의 기억이 떠올랐다. 대학 축제기간 동안 부모님을 돕겠다고 고향집에 내려가 있을 때, 고등학생이었던 그녀가 1일 목장체험 프로그램에 참여하여 다른 여학생들과 함께 목장을 방문했다.

우유를 짜는 건 기계가 담당하고 있었지만, 체험학습의 일환으로 손으로 젖을 짜는 시간이 있었다. 시범을 보인 후 실습해볼 지원자를 청했는데, 지도하는 사람이 남성이라 부끄럽게 여겼는지 아무도 나서지 않고 있을 때 한 학생이 손을 들었다.

"제가 해보겠습니다."

그녀가 바로 영숙이었다. 눈이 마주치는 순간, 첫눈에 반해버렸다. 실습을 지도하면서 자연스럽게 손을 잡게 되었고, 이 날의 만남이 훗날 부부의 연으로 이어지게 되었다.

"푸흡!"

그때를 생각하며 웃음이 나왔다.

"갑자기 왜 그래요?"

"아니야, 그냥 옛날 생각이 나서."

기자: 잠시 후 울려 퍼질 서른세 번의 종소리는 2033년의 삼십삼이라는 숫자와도 일치하여 다른 해와는 달리 더욱 특별한 의미가 있는 듯합니다. 이 때문인지 예년보다 많은 시민들이 이곳 행사장을 찾고 있습니다. 이제 곧 카운트다운과 함께 새해를 알리는 타종행사가 진행될 예정입니다.

7! 6! 5! 4! 3! 2! 1! 와!

시민들의 힘찬 카운트다운에 맞춰 새해를 알리는 종소리가 울려 퍼져 나가고 있습니다.

"올해는 당신이 더욱 행복한 한 해가 되었으면 좋겠어."

"무리하지 말고, 건강 챙기면서 일해요. 그게 제일 걱정이에요."

"너무 염려하지 마. 거의 다 끝나가."

김 박사는 그녀의 등을 토닥거렸다.

기자: 가족, 친구, 연인과 함께 새해를 맞이한 십만여 명의 시민들은 간절한 마음을 담아 소원을 빌었습니다. 시민들이 바라는 새해소망을 미리 들어보았습니다.

김일진 씨 가족: 식구들 모두 건강하고 부모님도 건강하시고 좀 더 행복한 가정이 됐으면 좋겠어요.

이진원 씨 가족: 사업이 뜻대로 잘 안 돼서 마음이 아팠는데 계축년 새해에는 잘 풀리게 해달라고 기도했습니다.

최종운 씨 가족: 외교적인 정세 이런 것도 잘 해결됐으면 좋겠고, 국민들 살림살이가 좀 더 나아지는 2033년이 됐으면 정말 좋겠습니다.

기자: 오늘 타종행사에는 독립유공자 김규식 선생의 손녀 김수옥 씨, 김사범·김산 선생의 후손인 김삼열 씨 등이 타종 대표로…

"여보, 언제까지 이렇게 바쁘게 보내야 해요? 무슨 일 하는지 알려주지도 않고."

"몇 달만 지나면 돼. 정부에서 비밀리에 추진하는 프로젝트라."

"한 이불 덮고 자는 사람에게까지 꼭 이렇게 해야 해요? 도대체 어떤 일이길래."

작정이라도 한 듯 그녀의 목소리에는 불만이 실려 있었다.

"예전에 있었던 금융실명제 준비하는 거 하고 비슷해."

"어느 날 갑자기 세상을 놀라게 하는 일?"

"그 정도로만 하자. 내일 출근하기 전에 끝내야 할 일이 있어서 좀 더 일 보고 잘 테니까 먼저 자. 다섯 시 반에 깨워줘."

김 박사는 자리에서 일어났다. 미안한 마음에 잠시 그녀의 표정을 살폈다.

"새해 정초부터 정말 못 말린다니까. 알았어요! 유학생활이 얼마나 재미있으면 방학인데도 돌아올 생각을 안 하고, 당신이나 재영이나 참…."

그녀의 말이 채 끝나기도 전에 김 박사는 서재를 향해 발걸음을 옮겼다.

"너무 무리하지 말아요."

"알았어."

아직 어둠이 가시지 않은 아파트 주변 가로등 불빛 아래로 간밤에 내린 눈이 하얗게 쌓인 모습이 보였다. 영숙은 창밖을 바라보다가 생각에 잠겼다.

'좀 더 두꺼운 옷을 입힐 걸 그랬나.'

휴일도 없이 일에만 열중하고 있는 남편이 늘 안쓰러웠다. 한편으로는 야속하기도 하고 서운한 감정이 들기도 했다.

'오늘 같은 날은 함께 외식이라도 하면 좋으련만.'

산업부는 작년 우리나라의 수출액이 8,535억 달러를 기록했다고 발표했습니다. 사상 처음으로 일본을 앞지른 것으로 나타났습니다. 수입액은 7,787억 달러로 748억 달러 흑자를 달성했습니다. 이로써 우리나라는 세계 수출 순위 4위에 오를 것이 확실시되고 있습니다.

"정말 대단하네. 일본을 앞지르다니."

밤이 깊은 시간 영숙은 TV 뉴스를 시청하다가 혼잣말을 중얼거렸다.

수출 강세를 이끈 일등 공신은 반도체였습니다. 반도체의 경우, 2019년 일본이 화이트리스트에서 우리나라를 제외시킨 사건을 계기로 꾸준히 원소재의 국산화를 추진해왔습니다. 현재 반도체 생산을 위한 원소재의 국산화율이 82%에 달하는 것으로 알려져 있습니다. 앞선 기술과 가격 경쟁력으로 해외 경쟁사를 압도하면서 세계 최초로 단일 부품 기준 수출액이 1,200억 달러를 넘어섰습니다.

철도운송 비중이 확대됨에 따라 유럽과 CIS 주요지역 수출이 전년보다 14.8% 증가했습니다. 분야별 수출액을 보면…

"세계수출 4위라, 역시 대한민국은 저력이 있어."

그 순간 현관문 밖에서 웅성거리는 소리가 들려왔다.

"선배님 너무 취하셨어요. 저는 이만 가볼게요."

"무슨 소리야! 딱 한 잔만 더 하고 가."

영숙은 현관문을 열고 밖을 내다보다가 남편을 발견하고 문밖으로 나왔다.

"아이고 여보, 우리 장 박사랑 함께 왔어."

남편이 장 박사의 부축을 받고 서 있었다. 그녀는 곧바로 김 박사 팔을 붙들었다. 그러자 장 박사가 물러섰다.

"형수님, 안녕하세요? 잘 지내셨지요? 여전히 미인이셔요."

"네. 오랜만이에요. 근데, 어떻게…"

김 박사는 위아래로 손을 내저었다. 입가에는 미소를 가득 머금었다.

"오늘 좋은 일이 있었어. 그래서 한 잔 했지."

그 사이 장 박사가 엘리베이터 버튼을 눌렀다.

"들어가세요. 많이 늦었어요. 형수님, 안녕히 계세요."

장 박사는 살며시 김 박사를 떠밀었다.

"조심히 가시고 다음에 한번 오세요. 맛있는 식사대접 할게요."

"네, 다음에 꼭 들르겠습니다."

"야, 야. 너 정말!"

장 박사는 엘리베이터에 올라 넙죽 절을 했다.

"형수님, 또 뵙겠습니다."

엘리베이터는 이내 문이 닫혔다. 두 사람은 거실에 들어섰다. 김 박사는 소파에 털썩 주저앉았다.

"아, 목말라. 물 좀…."

그녀가 물을 가지러 간 사이 휴대폰을 꺼내놓고 겉옷을 벗어 탁자 위에 올려놓았다. 물컵을 받자마자 벌컥벌컥 들이켰다. 영숙은 외투와 양복 상의, 넥타이를 팔에 걸친 채 말했다.

"좋은 일이 뭐예요?"

"응, 그런 거 있어."

"옷 걸어놓고 올 테니까 얘기해줘요."

"물 한 잔 더 줘. 오랜만에 과음했더니 갈증이 나는구먼."

영숙은 안방으로 향했다. 잠시 후 주방에서 물병을 들고 와 컵에 물을 따랐다.

"아이고 맛나다. 좀 살 것 같네."

"말해봐요."

술에 취한 김 박사는 조금은 혀가 꼬인 듯한 발음으로 말을 이었다.

"실은 오늘 국정원장에게 프리젠테이션을 했거든. 자료를 점검하느라 밤늦게까지 일을 본 거고. 근데 잘 진행되고 있다고 칭찬을 하더라고."

한동안 잠자코 있다가 고개를 숙이고 큰 숨을 내쉬었다. 갑자기 고개를 치켜들더니 소파에 등을 기댔다. 새 프로젝트가 시작된 이후로 여태 이런 모습을 보인 적이 없었다. 영숙은 남편이 술기운 때문에 몹시 부대끼는 것 같아 신경이 쓰였다.

"술도 약한 사람이 왜 이렇게 많이 드셨어요. 꿀물이라도 타 드려요?"

"아니야, 괜찮아. 그런데 말이야, 회식하라면서 원장이 금일봉을 주데. 내일은 쉬어도 좋다 하고. 뭐 일요일이니까 당연히 쉬어야겠지만. 그래서 마음 푹 놓고 마셨지 뭐."

좋은 일이라고 얘기한 것과는 달리, 그녀가 보기에는 오히려 수심에 찬 표정이었다. 남편이 어떤 일을 하고 있는지 이 기회에 알아야겠다는 생각이 들었다.

"술자리에는 누구누구 참석했어요?"

"소장님하고 나, 장 박사."

"세 사람이서요?"

"다른 직원들은 우리가 뭘 하는지 잘 몰라. 알아서도 안 되고."

"무슨 일로 국정원장에게 프리젠테이션을 해요? 그것도 새해 첫날부터."

"4월 3일에 중대발표가 있어. 시간이 얼마 없잖아."

"금융실명제 같은 거?"

"바이오코딩 시스…. 웁스!"

별안간 놀란 표정을 지으며 입을 가렸다. 그리고는 두 손을 내저었다.

"아니야, 아니야. 내가 지금 무슨 소리를 하고 있는 거야."

더 이상은 묻지 않았지만 영숙은 불길한 생각을 지울 수 없었다. 그 예감은 점점 현실로 다가오고 있었다.

모처럼 늦잠을 잤다. 눈을 떴을 때 아내는 보이지 않았다. 커튼 가장자리 틈새로 가느다란 햇살이 비치고 있었다. 안경을 쓴 뒤 침대에서 내려와 침실의 커튼을 활짝 열어젖히자 방안이 환해졌다. 창문을 열고 베란다로 나갔다.

"아침 해를 보내는 게 얼마만이야."

쌀쌀한 날씨였지만 공기는 상쾌하게 느껴졌다.

"흐하, 흐하."

가슴을 활짝 펴고 큰 숨을 들이켰다 내쉬기를 반복했다. 이어서 두 손을 높이 치켜든 후 좌우로 숙이면서 어깻죽지와 허리를 이완시키는 체조를 했다.

"아, 시원하다."

몸을 비틀어 무릎을 들어 올리는 자세를 취하다가 멈추고 맞은편 아파트 건물 옥상에 시선이 고정되었다.

"어? 저건 못 보던 건데."

자세히 살펴보니 바이오스캐너 설비였다.

"이런! 약속하고 다르잖아."

자신이 알지 못하는 사이에 진행된 일이었다. 김 박사는 씁쓸한 입 맛을 다셨다. 한기가 느껴지자 침실로 들어와 주방으로 향했다.

"여보, 여보?"

인기척이 없었다.

"마트에 갔나?"

정수기에서 물 한 컵을 받아 마시고 화장실로 발걸음을 옮겼다. 변 기에 앉아 힘을 줄 때 항문 주변이 알알하게 느껴졌다.

"아, 술도 자주 마셔야 적응이 되지."

용변을 본 후 주방으로 가서 냉장고 문을 열고 내부를 살폈다.

"뭐가 이렇게 텅 비었어? 이 사람이 밥을 먹긴 먹는 거야?"

고개를 절레절레 흔들고는 냉장고 문을 닫았다.

"에효. 혼자서 챙겨 먹으려니 밥맛이 없을 만도 하지. 미안해, 여보."

터덜터덜 거실로 향했다. TV에 전원을 넣자 뉴스가 흘러나왔다.

전국적으로는 450여만 마리로 역대 가장 많은 사육 두수입니다. 한우농가들의 수입이 전년보다 평균 10.3% 늘어난 것으로 조사되었습니다. 농림부의 한 관계자는 정부가 축산물이력관리 시스템을 도입하여 관리해온 것이 주효했다고 설명하였습니다.

"이 시스템은 국내에서 세계 최초로 개발해 축산경쟁력 향상에 기여하고 있어요. 고품질의 한우를 보다 저렴하게 공급할 수 있게 돼 소비자들의 선호도가 한층 높아졌다고 할 수 있습니다. 한우 소비량이 증가된 만큼 축산농가들의 소득이 늘어나는 건 당연한 일이죠."

전체 쇠고기 유통물량 중 한우가 차지하는 비율이 올해는 작년보다 약 3%p 많은 61% 이상이 될 것으로 전망하고 있습니다. 농림부의 시스템 도입 직전과 비교하면 두 배가량 증가된 수치입니다. 재작년 경산 한우에 이어 작년에는 김제 한우가 품질이 가장 우수하다는 평가를 받은 것으로 나타났습니다. 한편 충남지역 돼지 사육두수가 250여만 마리로 전국에서 돼지를 가장 많이 키우는…:

"그래, 그래야지."

김 박사는 뿌듯한 표정을 지었다. 그런데 이내 TV를 끄더니 시름에 잠겼다.

'내가 정말 옳은 일을 하고 있는 걸까? 이제 와서 돌이킬 수도 없고.'

프리젠테이션을 마친 후 윤 원장이 했던 말이 떠올랐다.

"우리 프로젝트는 반드시 성공할 것입니다. 바로 이 시대가 나아가야 할 방향과 정확히 일치하기 때문입니다. 역사를 새로 쓰는 일에 여러분과 함께 하고 있다고 생각하니 너무도 자랑스럽고 가슴이 벅차오릅니다. 세상에는 아직 공개되지 않았지만, 대한민국을 포함한 열 개 국가가 새로운 협약을 추진하고 있습니다. 우리 프로젝트가 성공적으로 안착하게 되면 협약국으로 전파하여 협약국 간에는 장차 여권도 현금도 필요 없는 자유로운 왕래와 자유로운 상거래가 실현될 것입니다."

윤 원장의 손길이 어느새 해외에까지 미치고 있다는 사실이 자못 놀라웠다. 이로 인해 일정에 차질이 없도록 시스템 구축에 더욱 박차를 가하고 있다는 생각이 들었다.

김 박사는 그동안 휴일도 반납해가며 숨 가쁘게 달려왔다. 그리고 이제는 종착역이 눈에 보일 만큼 가까워졌다. 그러면서 고민도 깊어졌다.

'아무 탈이 없어야 할 텐데…'

하지만 이내 회의적인 생각을 접었다.

"그래, 걱정한다고 될 일이 아니야. 바람이나 쐬자."

주섬주섬 옷을 챙겨 입은 후 현관문을 나섰다. 노면은 말끔하게 치워져 있고 군데군데 모인 눈이 쌓여 있었다. 나무들은 여전히 하얀 옷을 입고 있었다. 김 박사는 아파트 주변을 살펴보며 천천히 발걸음을 옮겼다.

어느 순간 301호에 사는 부부가 환한 표정으로 인사를 건넸다.

"형제님, 안녕하세요?"

"네. 안녕하세요?"

김 박사도 반갑게 인사했다.

"오랜만에 뵈어요. 많이 바쁘셨나 봐요. 통 얼굴을 보여주지 않으셔서…"

"그렇게 됐어요."

"바쁘면 좋죠."

"교회에 가시나 봐요?"

부부의 손에는 성경책이 들려 있었다.

"저기 5동에 심방 갔다가 가려고 좀 일찍 나섰어요. 형제님도 이젠 교회 나오셔야지요."

김 박사는 두 손을 내저었다.

"아이고 아닙니다. 통 시간을 내기가 힘들어서…"

몇 해 전 아파트 주변을 산책하고 있을 때 도와달라고 소리치는 아주머니의 다급한 목소리를 들었다. 김 박사는 곧장 그곳으로 달려갔다. 남편이 별안간 쓰러졌다는 것이다. 긴급히 심폐소생술(心肺所生術)을 실시했는데, 조금만 늦었다면 불행한 일이 벌어졌을 것이다.

이후로 남편이 덤으로 얻은 여생을 봉사하면서 살겠다고 하여 부부가 함께 교회에 다니기 시작했다. 그때부터 김 박사에 대한 호칭이 형제님으로 바뀌었다. 명절이면 잊지 않고 선물을 보내오는 등, 이 부부에게는 생명의 은인으로서 김 박사가 각별한 이웃이었으나, 얼굴을 볼 때마다 교회에 나오기를 간청하는 모습을 대하기가 조금은 부담스러웠다.

같은 교회에 다니는 신자들을 대동하고 처음 심방을 온 날, 예배 도중 사도신경(使徒信經)을 암송하는 모습을 흘깃 쳐다보았다. 나중에 내용에 대해 물었더니 사도신경은 신앙고백문이라고 하면서 전체 글귀를 보여줬다. 김 박사는 사도신경을 읽어보았다.

"아, 예수님이 사흘 만에 부활했군요."

"언젠가는 재림하셔서 성도들과 함께 천년왕국을 경영하실 겁니다."

"네, 그래요."

사실 종교에 대해서는 취미가 없었고, 더욱이 허황된 얘기인 것 같아 고개를 끄덕이면서도 건성으로 들었다. 그저 손님에 대한 예의상 작은 관심을 표명한 것뿐이었다.

가만히 앉아 알 듯 말 듯한 설교를 듣는 것도 그렇고, 또 기도나 찬송가 가락은 어찌나 길게만 느껴지던지 김 박사에게는 모두가 따분한 일이었다. 이후 신방을 오겠다고 연락이 오면 이런저런 핑계를 둘러대 일부러 피하곤 했다. 그날의 신방이 전도와 관련해서 부부와 자리를 함께 했던 처음이자 마지막이었다.

"그래도 꼭 한번 같이 가요."

대답을 하는 둥 마는 둥 고개를 끄덕였다.

"빙판길 조심해서 다녀오십시오."

"네, 또 뵈어요."

부부는 인사를 건넨 뒤 가던 길을 갔다. 김 박사는 팔짱을 끼고 걸어가는 모습을 지켜보았다. 그런데 가다 말고 아주머니가 뒤돌아서더니 김 박사를 향해 외쳤다.

"형제님! 다음에 꼭 교회 함께 가요!"

"네. 알겠습니다!"

아무 뜻 없이 예의상 해본 말이었다. 그러나 운명처럼 김 박사는 훗날 이날의 기억을 떠올리게 된다. 손을 들어 어서 가시라는 신호를 했다. 부부의 다정한 모습이 무척이나 아름다워 보였다. 문득 그동안 아내에게 무심하게 대했다는 자책감이 들었다.

'이번 일만 끝나면…'

자전거를 탄 아이가 제법 빠른 속도로 김 박사 옆을 스치듯 지나갔다. 하마터면 부딪힐 뻔했다.

"조심해야지! 아파트 단지 내에서는 천천히 타거라."

아이는 운전을 멈추고 몸을 돌려 고개를 숙이고는 다시금 내달렸다. 저 멀리서 영숙이 양손에 무언가를 들고 걸어오고 있는 모습이 보였다.

"여보!"

그녀는 자전거가 다가오자 잠시 멈춰 섰다.

"자전거 조심해! 저 녀석 봐라. 저, 저!"

자전거를 좀 더 멀찍이 피하려다가 살짝 미끄러지면서 몸이 기우뚱했다. 김 박사는 발걸음을 재촉했다.

"이리 줘, 이리 줘. 얘기를 하지. 마트에 함께 갈 수 있었는데."

허겁지겁 자기 손에 장바구니를 받아들었다.

"모처럼만에 휴일이라, 푹 자게 하려고 그랬지요."

두 사람은 걸으면서 대화를 나눴다.

"자전거 탄 애는 누구야? 아파트 도로에서 저렇게 빨리 달리고 그래?"

"801호 아이인데, 부모가 인권운동가래요."

김 박사는 퉁명스럽게 대꾸했다.

"인권운동 하기 전에 애부터 제대로 인권 교육시키라고 해야겠다!"

"아직 어린 애인데 뭘 그래요."

"근데, 이게 다 뭐야?"

양편을 번갈아 가면서 장바구니를 살폈다.

"반찬거리하고 삼계탕 재료 샀어요."

"오! 삼계탕, 맛있겠다."

"어제 일도 그렇고, 당신이 요새 힘들어하는 것 같아서…."

"그렇게 많이 안 마셨는데 취했네."

"언제까지나 만년 청춘이 아니라니까요."

"그건 그래."

엘리베이터에서 내려 현관문을 열고 집안에 들어섰다.

"역시 집이 아늑하고 최고야."

"언제는 나 때문이라면서…."

"아, 물론 당신이 최고지. 흐흐."

그녀의 볼에 가볍게 입술을 댔다. 곧장 주방으로 가서 식탁 위에 장바구니를 내려놓았다. 그녀가 냄비에 물을 받아 전기레인지에 올려놓는 사이, 김 박사는 장바구니에 담긴 물건들을 하나씩 하나씩 식탁 위에 꺼내 놓았다.

"우유도 가격이 내린 것 같고, 돼지고기, 생닭도 전보다는 저렴해진 것 같아요."

"그게 다 내 덕분이야. 헤헤."

김 박사는 흐뭇한 미소를 지었다. 그녀는 닭을 손질했다. 껍질을 벗겨낸 뒤 안팎으로 군데군데 붙어있는 기름 덩이를 발라냈다. 언젠가 이들을 제거하고 요리하는 것이 건강에 이롭다는 기사를 본 이후로는 이 같은 습관이 생겼다.

"왜 당신 덕분이에요? 축산농가들 덕분이지. 엄마라도 계셨으면 덜 힘드셨을 텐데. 우리 아버지 혼자서 돼지 키울 때, 정말 고생 많았어요. 좋은 시절도 못 보시고 참…. 조금만 더 사시지. 그러고 보니 당신은 장인어른 뵈러 간다는 핑계 대고 돼지 보러 간 거 아니었어요? 이상한 기계도 설치하고."

"겸사겸사 간 거지 뭐."

김 박사는 식탁 옆 의자에 앉았다.

"왜 내 덕분이냐면, 농림부가 가축들 몸에 인식표 같은 것을 새겨서 관리하고 있거든. 출생에서부터 도축 후 소매에 이르기까지 전국에 있는 가축들의 이력을 농림부 시스템에서 조회할 수 있어. 주로 어느 지역에서 우량 품종이 생산되는지도 알 수 있고, 사용된 사료나 예방접종, 성장 과정도 다 관리할 수 있어. 그 기술을 나하고 장 박사가 개발했지. 혹여 기술이 유출될까 봐 그동안 비밀에 부쳐온 거고. 농림부와 계약할 때 해외나 다른 민간기업에는 기술을 이전하지 않겠다고 각서를 썼거든. 개발이 끝난 다음부터는 유지보수만 해왔는데 한동안 밥벌이가 없어서 회사가 좀 힘들었어."

"정말이에요? 그걸 왜 이제 말해요?"

"시간이 지나서 이젠 말해도 돼. 벌써 세월이 이렇게 됐네."

"지금 하는 일도 그런 거예요?"

"글쎄. 후…."

자리에서 일어나 과일들을 냉장고 안에 넣으려다 말고 비닐 랩에 들러붙어 있는 전단지에 눈길이 갔다. 식탁 위에 물건을 꺼내 놓을 때는 마트 홍보용이려니 생각했는데 그게 아니었다.

"이건 뭐야?"

큰 글씨로 쓰여진 표제어를 읽었다.

"인류 종말이 다가왔다. 예수 믿고 구원받자?"

그리고는 전단지의 앞면과 뒷면을 대충 훑어보았다.

"아, 그거요? 마트에서 나올 때 어떤 사람이 뭐라고 뭐라고 하더니 장바구니에 불쑥 집어넣고 가더라고요."

"올해가 2033년이야. 아직도 이런 거 믿는 사람들이 있나 봐. 2천 년

전에 폼페이 화산이 폭발할 때도 말세라고 했지. 인류 역사에 종말론 때문에 얼마나 많은 사람들이 휘둘렸는지 몰라. 우리가 어렸을 때도 그랬고, 몇 해 전에도 자정에 예수가 재림하여 휴거된다고 해서 온 나라 안이 떠들썩했잖아. 있는 재산 다 처분하고 종말론 운동에 투신했던 사람들, 지금은 어디서 뭐하고 있는지 몰라. 그때 그 교회 목사는 사기죄로 구속되었지 아마? 이런 게 사람들을 현혹하는 미신이자 허황된 망상인 거지."

전단지를 구겨 휴지통에 버리고 식탁 위의 물건들을 냉장고 안으로 옮겼다. 영숙은 찹쌀, 대추, 인삼과 마늘을 닭 내부에 채우고 다리 한쪽 끝에 칼집을 내 다른 쪽 다리를 끼워 넣었다. 닭과 나머지 재료들을 냄비 안에 투입한 뒤 뚜껑을 닫았다.

"그래도 여전히 믿는 사람들은 믿어요."

마른행주에 손을 닦고는 김 박사의 맞은편에 앉았다.

"당신은 이런 데 끼어들고 그러지 마. 여기에 한번 미치면 있는 재산 다 갖다 바치고 패가망신한다고."

"설마 그렇게까지야…"

"근데 당신, 밥은 잘 챙겨 먹고 있는 거야? 냉장고 안이 텅 비었어."

"걱정 말아요. 오늘 마침 반찬거리가 뚝 떨어져서 그래요."

"우리 나이에는 잘 먹어야 돼. 나 없다고 식사 거르고 그러면 안 돼."

"알았어요."

그 순간 휴대폰 수신 음악 소리가 들려왔다. 김 박사는 거실 탁자를 향해 걸어가 휴대폰을 집어 들었다.

"어이, 장 박사!"

활기찬 목소리로 반갑게 전화를 받았다.

-선배님, 잘 주무셨어요? 걱정이 돼서 전화 드렸어요.

"고마워. 역시…"

-속은 괜찮으세요?

"괜찮아. 너는 어때?"

-저야, 뭐.

"근데, 한 잔만 더 하자니까 기어이 도망가고 말이야. 나 좀 삐쳤어."

-어젠 과음하셨어요. 그리고 간병인이 귀가할 시간이라 어머니한테도 빨리 가봐야 해서.

"그래. 어머니는 좀 어떠셔?"

-여전하세요. 지금보다 더 나빠지지만 않으면 다행인데, 점점 기력이 쇠약해지시네요.

"내가 붙잡으려고는 했지만, 미안하기는 했어. 어머니한테 안부 전해드려."

-네.

"아 참, 순주한테도 언제 얼굴 한번 보여주라고 그래. 순주 얼굴 까먹겠다."

-네, 선배님. 주말 잘 쉬세요.

"장 박사도 잘 쉬고. 어, 잠깐! 아니다."

-내일 뵈어요.

"그래."

바이오스캐너 설비에 대해 사연을 물어보려다가 멈칫했다. 좋은 의도로 안부전화를 걸어준 사람에게 추궁을 하게 될 것 같아 다음 기회로 미뤘다. 휴대폰을 거실 탁자에 내려놓고 주방으로 걸어와 의자에 앉았다.

"이 친구, 내가 걱정이 돼서 전화했대."

"장 박사님은 참 좋은 분 같아요. 이렇게 안부 전화도 해주시니."

"시골 살 때 서로 집안일을 도와주고 형제처럼 지냈어. 내가 서울에서 대학 다닐 때는 장 박사가 내 대신 우리 집 목장 일을 많이 거들어 줬지. 정말 고마운 친구야."

대학시절 어느 날 민수가 목장일을 돕다가 병원에 입원했다는 소식을 듣고 곧바로 고향에 내려갔다. 젖소 한 마리가 평소와는 다른 행동을 보였다고 했다. 아버지가 달려오는 소를 미처 발견하지 못하고 있을 때, 민수가 재빠르게 아버지를 밀쳤다. 이 때문에 민수가 소에 받쳐 크게 다치게 되었다는 것이다.

이 사고 이후로 민수와는 더욱 돈독한 사이가 되었다. 이때부터 가축들의 이상행동에 대해 관심을 갖게 되었다. 더불어 바이오코딩 시스템을 연구하는 계기가 되었다.

"이혼했다는 얘기는 들었는데, 순주 엄마하고는 왜 헤어졌어요?"

"장 박사 어머니가 몸이 불편하게 되신 지가 벌써 십 년이 넘었네. 그동안 장 박사가 고생이 참 많았어. 안타깝기도 하고 대단하다는 생각도 들고. 근데 순주까지 신부전증으로 병치레를 하니…."

"그래서 여자가 도망이라도 갔나요?"

"응."

"정말요?"

영숙은 뜻밖이라는 듯이 놀란 표정을 지었다.

"합의이혼 했어."

"아무리 그래도…. 장 박사님처럼 좋은 분을…."

"그나마 순주가 신장을 기증받아서 지금은 괜찮아."

"정말 다행이네요."

김 박사에게는 아내에게 말하지 못한 비밀이 있었다. 장 박사 집안 형편이 어려워 박사과정을 포기하려 했을 때, 이를 적극 만류하고 학비를 보조해줬다. 어머니가 뇌졸중으로 쓰러졌을 때도 정기적으로 병원비를 보냈다. 순주에게 자신의 신장을 기증하려고 검사를 받았으나, 조직 적합성에서 이식 불가 판정을 받았다.

한편으로는 어머니와 딸아이를 홀로 돌보며 자신이 맡은 분야에서 이름을 알리고 있는 장 박사가 존경스럽고 대견스러웠다.

같은 동네에서 자랐으면서도 그는 어느 순간부터 형이나 형님이라 부르지 않고 꼭 선배님이라고 불렀다. 더욱 특이한 것은 다른 사람들에게는 선배님이라는 호칭을 사용하지 않는다는 점이었다.

이유를 물으니, 선배에는 두 가지 뜻이 있다고 했다. 학교를 먼저 입학한 사람을 의미하기도 하지만, 지위나 학예 등이 자기보다 앞선 사람, 즉 존경의 의미가 담겨있다고 했다. 그래도 형이라는 표현이 듣기 좋다고 했으나 장 박사의 고집을 꺾지 못했다.

화제를 전환해야겠다는 생각에 아내의 얼굴을 빤히 들여다보았다.

"당신도 잔주름이 늘었네. 흰머리도 많이 보이고."

"세월 앞에 장사 없지요."

"다음 주 금요일에 건강검진 함께 가자. 당신 것도 예약해 놨어."

"그래요. 근데 그보다도 당신이랑 이렇게 오랫동안 대화 나눈 게 언제인지 모르겠어요."

"미안해. 앞으로는 잘할게."

"그 거짓말 믿어도 돼요?"

"그 참말 믿어도 되네요."

김 박사는 그녀의 볼을 사랑스럽게 어루만졌다.

삼계탕이 조리되는 냄새가 주방에 가득 찼다. 그녀는 반찬거리와 수저를 식탁 위에 배치했다. 냄비 뚜껑을 열고 젓가락으로 닭을 찔러보았다.

"다 됐어요."

두 손에 헝겊 장갑을 낀 채 조심스럽게 식탁 위로 냄비를 옮겼다. 김 박사는 냄비 가까이 얼굴을 들이밀고 냄새를 음미했다.

"오! 맛난 냄새."

"당신도 비닐장갑 끼세요."

"괜찮아."

닭다리 하나를 떼어내 김 박사에게 건넸다.

"자 여기요."

"당신 먹어."

닭다리가 들린 손을 그녀의 입가로 밀어냈다.

"아이참, 당신을 위한 건데, 당신이 먼저 먹어야지."

"그러면 나도."

김 박사는 다른 쪽 닭다리에 손을 댔다가 화들짝 놀랐다.

"앗 뜨거워!"

반사적으로 귓불을 잡았다.

"거 봐요. 안 데었어요?"

"기다려 봐."

왼손에 숟가락을 쥐고 닭 몸통을 누른 채 조심조심 나머지 닭 다리 하나를 떼어내 그녀의 입가로 가져갔다.

"자 그럼, 우리 동시에 먹읍시다."

"하하."

두 사람은 행복한 미소를 지어 보였다. 이후 닭을 따로 건져 넓은 접시에 담았다.

"닭도 맛있고 국물도 끝내주네. 역시 당신은 요리를 잘해. 최고야, 최고!"

"재료가 좋아서 그래요."

"아니야. 정말 맛있어."

"그렇게 말해줘서 고마워요. 당신 덕분에 행복하게 살고 있는데 요리라도 잘해야지요."

"무슨 소리야! 당신 덕분에 내가 더 행복하지."

이 말이 영숙에게는 가슴 뭉클하게 다가왔다. 별안간 입술을 들이밀었다.

"아이고, 이거…"

김 박사도 호응하듯 입술을 가까이 가져갔다.

"당신 입술이 더 맛나다. 하하!"

두 사람에게는 더없이 행복한 순간이었다.

"2동 옥상에 안테나가 들어선 것 같던데, 뭐 들은 거 있어?"

"아, 그거요? 말이 좀 있었어요. 정부 기관에서 안테나를 설치한다고… 좀 이상하긴 해요. 통신기지국은 통신사가 담당하는 거 아니에요?"

"그거야 그렇지."

"뭐 정부에서 한다니까 따라야겠지만, 원래 우리 동이 적격지라고 했는데, 전자파 때문에 집값 떨어진다고 우리 동 사람들이 반대가 많아서 2동에 설치하게 됐어요. 그거 설치하면 지원금이 나온다고 하더라고요."

김 박사는 식사를 멈추고 잠시 멍하니 있었다.

"무슨 생각 해요?"

"어, 그렇게 됐구나."

"아 참, 어제 뉴스 봤어요? 우리나라가 일본을 제치고 수출 규모가 세계 4위래요."

"오호! 그런 좋은 소식이…. 올해는 정말 나라가 잘 될 모양이네."

"그렇죠? 대한민국 대단해요."

밤이 깊은 시간, 부부가 침대에 누워 있었다. 김 박사는 잠을 이루지 못하고 몸을 뒤척였다.

"무슨 걱정되는 일이라도 있어요?"

"모처럼 회사일을 내려놓았더니, 피로가 풀려서 그런지 잠이 잘 안 오네."

"얼른 자요. 내일 또 일찍 출근해야 한다면서요."

"그래."

국정원 프로젝트를 수행하는 동안 과연 국가를 위해 옳은 일을 하고 있는 건지 의문이 들 때가 적지 않았다. 이 밤도 그 생각을 하느라 잠을 이루지 못하고 있는 것이다. 시스템 오픈이 3개월 앞으로 다가오자 의구심은 점점 불안과 우려의 감정으로 바뀌어 가고 있었다.

그때는 대수롭지 않게 생각했는데, 아침에 본 전단지가 자꾸만 눈에 밟혔다. 침대에서 일어나 주방으로 향했다. 스위치를 눌러 등을 밝히고 휴지통을 뒤져 전단지를 찾아냈다. 구겨진 전단지를 펴서 내용을 자세히 읽어보았다.

"오!"

자신도 모르게 탄식이 흘러나왔다.

영숙은 아침 식사를 준비하고 있었다.

"여보, 나 오늘 급해서 그냥 갈게."

김 박사는 이미 출근 준비를 마친 상태였다.

"밥만 푸면 되는데…."

"미안해."

그녀가 현관문 앞으로 다가서자 신발을 신다 말고 그녀의 입술에 입맞춤을 했다. 그렇게 남편을 보낸 후 얼마 지나지 않아 초인종이 울렸다.

"뭘 놓고 가셨나. 그냥 열고 들어오면 되지."

현관문을 열었을 때 뜻밖에도 801호 남자가 서 있었다.

"안녕하세요?"

"아, 안녕하세요? 저희 집에 무슨 일로…."

"잠깐 드릴 말씀이 있습니다."

"네, 들어오세요."

영숙은 남자를 거실로 안내했다. 머리가 길게 자라 귀를 가렸고 수염은 깎은 지가 꽤나 오래되어 보였다.

"음료수 한 잔 드릴까요?"

"괜찮습니다. 실은 김 박사님을 뵈려고 좀 일찍 왔는데 벌써 출근하셨나 봐요."

"네, 그렇게 됐어요."

남자는 잠시 생각에 잠기는 듯하더니 이내 말을 이어갔다.

"혹시, 김 박사님께서 무슨 일 하시는지 알고 계신가요?"

"생체공학 연구라는 것만 알고 잘은 모릅니다."

"그러실 테지요. 정부에서 비밀리에 추진하는 일이라. 사모님도 언젠가는 아셔야 할 테니 말씀드리겠습니다. 2동에 설치된 안테나 용도에 대해 들어보셨나요?"

"휴대폰 통신용이라고 하던데, 아닌가요?"

"일반 통신용이 아닙니다. 쉽게 말하면 국민 감시용입니다."

그녀는 놀란 표정을 지었다. 남편이 안테나에 대해 물었을 때 이미 뭔가를 알고 있는 듯한 눈치였는데, 이 문제로 고민하고 있다는 느낌을 받았기 때문이다.

"자세한 건 김 박사님한테 물어보시면 알 겁니다. 국정원에 있는 친구한테 들은 얘기라 틀림없을 거예요. 그 친구 말로는 김 박사님이 책임자라고 하더군요. 이걸 중지시켜달라고 청하러 왔습니다. 다른 사람들한테는 얘기하지 마십시오. 알려지면 김 박사님이나 사모님이 위험해질 수 있습니다."

위험할 수도 있다는 말에 가슴이 철렁 내려앉는 것 같았다.

"어떻게 이런 일이…"

"김 박사님이 막아주셔야 합니다."

"알겠습니다. 남편하고 상의해보겠습니다."

"……"

남자가 현관문을 나선 후에도 그녀는 떨리는 가슴을 주체하지 못하고 있었다.

생체과학연구소

전단지를 물끄러미 바라보다가 주머니 속에 넣었다.

'별일 아니겠지? 그래 별일 아닐 거야.'

스스로에게 최면을 걸듯 생각을 지우려고 애를 써보았지만 불길한 예감을 떨칠 수가 없었다. 사무실을 나와 장 박사를 찾아갔다.

똑똑.

"네, 들어오세요."

출입문이 열리자 장 박사는 자리에서 벌떡 일어나 반가운 표정으로 김 박사를 맞이했다.

"말씀을 하시지. 제가 갈 텐데."

"장 박사, 차 한잔 할까?"

"네, 그러시죠. 이쪽으로 앉으세요. 녹차 어때요?"

"음, 그래."

장 박사는 본인이 직접 녹차 두 잔을 마련하고 한 잔을 김 박사에게 건넸다. 장 박사가 자리에 앉기도 전에 말문을 열었다.

"우리 아파트 단지에 바이오스캐너가 들어섰던데 어떻게 된 거야? 광역스캐너는 안 하기로 했었잖아."

"저, 그게…."

장 박사는 난감해하는 표정을 지었다.

"사생활 침해 우려 때문에 너나 나나 결사반대한 일 아니었어?"

"실은 몇 군데만 테스트용으로 설치한다고 해서…."

"테스트용이라도 그렇지. 약속을 지키지 않는 건 아무리 국정원이라 해도 책임 있는 자세가 아니야. 그리고 왜 우리 아파트야?"

"그건 우연의 일치겠지요."

"좋아, 테스트용이고 우연의 일치라고 치자. 하지만 나하고는 상의했어야 하는 거 아니야?"

"죄송해요. 국정원과 소장님 사이에서 이미 결정된 일이라 저로서도 어쩔 수 없었어요. 선배님께 얘기해도 어차피 번복될 일이 아니라서…."

김 박사는 언짢은 감정을 지울 수 없었다. 장 박사에 대한 서운함은 물론 설치 결정에 이르기까지 일부러 자신을 배제시켰다는 의구심이 들었다. 하지만 이미 엎질러진 물이었다.

"알았다. 위에서 결정한 일이니 내가 나선다고 달라지진 않았겠지. 너한테 쏘아붙일 일도 아니고. 실은 다른 문제가 있어서 왔어. 혹시 666이라고 들어봤니?"

"네, 들어봤습니다."

"내가 어제 이상한 전단지 하나를 읽게 됐거든. 이거 봐."

김 박사는 주머니에서 전단지를 꺼내 탁자 위에 펼쳐놓았다.

"A부터 Z까지 6의 배수를 부여하고 단어를 숫자로 써보는 건데, 여기 컴퓨터의 C는 18, O는 90, M은 78…. 이 숫자들을 다 합하면 육백육십육이라는 거야."

"잘은 모르겠지만 적그리스도가 나타나서 짐승의 표를 준다나 뭐라나. 그게 666이라고 들은 것 같기는 해요. 근데 설마 컴퓨터가 666이겠어요? 그리고 5도 아니고 7도 아니고 왜 자의적으로 6을 갖다 붙여요?"

"여기 써 있잖아. 7은 완전수, 1이 부족한 6은 불완전수, 그러니까 사탄의 숫자라고."

"선배님도 참…."

전단지 내용에 푹 빠진 듯한 김 박사의 태도가 다소 의외라는 생각이 들었다.

"이렇게 딱 맞아떨어지는 게 좀 이상하지 않아? 곰곰 생각해봤는데, 우리 일하고도 관련이 있는 것 같아."

"아이고 선배님, 비약이 너무 심하세요. 우리가 무슨 지구 종말자라도 된다는 거예요?"

그 순간 김 박사의 휴대폰 수신음이 울렸다.

"잠깐만…"

김 박사는 고개를 돌려 전화를 받았다.

"응. 여보."

-통화할 수 있어요?

"지금 좀 곤란한데… 급한 일 아니면 퇴근 후에 얘기하자."

-알았어요.

김 박사는 전화를 끊었다.

"무슨 일이지? 회사 일에 방해된다고 웬만해서는 전화를 안 하는 사람이."

"통화하시지 그러셨어요."

"별일 아니겠지 뭐."

김 박사는 자리에서 일어나 장 박사 옆에 나란히 앉았다.

"여기 요한계시록 봐봐."

그리고는 전단지에 적힌 글귀를 소리 내어 읽었다.

"저가 모든 자 곧 작은 자나 큰 자나 부자나 빈궁한 자나 자유한 자나 종들로 그 오른손에나 이마에 표를 받게 하고 누구든지 이 표를 가진 자 외에는 매매를 못하게 하니 이 표는 곧 짐승의 이름이나 그 이름의 수라. 지혜가 여기 있으니 총명 있는 자는 그 짐승의 수를 세어 보라. 그 수는 사람의 수니 육백육십육이니라. 이거 좀 섬뜩하지 않아?"

"이런 게 성경에 있어요? 가만…"

장 박사는 전단지를 들고 문구를 다시 한번 읽어본 후 탁자 위에 내려놓았다.

"오! 이거 정말 신기한데요? 컴퓨터 없이는 할 수 없는 일이고, 사람들 몸에 바이오코드를 심으려는 게 우리 프로젝트잖아요. 앞으로 바이오코드 없이는 매매를 못할 거고."

장 박사는 이전과는 달리 자신도 놀랍다는 표정을 지었다.

"거봐, 우리 일하고 무관하지 않다니까. 이러다 역사의 죄인이 되는 게 아닌지 걱정이 돼. 개인정보보호 문제나 사생활침해 논란이 생길 수밖에 없기 때문에 처음엔 우리가 반대했잖아."

"그거야 윤 원장이 관련법을 제정하도록 하고 철저하게 관리한다기에 동의한 거잖아요."

"그게 말처럼 쉬운 일이 아니야. 지금까지 법이 없어서 개인정보 유출 문제가 생겼니?"

"하긴 그렇죠."

"만약 윤 원장이 우리 시스템을 좌지우지하게 된다면 대통령이고 뭐고 다 갈아치울 수 있을걸? 여기 봐봐. 그가 권세를 받아 그 짐승의 우상에게 생기를 주어 그 짐승의 우상으로 말하게 하고 또 짐승의 우상에게 경배하지 아니하는 자는 몇이든지 다 죽이게 하더라. 그러니까 이 말은 짐승은 컴퓨터인 거고, 짐승의 표는 바이오코드, 이 시스템을 장악한 자가 짐승의 우상, 결국 윤 원장이 반대파를 숙청하고 정권을 쥐락펴락 할 수 있다는 얘기잖아."

"그건 좀 너무 멀리 간 거 같은데요."

장 박사는 동의할 수 없다는 듯이 고개를 가로저었다.

"전에는 설마설마했지. 요즘 들어 충분히 가능하다는 생각이 들어. 성경 얘기도 그렇고. 뭔가 좀 찜찜해."

김 박사가 진지한 모습을 보이자 장 박사는 잠시 동안 침묵했다.

"음…. 생각해보니 선배님 말씀에도 일리가 있네요."

"그렇지?"

"헌데 컴퓨터와 666은 그렇다 치고, 여기 짐승의 수가 사람의 수라고 했는데, 컴퓨터가 사람은 아니지 않습니까?"

"아이고 이 사람아. ICT를 한다는 친구가…. 요새 화두가 뭐야, 인공지능 아니야? 컴퓨터가 인공지능을 갖게 되면 요한계시록을 쓸 당시에는 인공지능을 가진 컴퓨터가 사람으로 비칠 수 있지 않겠어?"

"아, 그러네요."

"우리 프로젝트에 투입된 서버가 총 몇 대야?"

"서울에 500대, 용인에 280대, 그러니까 총 780대 정도로 알고 있어요. 그 사이에 변동사항이 있는지는 모르겠지만, 잠시만요. 서버 관리팀에 물어보죠."

장 박사는 자리에서 일어나 데스크에서 내선전화를 연결했다.

"노 책임?"

"……."

"뭐 하나 물어보자. 우리 프로젝트 서버가 몇 대나 되나?"

"……."

"어. 그래, 그래."

"……."

"서울에 516대, 용인에 300대? 그럼 총 816대. 고마워."

"……."

장 박사는 전화를 끊었다.

"총 816대라는데요?"

다시금 소파에 자리를 잡았다.

"666하고는 관계가 없구나. 다행이다. 혹시 서버에도 이름이 있니?"

"서버 자체적으로는 딱히 이름이 없고 우리 프로젝트 전체 시스템 이름이 더 제네시스잖아요."

"맞다. 지난번 프리젠테이션 할 때 윤 원장이 바꾸라고 했지?"

"네. N.I.S가 너무 평범하다면서…"

"깜빡했네. 암튼 고민 좀 해보자."

"뭐 별일 있겠어요? 너무 신경 쓰지 마세요. 이제 시스템 오픈할 날이 코 앞인데."

"그래."

"……."

자신의 사무실로 돌아온 김 박사는 여전히 마음이 개운하지가 않았다.

'짐승의 이름이나 그 이름의 수, 총명 있는 자는 그 수를 세어 보라.'

사무실 안을 배회하면서 성경 구절을 되뇌었다. 그러다가 불현듯 생각이 났다.

"그렇지!"

엄지와 중지를 튕겨 '딱' 소리를 냈다.

"제네시스를 세어보란 얘기였어."

자리에 앉아 전단지를 펼쳐놓고 키보드를 두드렸다.

'genesis'

김 박사는 모니터의 문구를 읽었다.

"기원, 발생, 창시… 어? 창세기? 창세기라는 뜻이 있었네. 세상을 처음부터 다시 시작하겠다는 건가?"

전단지를 손에 들었다.

"어디 보자."

'g 42, e 30, n 84….'

"다 합하면 468, 이건 아니고, t 120, h 48, e 30 그러니까 198…. 으악!"

김 박사는 자신도 모르게 비명을 지르며 두 손으로 머리를 감싸 쥐었다.

"어떻게 이럴 수가…. 말도 안 돼!"

자신의 눈이 의심스러워 안경을 벗고 눈을 비볐다.

'내가 실수한 거겠지.'

안경을 바로 쓴 후 다시금 모니터를 주시했다. 하지만 이내 탄식이 흘러나왔다.

"아…. 이건 아니야!"

똑똑.

그 순간 노크 소리가 들렸다. 이내 문이 열리더니 채 선임이 사무실 안으로 들어와 놀란 얼굴로 물었다.

"무슨 일이세요?"

"아, 아무것도 아니야."

김 박사는 애써 태연한 표정을 지어 보였다.

"큰 소리가 들린 것 같아서요."

"집안일 때문에 잠시 흥분했어. 신경 쓰지 말고 일 봐."

"정말 괜찮으신 거죠?"

"그래. 괜찮아."

김 박사는 일부러 웃음 띤 표정을 보여줬다.

"알겠습니다."

그는 인사를 하고 뒤돌아서 몇 걸음을 떼더니 고개를 돌려 미심쩍은 눈빛으로 다시 한번 김 박사를 바라보았다. 김 박사가 손을 내젓자 이내 사무실을 나갔다.

김 박사는 긴 한숨을 내쉬었다. 그리고는 요한계시록의 구절을 다시 한번 찬찬히 읽어보았다.

저가 모든 자 곧 작은 자나 큰 자나 부자나 빈궁한 자나 자유한 자나 종들로 그 오른손에나 이마에 표를 받게 하고 누구든지 이 표를 가진 자 외에는 매매를 못하게 하니 이 표는 곧 짐승의 이름이나 그 이름의 수라. 지혜가 여기 있으니 총명 있는 자는 그 짐승의 수를 세어 보라. 그 수는 사람의 수니 육백육십육이니라.

"이마에 표, 짐승. 이 표는 짐승의 표, 짐승의 표를 영어로 하면…"

몇 개의 단어들이 떠올랐으나 정확성을 기하기 위해 요한계시록 영역본을 검색하여 해당 구절을 찾아냈다. 영역본에는 mark와 beast라는 단어가 언급되어 있었다. 그래서 짐승의 표가 mark of beast임을 알게 되었다. 숫자를 더해보니 이 또한 육백육십육이었다. 김 박사는 경악을 금치 못했다. 우연의 일치라고 하기에는 요한계시록의 예언과 절묘하게 맞아떨어졌다.

한동안 흥분을 주체하지 못하고 멍하니 앉아 있었다.

"도대체 이게 뭐야? 왜 나한테 이런 일이…"

울상을 짓다가 또다시 탄식이 흘러나왔다.

"아흐!"

겨우 흥분을 가라앉힌 후 바이오코드에 집중했다. 바이오코드가 짐승의 표가 맞다면 666과 반드시 연관성이 있어야 한다고 생각했다. 그런데 biocode, the biocode 모두 숫자의 합이 666과는 관련이 없었다.

'분명 뭔가가 있을 거야.'

김 박사는 고심을 거듭했다.

"bidocode하고 유사한 단어가…. 아, 우리 시스템 바이오코딩!"

다시금 키보드를 두드렸다.

"이것도 아니고, 그렇지 여기에 the를 합치면…. 오, 이런! 666을 the bidocoding에 숨겨놓았어!"

computer는 물론 the genesis와 mark of beast가 요한계시록의 예

언과 일치한다는 것을 확인한 후에는 일정 부분 그 사실을 당연시하여 the biocoding에 대한 충격의 강도가 이전보다는 덜 했다. 이는 the genesis = the biocoding = biocoding system이라는 의미로 해석되었다.

이공계를 전공한 학자의 상식으로 computer를 비롯한 네 가지 케이스가 동시에 일치할 확률은 불가능에 가까웠다. 결코 우연의 일치가 아니라는 것이다. 결국 자신이 연구해온 바이오코드가 짐승의 표라는 확신이 생겼다.

'헌데, 짐승의 표를 주는 자는 누구지?'

마음이 초조한 상태에서도 또 다른 생각이 꼬리를 물었다. 문득 장 박사가 했던 말이 떠올랐다.

"잘은 모르겠지만 적그리스도가 나타나서 짐승의 표를 준다나 뭐라나."

"그래! 적그리스도."

적그리스도를 검색하여 웹사이트 하나를 클릭했다.

'적그리스도는 모든 사람에게 666을 의미하는 짐승의 표를 찍어주며 장차 세계정부를 구성하여 인류를 지배하게 되는 독재자입니다. 성경의 계시에 의하면 적그리스도는 이 세상에 전쟁의 바람을 일으키는 4대 열강 중 마지막 열강으로 등장합니다. 다니엘서 7장 7절의 넷째 짐승이 바로 적그리스도입니다.'

모니터의 글을 읽는 동안 다시금 섬뜩한 느낌이 들었다. 자신도 모르게 소름이 돋아났다. 적그리스도가 전쟁의 바람을 일으키고 인류를 지배하는 독재자라니, 여태까지 이런 상상을 해본 적이 없었다.

더욱이 현 상태가 지속된다면 결국 김 박사 자신이 그같이 무시무시한 존재의 출현에 동조하여 적극적으로 협조한 결과가 되는 셈이었다. 이 사실이 김 박사에게는 너무도 충격적으로 다가왔다. 여기까지 생각이 미치자 자신이 얼마나 무책임하게 이 프로젝트에 참여했는지 회한(悔恨)의 한숨이 흘러나왔다.

계속해서 문구를 읽어내려 갔다.

"내가 밤 이상 가운데 그 다음에 본 넷째 짐승은 무섭고 놀라우며 또 극히 강하며 또 큰 철 이가 있어서 먹고 부쉬뜨리고 그 나머지를 발로 밟았으며 이 짐승은 전의 모든 짐승과 다르고 또 열 뿔이 있으므로 내가 그 뿔을 유심히 보는 중 다른 작은 뿔이 그 사이에서 나더니 먼저 뿔 중에 셋이 그 앞에 뿌리까지 뽑혔으며 이 작은 뿔에는 사람의 눈 같은 눈이 있고 또 입이 있어 큰 말을 하였느니라"(단7:7-8).

'다니엘서 전체의 문맥과 7장에 표현된 계시의 내용을 살펴볼 때, 2장에 계시된 느브갓네살 왕의 신상에 등장하는 제5 제국이 바로 넷째 짐승입니다. 이 제국은 또한 열 뿔로 구성된 연합국임을 알 수 있습니다. 그 열 뿔 중에서 돌아나는 작은 뿔의 존재가 이 열 뿔을 거느리고 세계정부의 왕으로 등장할 짐승, 곧 적그리스도인 것입니다.'

'4대 열강과 열 뿔이라, 우리나라가 4대 열강은 아니잖아.'

적그리스도의 실체를 알고 나니 두려운 마음에 외면하고 싶은 방어기제(防禦機制)가 작동했다. 하지만 이를 뒷받침할 만한 기억이 오히려 또렷하게 되살아났다.

"어제 뉴스 봤어요? 우리나라가 일본을 제치고 수출 규모가 세계 4위래요."

"오호! 그런 좋은 소식이…. 올해는 정말 나라가 잘 될 모양이네."

"그렇죠? 대한민국 대단해요."

그때는 그저 자랑스러운 일쯤으로 생각했다. 물론 수출 순위 4위가 되었다고 해서 곧바로 세계 4대 열강에 드는 것은 아니다. 하지만 이 역시 우연의 일치라고 하기에는 석연치 않은 구석이 있었다.

'열 뿔'을 되뇌다가 프리젠테이션이 있던 날 윤 원장이 했던 말이 떠올랐다.

"대한민국을 포함한 열 개 국가가 새로운 협약을 추진하고 있습니다. 우리 프로젝트가 성공적으로 안착하게 되면 협약국으로 전파하여 협약국 간에는 장차 여권도 현금도 필요 없는 자유로운 왕래와 자유로운 상거래가 실현될 것입니다."

"헉!"

'윤 원장이 적그리스도?'

단순히 외교적인 차원의 문제만은 아니라는 생각이 들었다. 단정하기에는 이르지만 모든 정황이 윤 원장을 향해 퍼즐이 맞춰져 가고 있는 듯한 느낌이 들었다. 별안간 머릿속이 텅 빈 것 같은 극도의 공포감이 엄습해왔다.

똑똑.

"아흐, 깜짝이야!"

마음이 평온하지 않은 가운데 작은 노크 소리에도 화들짝 놀랐다. 문을 열고 고개를 내민 사람은 장 박사였다. 그는 천천히 걸어와서 소파에 앉았다. 김 박사는 놀란 가슴을 쓸어내렸다.

"휴…."

"선배님 표정이 왜 그래요? 무슨 저승사자라도 만난 사람처럼. 하긴 저승사자가 맞지."

"저승사자라니?"

"오늘 중으로 코딩 수정본 넘겨주기로 하지 않았어요? 그게 없으면 일이 안 된다고 우리 팀 직원이 난린데."

조금은 쌀쌀맞은 목소리였다. 김 박사는 여전히 놀란 가슴이 진정되지 않았다. 호흡을 가다듬은 후 아무 일도 없었던 것처럼 애써 잔잔하게 말을 이었다.

"미안해. 생각보다 시간이 좀 걸리네. 내일 오전 중으로 전해줄게."

"아이참, 선배님도. 아까 하신 말씀 때문에 손을 놓고 계신 거 아니에요?"

"그런 건 아니고, 한번 로직을 세운 다음부터는 진척속도가 빠른데, 몇 가지 예외적인 사항을 해결하느라 막판에는 시간이 좀 걸려. ICT 쪽도 그렇지 않나?"

"물론 그렇죠. 이놈의 예외사항 해결하는 게 항상 골칫거리지요. 시간은 시간대로 다 잡아먹고. 아무튼 내일 오전 중으로는 꼭 넘겨주셔야 해요."

"알았다. 내일은 꼭 줄게."

"선배님, 내일이 아니라 내일 오전입니다."

"이 친구 진짜 저승사자 맞네."

장 박사는 멋쩍은 웃음을 지어 보였다.

"선배님답지 않게 농담을 진담으로 받아들이시고…."

"알아. 농담인 거. 근데 시간 괜찮아?"

"네, 괜찮습니다."

"그럼 잠깐만 있어 봐."

김 박사는 자리에서 일어나 소파 쪽으로 걸어 나왔다. 이내 두 사람이 마주 보고 앉았다.

"왜요?"

"혹시 윤 원장 종교가 뭔지 아니?"

"기독교입니다. 정석소명교회인가? 거기 장로입니다. 소장님 부친하고 윤 원장 부친이 은퇴하신 목사님들인데 이분들이 대학 동창이라고 합니다."

"아, 그래서 소장님하고 윤 원장이 서로 알게 된 거구나?"

"네. 그런 거 같아요."

"아무리 생각해 봐도 딱히 연결고리가 없더니만…."

"지금도 같은 교회 다니고 있어요. 언젠가 회식 자리에서 윤 원장이 신학대 나왔다고 얘기하길래 깜짝 놀랐어요. 부친이 워낙 완고한지라 어쩔 수 없이 신학대 들어갔다고 하더라고요. 대학원에서는 회계학을 공부했는데, 당신 말로는 운이 좋아서 기재부에 들어갔답니다."

"허허, 참."

김 박사는 어이가 없다는 듯이 헛웃음을 치고 장 박사를 쳐다보았다.

"왜요?"

"너, 무슨 국정원 사람이냐? 국정원 요원 다 됐어. 뭘 그렇게 잘 알아?"

장 박사는 진지하게 말을 이었다.

"선배님, 무슨 일을 하든지 일단은 그 사람의 신상을 파악하는 게 우선입니다. 쉽게 말해서 결혼도 안 한 사람한테 애가 몇이냐고 묻는 건 실례잖아요."

"하긴 그러네. 예전에 어떤 장관이 국회의원 장례식장에 갔다가 3선 의원을 초선이라 얘기하고, 독신자인데 자녀 얘기 꺼냈다가 구설수에 오른 적이 있었지."

"아이구 선배님, 이런 거 신경 쓰지 마시고 얼른 마무리해주세요."

"거 되게 까탈스럽게 구네. 시어머니가 따로 없어."

"잘 아시잖아요. 지금 우리에겐 시간이 금입니다."

"그래, 알았다."

"……."

당장 처리해야 하는 업무가 있는데도 김 박사는 일이 손에 잡히지 않았다. 장 박사가 사무실을 떠난 뒤 또 다른 궁금증이 생겼다. 바로 적그리스도가 기독교인 중에서 출현하는지에 대한 의문이었다. 다시금 웹사이트를 검색하기 시작했다. 그중에 이와 관련된 자료 하나를 찾아냈다.

-전략-

적그리스도는 오른손이나 이마에 짐승의 표를 받도록 강요하는 자로 종교와 밀접한 관련이 있는 인물입니다. 기독교계 지도자가 중심이 되어 적그리스도를 추종하는 교회에서 이 일을 먼저 시행하고 타 종교인들이나 불신자들에게까지 확대하여 적용할 것을 분명히 하고 있습니다.

우리 성도들이 경계해야 할 것은 권력을 장악한 전통 교단과 세상

에 잘 알려진 목회자들의 변절입니다. 적그리스도가 출현하는 시점에서 이들이 성도들의 눈과 귀를 가리고 적그리스도의 계획에 적극적으로 따르도록 부추기게 되면 보다 많은 성도들이 옳지 않은 길을 걷게 될 것이기 때문입니다.

따라서 가장 신뢰하고 안전하다고 생각하는 전통 교단이나 목회자를 맹목적으로 추종하기보다는 성경 말씀을 토대로 분별력과 경계심을 가지고 바라봐야 합니다. 스스로를 메시아로 칭하는 사람을 메시아로 받아들이고, 놀라운 기적을 일으키며, 우상을 만들어 경배하도록 유도하고, 어떤 표식을 받도록 강요하는 일이 벌어지는데, 그 수를 세어보니 666이면 그것이 곧 짐승의 표인 줄 알고 피해야 합니다.

-후략-

글을 읽고 난 후 윤 원장이 숨겨진 적그리스도라는 심증이 굳어졌다. 어느덧 꼬리에 꼬리를 문 의문은 예수의 사망과 재림에까지 미치게 되었다. 예수가 재림해서 휴거가 일어난다고 종말론자들이 주장하는 일자의 근거가 궁금해졌다. 이를 확인하려면 우선은 예수가 언제 사망했는지부터 알아야 했다.

다시금 웹사이트를 검색했다. 그러다가 예수의 사망과 관련된 기사 하나를 발견했다.

예수의 정확한 사망 일자가 밝혀졌다고 디스커버리 뉴스 등이 보도했다.

미국 슈퍼소닉 지오피지컬 연구센터의 제퍼슨 윌리엄스, 독일 지구과학 연구센터의 마커스 슈밥과 아킴 브라워 등 지질학자들이 공동으로 참여하여 사해의 엔게디 스파 휴양지 근처에서 채취한 토양 샘플을 분석했다.

연구 결과 과거 두 차례 지진 중 하나가 예수에게 사형을 선고한 유대 지방 총독 본디오 빌라도의 재임 기간인 기원후 26~36년 사이에 발생했다는 사실이 밝혀졌다. 예수의 죽음을 묘사한 마태복음 27장 51절과 54절에 등장하는 지진이 바로 이 지진과 관련이 있으며, 예수의 사망 일자가 금요일로 추정된다는 점 등을 종합하여 연구진은 그가 기원후 33년 4월 3일에 사망했다는 결론을 내렸다.

"맙소사! 33년 4월 3일?"

제네시스 예정 공포일(公布日)이 4월 3일이었다. 예수 사망 후 정확히 2천 년이 되는 날이다. 그리고 적그리스도 출현이 실제로 예비되어 있다면 제네시스를 공포하기로 한 날짜와 일치하는 것이 오히려 정상적인 일이라는 결론에 도달했다. 성경의 예언이 계속해서 맞아떨어지자 김 박사에게는 더 이상 새삼스러운 일이 아니었다.

2천 년 또한 숫자적으로 의미가 있을 듯했으나, 성경을 살펴보지 않고서는 그 내막을 알 수 없었다. 성경과 관련된 웹사이트에서 천 년이 포함된 구절을 검색했다. 그중에서 두 구절이 눈에 띄었다.

짐승과 그의 우상에게 경배하지 아니하고 그들의 이마와 손에 그의 표를 받지 아니한 자들이 살아서 그리스도와 더불어 천 년 동안 왕 노릇 하니. (요한계시록 20:4)

사랑하는 자들아 주께는 하루가 천 년 같고 천 년이 하루 같다는 이 한 가지를 잊지 말라. (베드로후서 3:8)

천 년에 대해 고심하다가 301호 부부가 신방 왔을 때의 일이 떠올랐다.

"예수님이 사흘 만에 부활했군요."
"언젠가는 재림하셔서 성도들과 함께 천년 왕국을 경영하실 겁니다."

베드로후서에는 하루를 천 년에 비유했기 때문에 사흘은 3천 년의 의미로도 해석될 수 있고, 이는 3천 년 후에 예수의 재림을 암시한 것일 수도 있었다.

반면에 요한계시록에는 그리스도가 재림하여 천 년 동안 신자들과 더불어 왕 노릇을 한다고 했다. 그래서 어쩌면 예수의 재림 시점은 사망 후 2천 년이 되는 해일 수 있다는 가설이 성립될 것 같았다.

기독교인들이 윤 원장 자신을 재림하는 메시아라고 믿도록 하기 위해 예수 사망 후 정확히 2천 년이 되는 날을 선택했다는 심증을 갖기에 충분했다. 더군다나 우연이든 필연이든 오랫동안 신앙생활을 해온 그가 능히 인지하고 있을 만한 일이었다.

'2033 4 3'

김 박사는 2033 4 3을 되뇌었다.

"2033 4 3…."

지금까지 알아낸 사실들을 종합해볼 때, 이 숫자 역시 666과 관련이 있을 거라는 확신이 생겼다. 그리고 이것이 적그리스도와 666에 얽힌 실타래의 마지막 퍼즐이었다. 그런데 아무리 궁리해 봐도 666과 연관 지을 만한 단서를 찾아내지 못했다.

의자에 등을 기대고 눈을 감은 채 고심에 잠겼다.

'이 숫자는…'

그러다 아이디어 하나가 떠올랐다.

"그래!"

곧바로 데스크 쪽으로 자세를 바로잡았다. 20×33 = 660이 된다. 666이 되려면 20×33.3이어야 한다. 12개월의 0.3은 3.6개월. 이는 곧 2033년 4월이라는 의미가 된다. 또한 0.3의 3은 3일의 의미일 수 있다는 생각이 들었다. 그리고 4월 3일이 일요일이라는 사실도 이와 무관하지 않아 보였다. 처음 프로젝트를 시작할 때 왜 일요일을 공포일로 정했는지 의문이었는데, 비로소 궁금증이 해소되는 것 같았다.

거짓 메시아일지언정 기독교인들이 예배를 드리는 날에 메시아의 재림을 알려 종교적으로 이를 믿게 만드는 효과가 있고, 비기독교도인들한테는 편안히 휴식을 취하고 있을 때, 역사적인 사건을 일으켜 이를 더욱 크게 부각시키겠다는 발상으로 여겨졌다.

김 박사는 모든 퍼즐이 맞춰졌다는 흥분과 당혹감에 휩싸였다. 자리를 박차고 일어나 곧장 장 박사 사무실로 향했다.

"장 박사님 어디 가셨어요?"
"네, 급한 일이 있으시다면서 외출하셨습니다."
"그래요? 알겠습니다."
사무실에 돌아와 골똘히 생각에 잠겼다.
'그래, 길은 하나밖에 없어. 중단해야 해.'

온드림아파트

저녁 6시가 조금 넘은 시간, 현관문이 열렸다. 영숙은 놀란 표정으로 남편을 맞이했다.

"연락도 없이 오늘 무슨 일이에요?"

"내가 중요한 걸 알아냈어."

김 박사는 그녀의 손을 이끌고 가서 거실 소파에 나란히 앉았다.

"이 얘기는 아무한테도 하면 안 돼. 나한테 들었다는 것도."

"아니, 무섭게 왜 그래요?"

몹시 흥분한 사람처럼 이토록 허둥대는 모습을 보인 적이 없었기 때문에 영숙은 어리둥절해 했다. 문득 801호 남자의 얘기와 무관하지 않다는 생각이 들었다.

"그동안 어떤 일이 있었는지 다 얘기해 줄게."

영숙은 어이가 없다는 듯이 별안간 목소리를 높였다.

"뭐예요? 그렇게 물어도 입을 꾹 다물더니, 이제 와서 뭘 얘기한다고요?"

김 박사는 그녀의 감정 상태가 심상치 않다는 것을 감지했다.

"미안해. 내 생각이 짧았어."

그 순간 전혀 예상치 못했던 말이 그녀의 입에서 봇물처럼 터져 나오기 시작했다.

"당신한테 얼마나 섭섭했는지 알아요? 우리가 정말 부부가 맞는지 고민스러울 때가 많았어요. 난 도대체 당신한테 어떤 존재에요? 그저 밥하고 빨래해주는 사람? 잠자리나 같이하는 사람? 그런 건 아니잖아요. 좋은 일이든 아픈 일이든, 함께 나눠야 그게 진짜 부부 아니에요?"

김 박사는 아무런 대꾸를 못하고 그녀의 얼굴을 애처롭게 바라보았다.

"하지만 당신이 나를 사랑하는 걸 알기 때문에 내일은 나아지겠지. 그리고 내일이 오면 또 다음 날은 나아지겠지. 날마다 헛된 희망으로 여태까지 꾹꾹 참으면서 살아왔어요. 그런데 여전히 대화도 없고, 공감대도 없다는 건 남이나 다를 게 없잖아요. 어떻게든 대화를 시도해 보려고 애를 썼는데 그때마다…."

영숙은 감정이 북받쳐서 울음을 터뜨렸다.

"어흐흑흑!"

김 박사는 그녀를 사랑스럽게 감싸 안았다.

"그래, 내가 좀 무심했어."

"당신 하는 일 때문에 오늘 하루 종일 아무것도 못하고 얼마나 애가 탔는지 당신은 모를 거예요."

김 박사는 그녀가 전화를 했던 이유를 알 수 있을 것 같았다. 분명 제네시스와 관련이 있다는 생각이 들었다. 영숙은 김 박사 품에서 계속해서 울음을 쏟아냈다.

"아흑흑. 흑흑."

"미안해. 다 내 잘못이야."

한껏 애정을 담아 등을 토닥거리며 얼마의 시간이 지나자 그녀가 차츰 안정을 되찾았다. 어느 정도 진정된 것을 확인하고 김 박사가 말문을 열었다.

"전에 축산물이력관리 시스템에 대해 얘기했잖아. 언젠가 국정원 차장한테 연락을 받았어. 그리고 서 국장이라는 사람이 우리 연구소를 찾아와서 인체에도 적용할 수 있는지 묻더라고. 뭐, 이론적으로는 가능하다고 했지. 그리고 국정원장이 보자고 해서 자세히 설명을 했거든. 한동안 연락이 없길래 끝난 일인 줄 알았는데 몇 개월이 지나서야 나를 다시 찾더라고. 하지만 인권 문제 때문에 사람에게 코드를 새기는 것은 옳지 않다고 생각했어. 더 큰 문제는 정권에 악용되는 일이야. 처음엔 못하겠다고 버텼는데…."

김 박사는 더 이상 말을 잇지 못하고 한숨을 내쉬었다.

"그래서 어떻게 됐어요?"

별안간 김 박사의 태도가 돌변하여 원통한 심정을 토해내기 시작했다.

"이 나쁜 놈들이 당신하고 재영이를 얘기하면서 협조 안 하면 가만 안 놔둘 거라고 협박을 하잖아. 이 씨!"

두 주먹을 불끈 쥔 채 식식거렸다.

"어떻게 가족을 볼모로 협박할 수가 있어! 이 씨! 정말 나쁜 놈들이야! 나쁜 놈들…."

영숙은 남편의 팔을 가볍게 흔들었다.

"여보, 진정해요."

"후…."

다시 한번 긴 한숨을 내쉬었다.

"그래서 어쩔 수 없이 프로젝트에 참여하게 된 거야. 당신한테 얘기 못해서 미안해."

"아니에요. 난 그런 줄도 모르고, 흑흑."

영숙은 또다시 울음을 터뜨렸다. 그리고 남편을 꼭 끌어안은 채 잠시 동안 팔을 풀지 않았다. 남편이 겪었을 심적인 고통을 생각하니 위로는 못할 망정 철없게 굴었다는 생각이 들었다.

"미안해요. 잘 알지도 못하고 오해해서…."

"아니야, 내가 바보 같았어."

서로가 감정을 추스른 후 김 박사는 자신이 몸담고 있는 프로젝트의 그 외 자세한 내막과 우연히 알게 된 성경 이야기를 들려주었다. 영숙은 남편의 얘기를 듣는 내내 입안이 초들초들 말라가는 것을 느꼈다. 불안과 걱정의 마음이 뒤섞여 떨리는 목소리로 입을 열었다.

"실은 당신이 출근하자마자 801호 남자가 찾아왔어요."

"인권운동 한다는 사람?"

"네. 국정원 친구에게 들었다면서, 당신이 위험한 일을 하고 있으니 말려달라고 했어요. 이것 때문에 걱정이 돼서 아까 전화했던 거고요."

"그랬구나."

그녀는 몹시 침통한 표정으로 울먹이면서 말했다.

"당신 말대로라면 지금이라도 멈춰야 하지 않아요?"

김 박사는 아내가 받았을 충격을 짐작하고 두 손으로 그녀의 볼을 사랑스럽게 감쌌다가 내려놓았다.

"내 생각도 그래. 이쯤에서 중단해야 할 것 같아."

"장 박사님도 말려야 하는 거 아니에요?"

"그래야겠지. 내 말이라면 껌뻑 죽는 친구니까 따라줄 거야."

"당신이 옳다고 믿는 대로 해요."

"고마워. 힘이 난다."

"근데, 장 박사님이 거절하면 어떡해요?"

"그럴 리는 없겠지만, 그땐 나 혼자서라도 중단시킬 거야."

삐릭삐릭.

회사로부터 휴대폰 메시지가 왔다. 김 박사는 소리 내어 메시지를 읽었다.

"용인 데이터센터 화재 발생. 현재 진화 중?"

"장 박사님한테 연락해봐요."

곧바로 장 박사에게 전화를 걸었다.

"연결이 안 되는걸? 수습하러 갔나…"

김 박사는 자리에서 일어났다.

"801호 남자를 만나봐야겠어. 얘기하고 올게."

"알았어요. 다녀오세요."

801호 거실에 들어서서 두 사람이 통성명을 한 후 소파에 자리를 잡았다.

"위 아랫집 살면서 한번도 뵙지 못했습니다."

"저도 집에 일찍 오는 날이 많지는 않습니다."

"오늘은 다행히 댁에 계셨네요."

"학교에서 가정방문을 오겠다고 하길래 좀 일찍 퇴근했습니다."

그 순간 방문이 열리면서 한 아이가 고개를 내밀자 눈이 마주쳤다.

"어? 너는…."

"창수야, 인사드려. 701호 김 박사님이셔."

창수는 가까이 다가와 넙죽 절을 했다.

"안녕하세요?"

"그래, 너로구나. 다음에는 자전거 조심해서 타거라."

"네."

그리고는 곧바로 방으로 들어갔다.

"우리 창수를 아세요?"

"일전에 아드님이 탄 자전거하고 부딪힐 뻔했습니다."

"아, 얘기 들었습니다. 김 박사님이셨군요. 집사람이 시장에 다녀오다가 빙판길에 미끄러지면서 발목을 접질렀거든요. 저는 다른 곳에 있었는데, 집사람이 창수를 불렀나 봐요. 창수가 다급한 마음에…."

"그런 일이 있었는지는 몰랐습니다. 부모가 애를 잘못 키워 그렇다고 생각했는데, 정말 미안합니다."

"아닙니다. 좀 심하게 탈 때가 있어서 저도 야단치고 그래요. 뭐 마실 거라도 드릴까요?"

"괜찮습니다."

김 박사는 잠시 거실 주변을 둘러보았다.

"사모님은 안 보이시네요?"

"인권운동이란 게 그렇지요. 자랑은 아니지만, 제 일보다 남의 일에 더 신경 쓸 일이 많습니다. 파업하는 곳 농성장에 갔다가 아직 거기에 있습니다. 발목이 나으면 가라 했는데, 기어이 집을 나섰네요."

"그러셨군요. 집사람한테 들으니 제게 하실 말씀이 있으시다고…"

"네. 좀 심각한 문제인 것 같습니다. 언론에 알릴까도 했는데, 증거가 없어서 김 박사님께 직접 말씀드리는 게 좋겠다고 생각했습니다. 김 박사님이 더 잘 아시겠지만, 국가가 국민을 시스템으로 통제하는 것은 결코 옳지 않습니다. 그런 일이 일어나지 않도록 반드시 막아야 합니다."

그의 말투와 표정에서 인권운동가다운 비범함이 느껴졌다.

"저도 이 일로 고민했습니다. 정 선생 말씀에 동의합니다. 헌데, 기밀 프로젝트라 저쪽에서 정보가 누설된 사실을 알면 정 선생도 안전하지 못해요."

"저야 늘상 겪는 일입니다. 김 박사님이 더 걱정이지요."

"시스템이 완성될 때까지는 저들도 어쩌지는 못할 겁니다."

"김 박사님, 안전 유의하시고, 꼭 막아주십시오."

"네. 그렇게 하겠습니다."

"……"

생체과학 연구소

출근 후 곧바로 장 박사 사무실을 찾았다.

"어제 화재, 어떻게 된 거야?"

"서버 컴퓨터 열 대가 새로 들어와서 설치작업을 했는데, 배선을 잘 못하는 바람에 전력을 공급하자마자 스파크가 튀면서 불이 났다고 해요. 마침 펌프를 교체하던 중이라 스프링클러가 작동을 안 했어요. 초기에 진화만 잘했어도 경미하게 막을 수 있었을 텐데 작업자들이 겁을 먹고 그대로 도망쳤나봐요."

"우리 피해는 어느 정도야?"

"새로 들어온 것까지 160대가 못 쓰게 됐어요. 그나마 나머지 150대는 배선이 따로 돼 있고 재연경계벽이 가로막아서 화재를 면했어요."

"그럼 4월 3일 오픈에 지장 있는 거 아니야?"

"어차피 용인에 있는 것들은 백업용 서버라 본사 장비로도 오픈하는 데는 문제가 없습니다. 당장은 설비 증설이 어렵기 때문에 지금 이 체제로 가야 할 것 같아요."

"그럼 총 몇 대야?"

"본사 516대 그러니까…. 666대네요. 오, 이런!"

장 박사는 순간 당황하는 기색이 역력했다.

"내가 말한 그거 생각하는 거지?"

"네."

"민수야, 우린 친형제나 다름없어. 내가 놀라운 걸 알아냈는데, 내 말 믿고 우리 이참에 프로젝트 중단하자."

"네?"

김 박사는 자신이 알아낸 사실들을 장 박사에게 들려주었다. 중간 중간 의문을 제기하기는 했지만 대체로 수긍하는 눈치였다.

"어떻게 이런 일이…."

"더 이상은 안 돼. 우리 이쯤에서 멈추자."

"알겠습니다. 선배님 말씀에 따르겠습니다. 근데 좀 생각을 정리할 시간을 주십시오."

"그래, 너무 늦지 않게 결정해."

"네. 알겠습니다."

"……."

자신의 사무실로 돌아온 김 박사는 의자에 등을 기댄 채 손을 놓고 있었다. 숨 가쁘게 달려온 지난날의 기억들이 주마등처럼 스쳐 갔다. 밤낮을 가리지 않고 제네시스 개발에 쏟았던 열정을 생각하면 아쉬운 마음도 들었다. 하지만 지금이라도 불행한 사태를 막을 수 있어서 그나마 다행스러운 일이라고 위안을 삼았다. 오전 내내 이 같은 상념에 잠겨 시간을 보냈다.

어느 순간 사무실 문이 열렸다.

"김 박사님?"

"그렇소만."

건장한 사내 셋이 사무실에 들이닥쳤다. 김 박사는 자리에서 일어났다. 직감적으로 국정원 요원들이라는 것을 알아챘다.

"저희랑 함께 가주셔야겠습니다."

"윤 원장이 보냈습니까?"

"자세한 건 나중에 알게 되실 겁니다."

그는 다른 두 요원에게 지시했다.

"뭣들 해! 얼른 모시지 않고."

"네!"

김 박사는 요원들에게 붙들려 속절없이 끌려나갔다.

"이봐요. 이유나 알고 갑시다. 이봐요!"

건물 밖에는 승용차가 대기하고 있었다. 김 박사를 태운 차량은 이

내 연구소를 벗어났다.

국정원 별관 밀실

　차에서 내려 어느 건물 방에 도착할 때까지 요원들은 함구로 일관했다. 그들은 김 박사를 의자에 앉힌 후 안대를 풀었다. 주변을 둘러보니 자신은 방 중앙의 테이블 옆에 앉아있고 어렴풋이 책임자로 보이는 사람은 황 차장 같았다.
　"내 안경을 주시오."
　그러자 한 요원이 김 박사 얼굴에 안경을 씌웠다.
　"황 차장님?"
　"네 접니다. 그간 잘 지내셨죠?"
　"이게 무슨 짓입니까!"
　"하하. 그건 김 박사님이 더 잘 아실 텐데요."
　"제가 더 잘 알다니요?"
　황 차장은 잔뜩 거드름이 밴 목소리로 말했다.
　"선수들끼리 이러시면 안 되죠. 혹시나 했는데, 역시나더군요."
　그순간 저들이 도청장치를 설치했다는 생각이 들었다. 그렇지 않으면 이렇게까지 모질게 대할 이유가 없었다.
　"그럼 도청이라도 했단 말이오?"
　"우리를 만만하게 보셨다면 실수한 겁니다. 김 박사님 자택이나 연구소에 우리 눈과 귀가 있을 거라는 생각을 안 해봤소? 프로젝트 시작할 때 분명히 경고했을 텐데…."
　"정말 도청했다고요?"

"순진하시기는⋯. 국가대사를 수행하는데, 당신이 어깃장을 놓으면 말짱 도루묵 아니오."

연구소에 국정원 요원들이 들이닥쳤을 때 짐작은 했지만, 그전까지만 해도 정말 그런 일이 있었을 거라고는 상상을 못했다. 황차장이 손짓을 하자 한 요원이 녹음된 대화 음성을 들려주었다.

"그래야겠지. 내 말이라면 껌뻑 죽는 친구니까 따라줄 거야."

"당신이 옳다고 믿는 대로 해요."

"고마워. 힘이 난다."

"근데, 장박사님이 거절하면 어떡해요?"

"그럴 리는 없겠지만, 그땐 나 혼자서라도 중단시킬 거야."

김 박사는 절망감을 느끼며 고개를 떨구었다. 황 차장은 한 동안 잠자코 있다가 나지막이 말했다.

"김 박사님."

고개를 들자 황차장과 시선이 마주쳤다. 뜻밖에도 그는 정중한 태도를 보였다.

"무례를 범했다면 용서하십시오. 김 박사님을 이곳으로 모신 것은 결코 김 박사님을 해하려는 의도가 아닙니다. 어차피 우린 한 배를 탄 몸이 아닙니까. 이제 와서 생각을 바꾼다고 그 동안 김 박사님이 해온 것들이 없었던 일이 되는 것도 아닙니다. 우리가 잘못되면 김 박사님도 똑같이 책임을 떠안게 된다는 얘기입니다. 현명하게 처신해주실 걸로 믿겠습니다. 가족들 안위도 생각하시고⋯."

온드림아파트

띵동. 띵동.

"누구세요?"

"택배입니다."

영숙은 현관문을 열었다. 낯선 사람들이 들이닥치자 뒷걸음질을 쳤다. 앞장을 선 요원이 그녀를 소파 쪽으로 밀쳐 주저앉혔다.

"당신들 누구에요! 대체 왜 이러는 거에요!"

"저흰 김 박사님을 잘 아는 사람들입니다."

"남편, 남편은 무사해요?"

"걱정 마세요. 우리가 잘 모시고 있습니다. 앞으로 사모님은 일이 마무리될 때까지 외출 금지, 외부와 일체 연락금지입니다. 필요한 물품은 우리가 사다 드리겠습니다. 사모님을 존중해서 손을 묶지는 않겠습니다. 하지만 딴생각을 하시면 바로 묶을 겁니다."

"아니, 이런 법이 어디 있습니까?"

"801호와 친하시더군요."

"그럼 801호도…."

"덕분에 내부의 프락치를 잡아냈지요."

"당신들 도대체…."

요원은 탁자 위에 놓여있던 휴대폰을 집어 들어 주머니에 넣으면서 말했다.

"당분간 저희가 보관하고 있겠습니다."

영숙은 자신보다도 김 박사가 더 걱정이 되었다.

"남편하고 통화할 수 있게 해줘요."

"잘 모시고 있다는데 그러시네."

그는 휴대폰을 꺼내 어딘가에 전화를 연결했다.

"잠깐 통화 가능하세요?"

-말해, 문 팀장.

"김박사 댁에서 통화하고 싶다고 합니다."

-이따가 이쪽에서 연락이 갈 거야. 머리채를 잡아끌든지, 다른 위협을 하든지, 통화 중에 비명소리가 나오도록 해.

"왜 그렇게 해야 합니까?"

-그래야 김 박사가 겁을 먹고 순순히 협조할 거 아니야.

"네. 알겠습니다."

"……."

"좀 있으면 저쪽에서 연락이 올 겁니다."

문 팀장은 거실을 둘러보다가 벽에 걸린 가족사진을 주시했다.

"저 친구가 아드님 맞죠? 무척 낯이 익네요."

"아니, 우리 애를 알고 있다는 말이에요?"

"잘 알고 있죠. 뉴욕에서 공부하고 있잖아요. 뭐, 공부를 하고 있는 건지 다른 일을 하고 있는지는 여기서 알 수 없겠지만."

"그게 무슨 소리예요?"

"방학인데도 미국에 있는 거 보면 부모님하고 사이가 별로인 거 같은데, 아닌가요? 하긴 재미나는 일이 있으니 그럴 만도 하지."

비아냥과 조롱이 섞인 말투에 영숙은 몹시 화가 났다.

"우리 애를 그런 식으로 말하지 말아요!"

"있는 그대로를 말씀드리는 겁니다. 저를 탓하실 필요는 없고, 그 나이 때는 그럴 수 있지요. 캐서린이 더 좋지 않겠어요?"

"캐서린이 누구예요?"

"이러니 자식들 키워봤자 소용없다는 어른들 말씀이 틀린 말이 아닙니다. 부모님한테 얘기도 안 하고…."

"캐서린이 누구냐고요!"

"궁금해요? 그거 이리 줘봐."

문 팀장은 다른 요원의 휴대폰을 건네받아 동영상을 보여줬다. 어느 순간 그녀의 표정이 일그러졌다. 더 이상은 볼 수 없다는 듯이 고개를 돌렸다. 침대에 누워 있는 젊은 사내 위에서 반라의 여성이 신음소리를 내고 있었는데 누워 있는 남자는 재영이었다.

"당신들 정말…. 왜 우리 아이까지…. 흑흑."

영숙의 눈에서 눈물이 주르르 흘러내렸다. 맘을 굳게 먹고 의연하게 행동하려 했지만, 동영상을 보는 순간 와르르 무너져 내렸다.

"모르셨어요? 김 박사가 1급 관리 대상인 거. 김 박사가 딴맘을 먹지 않게 보험을 들어봐야지."

그 순간 휴대폰 벨이 울렸다.

"……."

"네. 알겠습니다."

"김 박사 연결됐어요. 쓸데없는 얘기는 곤란합니다."

문 팀장은 그녀에게 휴대폰을 들이밀었다.

"여보, 여보! 흑흑. 무사한 거예요? 집에 낯선 사람들이 와 있어요."

"……."

"정말 무사한 거죠? 내 걱정 말고 소신대로 하세요. 난 당신을 믿어요."

"뭐야 이거! 쓸데없는 얘긴 하지 말라니까."

문 팀장은 그녀의 머리채를 잡아챘다.

"아악!"

그녀가 비명을 질렀다.

"여보, 난 괜찮으니, 당신……."

문 팀장은 그녀의 입가에서 휴대폰을 멀찍이 떼어냈다.

국정원 별관 밀실

"그런다고 내가 순순히 협조할 것 같소?"

"협조를 하고 안 하고는 김 박사 자유지만, 선택은 한 가지밖에 없을 겁니다."

"그럼 똑같이 돌려주죠. 선택은 당신 자유지만 그 선택은 하나밖에 없을 거요. 흥."

김 박사는 코웃음을 쳤다. 김 박사가 완고하게 나오자 황 차장은 인상을 일그러뜨린 채 김 박사로부터 시선을 돌렸다. 설득과 회유로는 통할 것 같지 않아 다른 방법을 써야 한다고 생각했다.

"윤 원장을 불러줘요. 윤 원장!"

김 박사는 황 차장을 대화 상대로 여기지 않았다. 기다렸다는 듯이 한 요원을 향해 황 차장이 말했다.

"모셔와라."

"네."

명을 받은 요원이 고개를 숙여 짧게 대답한 후 출입문을 열고 나갔다. 기다리는 동안 황 차장은 두 요원에게 뭔가를 지시했다. 얼마의 시간이 지나 그는 다른 한 사람과 함께 밀실에 들어섰다. 동행한 사람은 장 박사였다. 그를 발견한 순간 눈이 휘둥그레졌다.

"장 박사!"

장 박사가 심경의 변화를 일으켜 일이 어그러지게 되었다는 것을 직감했다. 그는 김 박사의 시선을 피하며 맞은 편에 앉았다.

"민수야, 어떻게 된 거야? 네가 여기에 올 이유가 없잖아."

장 박사는 고개를 숙인 채 말했다.

"죄송합니다. 선배님."

"제네시스 중단하기로 한 약속은?"

그는 아무런 대꾸를 하지 않았다.

"민수야, 제발…. 너 이러면 안 돼."

여전히 고개를 들지 못하고 침묵했다. 녹음된 대화 음성을 들었을 때, 장 박사의 소행이라고는 전혀 의심을 하지 않았다. 그런데 지금의 태도가 너무도 뜻밖이어서 혹시나 하는 마음에 물었다.

"우리 집에 도청 장치 설치한 게 너였니?"

평소에 당당해 하던 장 박사의 모습은 찾아볼 수가 없었다. 답변이 없자 다시 한번 물었다.

"정말 그런 거였어?"

그제야 쥐구멍이라도 찾으려는 사람처럼 풀이 죽은 목소리로 말했다.

"드릴 말씀이 없습니다. 죄송합니다."

김 박사는 망연자실했다. 이것만큼은 아니라고, 확실히 부인하는 말이 나오기를 바랐는데 가슴을 후벼파듯 충격적으로 다가왔다.

"너…!"

고개를 절레절레 흔들었다. 그동안 장 박사가 보여준 모습들이 가식(假飾)과 위선(僞善)으로 치장된 것이었다고 생각하니, 배신감과 분노의 감정이 치밀었다. 그러다가 정신이 멍해지면서 소름이 돋고 몸이 오싹해졌다. 김 박사는 떨리는 목소리로 말했다.

"여태까지 나를 철저히 속였구나! 네가 어떻게…."

장 박사는 한숨을 내쉰 후 굳은 표정으로 고개를 들었다.

"심정적으로는 동의하지만, 선배님 편에 설 수 없었습니다. 제가 이 자리까지 어떻게 올라왔는데, 여기서 포기하라는 건 제 인생을 부정하라는 것과 같습니다. 그렇게 할 순 없어요."

눈빛도 목소리도 전혀 다른 사람 같았다. 김 박사는 가슴을 추스르고 냉정(冷靜)을 잃지 않으려고 애썼다. 지금의 분한 심정과 관계없이 어떻게 해서든 장 박사의 마음을 되돌려놓아야 한다는 생각이 들었다.

"민수야, 이건 우리 개인의 문제가 아니야. 네가 날 배신하는 건 상관없어. 하지만…"

그때 황 차장이 두 요원에게 손짓을 했다. 그리고 그들이 행동에 나섰다.

퍽!

"윽!"

"말이 너무 많아."

퍽! 퍽!

"아악!"

안경이 벗겨지면서 요원의 팔에 튕겨졌다. 테이블 위에 떨어지더니 장 박사 앞에서 멈췄다. 장 박사는 자리에서 벌떡 일어섰다. 김 박사가 면전에서 폭행을 당하는 모습을 차마 볼 수 없어 소리쳤다.

"제발 이러지 말아요! 이건 얘기가 다르잖아요!"

그들은 여전히 얼굴과 몸통을 가리지 않고 닥치는 대로 주먹질을 했다. 그럴 때마다 신음소리와 함께 핏방울이 튀기도 하면서 김 박사의 몸이 휘청거렸다. 김 박사가 마음을 돌리도록 위협을 가하는 것은 물론, 장 박사가 다른 마음을 품게 되면 김 박사가 결코 무사하지 못할 거라는 자신들의 메시지를 상기시키기 위해 황 차장이 꾸민 일이었다.

"이러지 말아요. 제발!"

장 박사는 다시 한번 목놓아 외쳤다. 이윽고 황 차장이 입을 열었다.

"야, 야. 귀하신 몸 정중하게 모셔야지."

그제야 구타에 가담했던 요원들이 뒤로 물러섰다. 그 사이 부어오른 김 박사의 얼굴 곳곳이 피로 얼룩졌다. 입에서 흘러내린 핏물은 겉옷을 물들였다. 테이블 위에도 핏자국이 선명했다. 장 박사는 안경을 씌우고 그를 애처롭게 바라보며 떨리는 목소리로 말했다.

"선배님, 괜찮으세요?"

끔찍한 광경을 눈앞에서 목격하고 나니 장 박사는 두려움이 사무쳤다. 김 박사의 입술 아래로 여전히 피가 흘러내리고 있었다. 입속에 고인 핏물을 내뱉은 후 그는 오히려 의연하게 말했다.

"구타 따위는 아무렇지도 않아!"

장 박사는 안타깝다는 듯이 울상을 지었다.

"선배님…"

"민수야, 이러면 안 돼. 윤 원장은 대통령을 허수아비로 만들고 반대파들을 다 찍어낼 거란 말이야. 왜 그걸 몰라?"

김 박사는 다시 한번 핏물을 내뱉었다.

"알고 있습니다. 전 이미 원장님과 한배를 탄 몸입니다. 더 이상 드릴 말씀이 없습니다. 선배님, 몸조리 잘하세요."

장 박사가 자리에서 일어나 출입문 쪽으로 걸어갔다.

"민수야! 민수야!"

그러자 발걸음을 멈추고 돌아서서 말했다.

"선배님이 협조해주신다면 형수님은 안전할 겁니다."

"뭐라고? 너 정말!"

김 박사의 머릿속에는 배신감과 안타까움이 교차하였다. 제네시스 중단 얘기를 꺼냈을 때 장 박사가 주저한 이유를 비로소 알 것 같았다. 장 박사는 이내 출입문을 열고 나갔다.

　"앞으로 제네시스 오픈할 때까지 우리랑 같이 일할 겁니다. 연구소에 있는 것들 죄다 여기로 옮겨왔어요."

　요원들이 컴퓨터와 실험장비들을 들고 들어와서 설치하는 모습이 보였다. 장 박사의 얘기를 듣고 나니 아내가 염려되었다.

　"황 차장! 집사람은, 집사람은 안전한 거요?"

　"걱정 말아요. 장 박사가 얘기한 그대로니까."

　"당신들, 이러고도 무사할 줄 알아요?"

　"사모님을 생각하셔야지요. 안 그래요?"

　"집사람과 통화하게 해주시오."

　황 차장이 수신호를 하자 서 국장이 고개를 끄덕였다. 잠시 후 전화가 연결되었다. 휴대폰을 김 박사의 턱 아래에 들이밀었다. 금세 다급한 목소리가 들려왔다.

　-여보, 여보! 흑흑. 무사한 거예요? 집에 낯선 사람들이 와 있어요.

　"나 잘 있어. 여보, 요원들이 시키는 대로 해. 그러면 별일 없을 거야."

　-정말 무사한 거죠? 내 걱정 말고 소신대로 하세요. 난 당신을 믿어요.

　별안간 휴대폰에서 비명소리가 들려왔다.

　-아악!

　"여보, 여보!"

　더 이상 통화가 이어지지 않았다.

　"사모님은 우리가 안전하게 모시고 있으니 하던 일만 잘 마무리하면 됩니다."

"사람이 이러면 안 되는 거잖소. 집사람한테까지 꼭 이렇게 해야 해요?"

"다 김 박사 하기 나름이오. 김 박사가 순순히 협조해준다면 아무 일 없을 겁니다."

황 차장이 손짓을 하자 한 요원이 김 박사의 수갑을 풀고 데스크 앞으로 끌고 가 앉혔다. 그리고는 본인이 직접 컴퓨터를 부팅시켰다.

"자, 일하셔야지요? 더 필요한 거 있으면 언제든 말씀하시고…"

"윤 원장을 만나게 해줘요. 내가 꼭 할 말이 있어요."

"그냥 내게 얘기하세요. 그대로 전해줄 테니까."

"직접 확인할 게 있어요. 제발 좀 불러줘요."

황 차장은 잠시 머뭇거리다가 말했다.

"알았소."

휴대폰을 꺼내 윤 원장에게 전화를 걸었다. 윤 원장은 김 박사의 성향을 잘 알고 있었기 때문에 순순히 따르지 않을 것을 예견하고 있었다. 본인이 직접 김 박사의 기를 꺾어놓아야 한다고 생각해 이미 별관에 도착해서 김 박사를 만나려던 참이었다. 이윽고 윤 원장이 모습을 드러냈다.

"김 박사, 얼굴이 많이 상했네요. 왜 이러고 있어요? 그냥 시키는 일만 하면 모두가 편안할 텐데. 쯧쯧."

"원장님, 한 가지 물어볼 게 있습니다."

"그래요."

김 박사는 잠시 호흡을 가다듬고 말했다.

"본인이 메시아라고 생각하십니까?"

"난데없이 무슨 소리예요? 내가 어떻게 메시아가 돼요? 허허."

윤 원장은 어이가 없다는 듯이 헛웃음을 쳤다.

"다시 한번 묻겠습니다. 본인이 메시아라고 생각하십니까?"

그 순간 윤 원장의 태도가 돌변했다. 김 박사의 얼굴 가까이 고개를 들이밀고 눈을 부라리며 작지만 강한 어조로 말했다.

"김 박사! 아니라고 했잖아!"

섬뜩한 느낌이 들었다. 여태까지 윤 원장의 그런 흉측스러운 표정을 본 적이 없었고 상상할 수도 없는 일이었다.

"마지막으로 묻겠습니다."

그러자 윤 원장이 몸을 돌려 다른 사람들을 향해 말했다.

"자네들 잠깐 나가 있어."

황 차장과 요원들은 지시에 따랐다. 잠시 후 그곳에는 두 사람만 남게 되었다. 김 박사는 그사이에 컴퓨터 프로그램 하나를 작동시켰다.

"본인이 메시아라고 생각하십니까?"

그는 별안간 괴기한 웃음을 터뜨렸다.

"하하하하!"

두 팔을 번쩍 치켜들고 한 바퀴를 돌면서 말했다.

"그래, 내가 바로 메시아다! 조만간 메시아의 재림을 온 천하에 알릴 거야! 하하하하!"

김 박사가 듣고 싶은 말이었다. 자신의 판단이 틀리지 않았다는 것을 비로소 확인하는 순간이었다.

"대통령도 이 프로젝트를 알고 계십니까?"

"대통령? 당연히 알고 있지. 그래 봤자 내 손바닥에서 노는 허수아비인걸."

"그럼, 대통령을 협박했단 말이오?"

"협박? 흐흐."

윤 원장은 코웃음을 쳤다. 그동안 김 박사 자신이 알고 있던 윤 원장과는 전혀 다른 사람의 억양으로 말을 내뱉기 시작했다.

"황 차장이 대통령을 너~무 잘 알아. 대통령이 그 사실을 간과한 거지. 그래서 미끼를 덥석 물어버린 거야. 자고로 사내는 계집을 조심해야 돼. 덫에 걸린 생쥐 꼴이라고나 할까. 자네도 그 표정을 봤어야 하는데 말이야. 사진을 보여줬더니 어쩔 줄을 몰라 하더고만. 하하하!"

조롱과 비아냥 그 이상도 그 이하도 아니었다. 게다가 정부기관 수장의 입에서 나온 말이라고 하기에는 저속(低俗)하고 유치해서 불쾌하기 짝이 없었다. 비로소 윤 원장이 어떤 인간이었는지, 그 실체를 제대로 알 수 있을 듯했다. 한편으로는 대통령이 안쓰럽다는 생각이 들었다.

'이런 자를 국정원장에 앉혔다니…'

하지만, 대통령이 알면서도 윤 원장에게 당하지는 않았을 것이다.

"일부러 함정을 팠단 말이오?"

"그러지 않으면 우리 프로젝트가 제대로 진행이 됐겠나."

"그래서 대통령이…"

"당연한 일이 아닌가. 승인할 수밖에. 하하하!"

대통령에게 몹쓸 짓을 자행하고도 거리낄 게 없다는 듯이 호탕하게 웃어댔다. 데스크에 손을 짚고 김 박사를 향해 고개를 쑥 내밀어 나지막이 말했다.

"내가 왜 기를 쓰고 국정원장이 되려고 했는지 아나?"

그러더니 몸을 일으켜 등을 돌리고 섰다가 돌아서서 김 박사를 주시했다. 마치 혼을 빼놓으려는 것 같은 다양한 표정과 몸짓, 변화무쌍한 말투, 이 모두가 김 박사에게는 죄악의 늪에 스스로 몸을 던진 자의 광기(狂氣)로 보였다. 그것이 구타를 당할 때보다 더 큰 공포감을 일으키며 싸늘하게 다가왔다. 등골이 오싹할 정도로, 살면서 처음 느끼는 감정이었다.

윤 원장은 이어서 세계를 향한 자신의 야심을 분출했다.

"내 맘대로 쓸 수 있는 돈이 자그마치 8천억 원이야. 3년이면 2조 4천억 원. 과연 이 돈을 어디에 써야 할 것 같나? 그 해답이 바로 제네시스였어. 나는 이제 세계의 대통령이야. 전 세계가 내 발 앞에 엎드리게 된단 말이지. 하하하!"

그는 다시 한번 두 팔을 뻗으면서 자신이 메시아인양 시위했다.

이날, 드디어 윤 원장이 김 박사에게 사악한 본색을 드러냈다. 그래서도 더더욱 제동을 걸어야 한다는 생각이 들었다. 지금 이 순간 그것을 할 수 있는 사람은 김 박사 자신이 유일했다.

"내가 당신 계획에 순순히 응할 것 같소?"

김 박사는 고개를 돌려 윤 원장의 시선을 외면했다.

"이걸 보고도 과연 그렇게 말할 수 있을까?"

휴대폰을 꺼내 잠시 살펴보다가 김 박사에게 내밀었다.

"아버지, 이 사람들 뭐예요? 아버지, 아버지가 협조 안 하면, 가만 안 놔둔대요. 무슨 일을 하시는지 모르지만, 저 좀 살려주세요. 제발 아버지…. 흑흑!"

김 박사는 주먹을 불끈 쥐고 데스크를 내리치면서 벌떡 일어섰다.

"윤 원장! 이 치졸한 인간!"

분노가 머리 끝까지 치밀었다. 재영이가 며칠 동안 연락이 닿지 않았던 이유를 알 것 같았다. 김 박사는 절망했다. 조금 전까지만 해도 굳건했던 의지가 한순간에 무너져 내렸다. 이내 힘없이 주저앉아 고개를 떨구었다. 잠시 생각에 잠긴 후 체념한 듯이 말했다.

"알겠소. 협조하겠소."

"하하하하!"

1개월 후 국정원 별관 밀실

"선배님, 교대 시간입니다."

"그래. 김 박사 잘 감시해."

"네."

원호는 김 박사와 눈이 마주치자 목례를 했다. 선배 요원은 곧장 밀실을 나갔다.

"오셨습니까?"

"수고 많다."

원호는 중앙의 테이블 옆에 앉았다.

"힘들지 않아?"

"아닙니다. 힘든 건 없는데, 좀 따분합니다."

"잠깐 이리 와서 앉아 봐."

"네."

주머니에서 드링크제를 꺼내 본인이 직접 마개를 제거하고 후배 요원에게 건넸다.

"이거 마셔."

"감사합니다."

그는 드링크제를 건네받자마자 한 모금을 마셨다.

"국정원에 들어온 지 얼마나 됐지?"

"1년 조금 넘었습니다."

"그럼 국정원 돌아가는 사정을 어느 정도는 알겠구나."

"솔직히 뭐가 뭔지 잘 모르겠습니다."

"어려운 거 있으면 얘기해. 나도 너만할 때는 선배님들의 조언이 큰 힘이 됐어."

"네. 감사합니다."

그 사이 드링크제를 다 마시고 테이블 위에 빈 병을 내려놓았다.

"부모님이 부산에 사신다며? 연락은 자주 해?"

"네. 가끔 전화 드리고 있습니다."

"자주 연락 드려. 부모님들은 자나 깨나 자식 걱정뿐이라잖아."

후배 요원은 갑자기 졸린 듯한 표정을 지었다.

"선배님 저…"

그러더니 테이블 위에 엎드렸다. 원호는 벌떡 일어나 후배 요원의 아이디 카드를 챙기고 김 박사에게 다가갔다.

"박사님, 저를 따라오십시오."

김 박사는 어리둥절해 했다.

"원호 씨, 이러지 말아요. 일이 잘못되면 원호 씨가 다쳐요."

직급이 낮은 사람들 중에서는 유일하게 말을 걸어온 요원이었다. 그동안 고향, 가족관계, 국정원에 들어오게 된 사연 등을 들려주었다. 이따금 다른 요원이 만류하기도 했으나, 후배 요원과 한 조가 되었을 때는 아랑곳하지 않고 김 박사와 대화를 나누곤 했다.

"전부 행사에 불려가고 요원들이 몇 사람 없어요. 다시는 이런 기회 안 옵니다."

"그래도 이건 아닙니다. 뒷감당을 어떻게 하시려고."

"제 걱정은 마세요."

김 박사는 갈등하지 않을 수 없었다. 원호가 김 박사의 어깻죽지를 붙들고 억지로 일으켜 세웠다.

"정말 괜찮겠어요?"

그는 고개를 끄덕였다. 결기에 찬 눈빛을 확인하고 나서야 마음을 굳혔다.

"좋습니다."

데스크 밑을 더듬어 테이프로 붙여 둔 메모리카드를 찾아 주머니에 넣었다. 두 사람은 복도를 지나 계단을 내려와 1층에 도달했다. 비상문을 열고 조심스럽게 스피드 게이트를 통과했다. 로비의 직원들은 다행히 김 박사를 알아보지 못했다. 다시금 계단을 내려가 지하 주차장에서 승용차에 올라탔다.

"어디로 가시려고요?"

"검찰청입니다."

그는 수갑을 꺼냈다.

"잠시 동안만 수갑을 채우겠습니다. 정문을 안전하게 빠져나가려면 이게 필요합니다."

안전손잡이와 김 박사의 손목에 수갑을 채운 후 시동을 걸고 승용차를 몰았다.

"검찰청에 누구 아는 사람이 있어요?"

"김동현 검사라고 제 친구가 있습니다."

"믿을 만해요?"

"네, 한동네에서 같이 자란 친구입니다."

"우리가 가고 있는 걸 김 검사도 알고 있나요?"

"염려 마십시오. 미리 언질을 해놓았습니다."

"그래요."

그 사이 정문 출입구가 가까워지자 수위실 경비원이 멈추라는 신호를 했다. 창문을 내린 후 경비원에게 인사를 건넸다.

"수고하십니다."

김 박사는 극도의 긴장감을 애써 감추고 있었다. 변조한 서류를 건네받은 경비원은 내용을 대충 훑어보고 뒷좌석 창문을 내리라는 신호를 했다. 차량 내부를 살펴보다가 김 박사와 눈이 마주쳤다. 김 박사는 슬며시 시선을 피했다. 그가 다시 한번 서류를 바라볼 때 김 박사의 눈에도 그 모습이 포착되었다. 그는 고개를 갸우뚱하더니 차량 내부를 다시 한번 들여다보았다. 김 박사는 이 시간이 무척 길게만 느껴졌다.

'제발…!'

그런데 뜻밖에도 그가 질문을 던졌다.

"어디로 가십니까?"

그 순간 일이 어그러진 것 같아 김 박사는 몹시 당황스러웠다. 원호는 다소 퉁명스럽게 대꾸했다.

"거기 적혀 있잖아요. 검찰청이라고."

"그건 알겠는데 검찰청 호송은 최소한 2인 1조 아닙니까? 왜 동행 요원이 없는 건지 그걸 물어보는 겁니다."

그러자 원호가 버럭 소리를 질렀다.

"요새 경비실이 완전 개판이구먼! 오늘 국정원 행사 때문에 요원들이 다 그 쪽에 소집된 거 몰라요? 같이 갈 요원이 없는데 나보고 어떡하라는 겁니까?"

그는 난감해 하는 표정을 지었다.

"아, 그렇군요."

"바쁜 사람 붙잡아놓고 이게 뭐 하는 짓입니까? 경비대장한테 알리기 전에 똑바로 하세요!"

그는 머리를 조아리면서 말했다.

"죄송합니다. 죄송합니다. 제가 큰 실수를 했습니다. 그 얘기는 제발 하지 말아주십시오. 부탁입니다."

"알았으니까, 다음부터는 상황 판단을 제대로 하세요."

"알겠습니다."

그동안 김 박사가 보아왔던 원호와는 완전히 다른 사람의 모습이었다. 그저 정이 많고 여린 사람으로만 생각했는데, 그에게 이런 강단(剛斷)이 있는 줄은 미처 몰랐다. 정문에서 시간이 지체되는 동안 금방이라도 다른 요원들이 쫓아올 것 같아 김 박사는 가슴이 조마조마하여 계속해서 뒤를 돌아보았다.

경비원이 수위실에 손짓을 하자 차단기가 올려졌다. 그는 거수경례 대신 모자를 벗고 넙죽 절을 했다. 원호도 이에 호응했다.

"수고하세요."

그는 곧바로 가속 페달을 밟았다. 김 박사가 다시 한번 뒤를 돌아보았을 때 경비원은 차량을 향해 여전히 고개를 숙이고 있었다.

"원호 씨."

"아, 죄송합니다. 이런 상황이 생길 수 있다고 미리 말씀을 드렸어야 하는데…."

"심장이 떨려서 기절하는 줄 알았어요."

"이젠 마음 푹 놓으십시오."

"근데 왜 나를 도우려는 거죠?"

"윤 원장과 황 차장이 흉계를 꾸미고 있다고 국정원 내부에서도 말이 좀 있습니다. 다들 쉬쉬하면서 행동으로 옮기지 못할 뿐이지, 저처럼 생각하는 요원들이 있습니다. 박사님은 아무 죄 없이 끌려온 거잖아요."

"고마워요. 일이 잘 되면 원호 씨가 나라를 구하는 겁니다."

"아닙니다. 여기 열쇠로 수갑을 푸세요."

"그래요."

혹시라도 쫓아오는 차량이 있을까 봐 김 박사는 이후로도 한참 동안 뒤를 살폈다. 다행히 국정원 요원의 추적으로 의심되는 차량은 보이지 않았다. 원호는 김 검사에게 전화를 걸었다.

"동현아, 난데 지금 검찰청으로 가고 있어. 김 박사님 모시고…"

전화 속에서는 다소 흥분한 듯한 목소리가 들려왔다.

-여태 연락이 없어서 걱정했는데 네가 해냈구나. 조심해서 와. 기다리고 있을게.

"그래, 알았어."

검찰청

차량은 어느덧 검찰청 정문에 도착했다. 원호는 창문을 내리고 신분증을 보여줬다. 김동현 검사를 만나러 왔다고 하자 진입이 허용되었다. 정문을 통과하는 순간 김 박사는 안도의 숨을 내쉬었다. 주차장에 차를 대고 청사를 향해 달려갔을 때, 김 검사가 마중 나와 있었다.

"동현아, 김 박사님이셔."

"안녕하세요? 저를 따라 오십시오."

방문수속을 밟은 후 얼마 지나지 않아 일행은 김 검사의 사무실에 당도했다.

"그동안 고초가 많으셨지요? 이 친구한테 얘기 들었습니다. 저희 부장님께 구두보고는 했지만, 물증이 없어서 손을 쓸 수가 없었습니다. 이렇게 직접 오셨으니 이젠 전모를 파헤칠 수 있을 것 같습니다."

김 박사는 비로소 모든 긴장감이 해소되는 것 같았다.

"원호 씨가 다치지 않게 해주세요."

"염려 마십시오."

"두 분이 큰일을 하신 겁니다."

"이 친구나 저는 나라의 녹을 먹고 있는 사람들입니다. 당연히 해야 할 일을 하는 겁니다. 잠시 부장님께 보고 드린 후에 진술을 받도록 하겠습니다."

김 검사는 자리로 돌아가 인터폰을 연결했다.

"부장님, 동현이입니다."

"그래. 김 검사."

"일전에 말씀드렸던 바이오코드 건으로 김 박사님 신병을 확보했습니다. 협조해준 국정원 최원호 요원도 함께 와 있습니다."

"정말이야? 잘했어! 드디어 김 검사가 한 건 터트리는구나. 일단 진술조서 받고 끝나거든 조서하고 증거물 가지고 내 방으로 와."

"알겠습니다."

김 박사는 그간의 일을 김 검사에게 상세히 얘기했다. 진술 내용은 고스란히 녹음되었다. 진술이 다 끝나자 김 박사가 말했다.

"물증이 하나 있습니다. 이걸 연결해주십시오."

김 박사는 메모리카드를 건넸다. 컴퓨터에 꽂은 후 다들 숨을 죽이고 있을 때 녹음된 음성이 들리기 시작했다.

"본인이 메시아라고 생각하십니까?"

"하하하하! 그래, 내가 바로 메시아다! 조만간 메시아의 재림을 온 천하에 알릴 거야! 하하하하!"

"대통령도 이 프로젝트를 알고 계십니까?"

"대통령? 당연히 알고 있지. 그래 봤자 내 손바닥에서 노는 허수아비인걸."

"그럼, 대통령을 협박했단 말이오?"

"협박? 흐흐. 황 차장이 대통령을 너~무 잘 알아. 대통령이 그 사실을 간과한 거지. 그래서 미끼를 덥석 물어버린 거야. 자고로 사내는 계집을 조심해야 돼. 덫에 걸린 생쥐 꼴이라고나 할까. 자네도 그 표정을 봤어야 하는데 말이야. 사진을 보여줬더니 어쩔 줄을 몰라 하더구먼. 하하하!"

"일부러 함정을 팠단 말이오?"

"그러지 않으면 우리 프로젝트가 제대로 진행이 됐겠나."

"그래서 대통령이…."

"당연한 일이 아닌가. 승인할 수밖에. 하하하!"

"내가 왜 기를 쓰고 국정원장이 되려고 했는지 아나? 내 맘대로 쓸 수 있는 돈이 자그마치 8천억 원이야. 3년이면 2조 4천억 원. 과연 이 돈을 어디에 써야 할 것 같나? 그 해답이 바로 제네시스였어. 나는 이제 세계의 대통령이야. 전 세계가 내 발 앞에 엎드리게 된단 말이지. 하하하! "

"……"

녹음 내용을 들은 후 김 검사는 몹시 흥분이 되었다.

"이 정도면 확실한 물증이 되겠습니다. 윤 원장과 황 차장을 심판대에 세울 수 있을 겁니다. 잠깐만 계십시오. 저희 부장님께 다녀오겠습니다."

"네, 그러세요."

원호는 눈물을 글썽거렸다.

"박사님, 이제 다 끝났습니다."

"원호 씨, 고맙습니다."

누가 먼저라고 할 것 없이 손을 내밀었다. 김 박사는 원호의 손을 감싸 쥔 채 그의 눈에 시선을 고정시키고 고개를 끄덕였다.

김 검사가 들고 온 것들을 탁자 위에 내려놓았다.

"조서하고 녹음파일, 증거물입니다."

"이게 전부인가?"

"네."

조금은 심란해 보였던 배 부장의 표정이 금세 밝아졌다.

"축하해! 김 검사. 역시 해낼 줄 알았어. 짜식!"

배 부장은 기특하다는 듯이 몸을 굽혀 김 검사의 어깨를 토닥거렸다.

"감사합니다. 이거면 윤 원장과 황 차장을 검거할 수 있습니다."

그러자 배 부장이 데스크 뒤쪽 자신의 집무실 의자를 가리켰다.

"저거 보이냐?"

"뭐 말입니까?"

"저 자리가 곧 네 차지가 될 것 같다."

"농담도 그런 농담은 하지 마세요."

"임마, 그래야 네 덕분에 내가 좀 더 고위직으로 갈 거 아니야."

"어, 그게 그렇게 되나요? 하하."

"당근이지. 아무튼 큰일 했어."

김 검사는 뿌듯한 표정으로 꾸벅 인사를 했다.

"김 박사하고 국정원 요원이 당분간 안전하게 거처할 곳을 수배해 놓았다."

"벌써 거기까지 생각하셨어요?"

"내가 누구냐? 배 부장이야, 배 부장!"

"역시 우리 부장님이셔. 김 박사님의 사모님도 보호가 필요합니다."

"염려 마."

배 부장은 어딘가에 인터폰을 연결하여 수사관을 보내라고 지시했다. 이후 네 사람이 집무실에 들어섰을 때, 김 검사는 어리둥절한 표정을 지었다. 용의자나 피의자도 아닌데 이 많은 사람들이 호송에 관여할 이유가 없다는 생각이 들었기 때문에 곰곰이 상황을 따져보았다.

"아, 그래서?"

혼잣말을 중얼거렸다. 의문점이 있었지만 이내 생각을 접었다. 혹시라도 국정원 요원들의 추적이 있을까 봐 배 부장이 수사관을 더 붙인 것으로 여겼다. 일행은 이내 김 검사 사무실에 도착했다.

"김 박사님? 배 부장입니다."

세 사람은 인사를 하고 악수를 나누었다.

"김 검사한테 얘기 들었습니다. 저희 수사관들이 두 분을 안전한 곳으로 모실 겁니다."

수사관들은 김 박사와 원호에게 목례를 했다.

"일단 가 계시면 필요한 조치를 취하겠습니다. 사모님도 곧 모셔오겠습니다."

"감사합니다."

"김 검사, 두 분 잘 배웅해 드려."

"네, 알겠습니다."

"그럼 나중에 또 뵙겠습니다."

"……"

청사 로비에서 두 사람과 헤어진 후 김 검사는 자신의 사무실로 돌아왔다. 그런데 갑자기 미심쩍은 생각이 들었다. 배 부장이 직접 질의 한번 안 해보고 김 박사를 호송하도록 지시한 것은 평소의 배 부장답지 않은 행동이었다. 곧바로 부장실로 향했다.

"부장님. 아까 그 수사관들, 제가 못 보던 사람들인데 어디 소속입니까?"

"내가 특별히 차출했다."

"근데 인원을 왜 그렇게 많이 붙이셨습니까?"

배 부장은 언짢다는 듯이 목소리를 높였다.

"너 지금 나 취조하는 거냐? 그만 나가 봐."

"왜 그러신 거냐고요. 피의자도 아닌데."

"이 녀석이…. 정말 몰라서 물어? 중대한 사건의 증인들 신병에 문제라도 생기면 네가 책임질래?"

김 검사는 이내 시무룩해졌다. 예상은 했지만 그래도 석연치 않은 구석이 있었다.

"국정원에서 뒤를 밟을까 봐 그러신 겁니까?"

"그래 임마."

"근데 어떻게 김 박사님한테 한 마디 질문도 없이…"

"아이, 거머리새끼처럼 거 되게…"

잔뜩 짜증이 섞인 말투였다.

"제가 궁금해하는 건 당연하잖아요. 부장님이 언제 이런 적이 있었습니까?"

배 부장은 들고 있던 서류뭉치를 데스크 위에 내던졌다. 그리고는 화가 난 표정으로 쏘아붙였다.

"너 지금 나랑 뭐 하자는 거냐?"

이러한 반응 또한 평소의 배 부장답지 않은 것이었다. 그래서 숨겨진 뭔가가 있다는 확신이 생겼다.

"죄송합니다. 하지만 제가 모르는 게 있다면 알려주십시오."

배 부장은 고개를 숙이고 한동안 말이 없었다.

"부장님!"

그는 고개를 들어 의자에 등을 기댔다. 김 검사의 시선을 피해 의자의 방향을 돌리더니 이전과는 달리 작은 목소리로 말했다.

"국정원으로 보냈다."

"뭐라고요?"

"국정원이라고."

국정원이라는 소리를 듣는 순간 김 검사는 망연자실했다.

"부장님!"

"왜?"

"옛날로 치면 윤 원장과 황 차장은 참수를 해도 시원치 않을 대역죄인들이 아닙니까?"

배 부장은 다시금 의자의 방향을 돌려 김 검사를 바라보았다.

"그래서 어쩌자고?"

"어떻게 이럴 수가 있습니까!"

김 검사는 두 주먹으로 데스크를 내리쳤다.

"정말 그동안 제가 존경하고 따랐던 부장님이 맞습니까!"

그사이 김 검사의 얼굴이 벌겋게 달아올랐다. 뜻밖에도 배 부장은 온화한 표정을 지으면서 말투가 한결 부드러워졌다.

"그래. 네 심정은 충분히 이해한다. 아까는 언성을 높여서 미안한데 이 건은 내가 관여하지 않으려는 이유가 있어."

"그게 무슨 말입니까?"

"넌 잘 모르겠지만, 우리 힘으로는 도저히 감당할 수 없는 일이야.

대통령도 어쩌지 못해. 김 박사 하는 일이 잘못되면 네가 크게 다치게 돼 있어. 널 잃고 싶지 않다는 것만 알아둬."

"그게 무슨 궤변이십니까?"

다시금 의자의 방향을 돌려 김 검사의 시선을 외면했다.

"이 일은 없었던 걸로 해. 허튼짓 하면 알지?"

"부장님!"

"참수니, 대역죄인이니, 아까처럼 함부로 주둥아리 놀리지 마라. 너 그러다가 정말 큰일 난다. 내가 아끼는 놈이니까 이런 얘기를 해주는 거야. 내 말 명심해."

권력이라는 거대한 장벽 앞에서 무력감을 느끼며 이제는 분노와 안타까움이 교차하였다. 김 검사는 울먹이듯이 말했다.

"이건 정말 아니잖아요."

"그만 나가 봐."

"……."

검찰총장 집무실

황 차장이 수행원과 함께 강 총장 집무실에 들어섰다.

"황 차장님, 어서 오십시오."

강 총장은 자리에서 일어나 반갑게 맞이했다.

"영전을 축하드립니다. 진작에 찾아뵈었어야 하는데, 인사가 늦었습니다."

"아닙니다. 이렇게 직접 방문해주시고 정말 고맙습니다."

"조그만 성의입니다. 받아주십시오. 어디에 두면 되겠습니까?"

"이렇게까지 안 하셔도 되는데…."

강 총장은 수행원을 바라보며 못이기는 척 위치를 가리켰다.

"저쪽 화분들 옆에 두세요. 네, 거기…."

수행원은 화분을 내려놓았다.

"아무튼 감사합니다. 나중에 제일 좋은 자리로 옮겨놓겠습니다."

"알겠습니다."

황 차장은 수행원에게 차에서 대기하도록 지시했다. 그는 두 사람을
향해 공손하게 허리를 굽힌 후 집무실을 걸어 나갔다.

"앉으시지요."

자리를 안내하고 강 총장이 황 차장 맞은 편으로 이동하자 황 차장
이 상석을 권했다.

"이러시면 안 됩니다. 이쪽으로 앉으세요."

"괜찮습니다. 총장이 된 지 얼마나 됐다고…."

"무슨 말씀을요, 당연히 상석에 앉으셔야지요."

황 차장의 말과 행동은 대부분이 사전에 의도된 것이었다. 권모술수
에 능한 지략가(智略家)답게 이후로도 자신의 장기를 유감없이 발휘했
다. 강 총장은 하는 수 없이 자리를 옮겼다.

"존경하는 총장님이 계셔야 할 곳을 제대로 찾은 것 같아 저로서도
기분이 흡족합니다."

"별말씀을요. 저야말로 황 차장님의 명성을 익히 들어서 잘 알고 있
습니다."

"총장님에 비하면 저는 걸음마 수준입니다."

"아휴, 황 차장님은 너무 겸손하십니다. 그렇게 말씀하시니 제가 몸
둘 바를 모르겠습니다."

"사실인걸요. 이건 진심입니다."

"아이고, 제가 졌습니다."

강 총장은 더 이상 거론하지 말라는 의미로 항복 선언을 했다.

"중책을 맡으셨으니 어깨가 무거우시겠습니다."

"아닙니다. 전임 총장님이 조직을 잘 이끌어주셔서 아직까지는 특별히 신경 쓸 일이 많지 않습니다. 지금은 언론이나 야당도 잠잠한 것 같고…"

황 차장은 강 총장이 대통령과 친분이 두텁다는 사실을 잘 알고 있었다. 전임 검찰총장에게 특별한 결격사유가 없었기 때문에 교체가 부적절하다는 비판 여론에도 불구하고 강 총장을 등용한 것은 국정원을 견제하려는 대통령의 의중이 반영된 결과라는 점 또한 익히 파악하고 있었다.

이 때문에 그가 검찰총장으로 지명되었을 때부터 미리 예봉(銳鋒)을 꺾거나 자신의 편으로 끌어들여 후환(後患)을 없애야 한다고 생각했다.

"다행이군요. 요새 저희 원장님하고는 사이가 어떠십니까?"

의도적으로 강 총장의 아픈 곳을 찔렀다. 윤 원장의 월권행위가 지나치다고 판단하여 당시 강 고검장이 검찰총장에게 사례들을 보고한 일이 있었다. 그 사실이 윤 원장 귀에 들어가면서부터 역풍을 맞아 서로가 각을 세우게 되었다. 그리고 여전히 앙금이 가시지 않았는데 황 차장이 이 사실을 놓칠 리가 없었다.

"그분 일은 생각하기도 싫습니다."

"영전까지 하셨으니 이참에 화해를 하시는 게…"

강 총장의 의중을 떠보려는 속셈으로 한 말이었다.

"윤 원장한테 해코지당한 걸 생각하면 아직도 이가 갈립니다. 예나 지금이나 그럴 생각은 추호도 없습니다. 황 차장님도 억울한 입장이 되어보시면 제 심정을 이해하게 될 겁니다."

갈등이 있다 해도 당사자의 부하직원 앞에서는 구설(口舌)을 자제하는 것이 정상적인 일인데 강 총장은 거침이 없었다. 단호하게 화해를 거절하는 모습에 황차장은 일이 쉽게 풀릴 것 같은 예감이 들었다.

"제가 모시고는 있지만 원장님이 좀 도가 지나쳤다고 생각합니다."

윤 원장 얘기를 꺼내면서부터 내내 어두웠던 강 총장의 표정이 일순간 환하게 바뀌었다.

"그렇죠? 황 차장님도 그렇게 생각하시죠?"

"네, 전 아직도 총장님 판단을 지지하고 있습니다. 저야 상사의 명령이니 어쩔 수 없이 따라야 하는 몸이지만 천지가 뒤바뀌어도 아닌 건 아닌 거죠."

"아이고, 감사합니다."

강 총장은 든든한 우군을 얻었다는 듯이 몸을 굽혀 황 차장 손을 덥석 잡았다. 그리고는 그동안 서러움에 북받친 듯한 감정을 토해냈다.

"그때는 아무도 제 얘기를 귀담아듣지 않아 혼자서만 끙끙 앓았는데, 이제서야 십 년 묵은 체증이 쑥 내려가는 것 같습니다. 진실은 가린다고 해서 결코 가려지는 게 아니라는 사실을 황 차장님이 다시 한번 깨우쳐주셨습니다. 정말 감사합니다."

그는 머리를 숙여 고마움을 표시했다. 윤 원장을 향한 감정의 골이 짐작했던 것보다 훨씬 더 깊다는 사실을 확인하고 나니 이쯤에서 흉중(胸中)에 있는 얘기를 꺼내도 먹혀들 것 같았다. 강 총장이 잡았던 손을 풀고 자세를 바로 하자 결연한 태도를 취했다.

"총장님."

"네 말씀하십시오."

"그래서 드리는 말씀입니다만, 어떤 식으로든 제가 윤 원장을 낙마시키면 협조해주시겠습니까?"

황 차장은 강 총장의 표정 변화를 감지하려고 그의 얼굴을 유심히 바라보았다. 기대했던 대로 별다른 변화가 없었다. 그래서 적의 적을 동지로 받아들인 것으로 여겼다.

"저야, 당연히 황 차장님 편에 서야지요."

"그럼, 협조해주시는 것으로 믿고 있겠습니다."

"염려 마십시오. 저야말로 윤 원장이 눈엣가시입니다."

두 사람은 결기가 서린 눈빛을 교환했다.

"아실 수도 있겠지만, 바이오코딩 시스템 준비가 막바지 단계에 있어서 국정원이 조금 바쁘게 돌아가고 있습니다."

강 총장은 고개를 갸우뚱했다.

"바이오코딩 시스템은 처음 들어봅니다. 어떤 시스템입니까?"

"극비사항이라 대통령님하고 국정원 간부들 외에는 알지 못합니다. 윤 원장을 내치면 우리가 이 시스템을 움켜쥘 수 있습니다. 그리고 머지않아 제 손으로 총장님을 권좌에 올려놓겠습니다."

"아니, 그건 또 무슨 소리입니까? 권좌라니요?"

강 총장은 어안이 벙벙하여 벌린 입을 다물지 못했다.

"저를 믿어주십시오. 총장님을 대통령으로 모시고 이 나라를 경영할 수 있습니다."

"그게 정말 가능합니까?"

"네, 그렇습니다. 저와 바이오코딩 시스템이 그렇게 해드릴 겁니다. 구체적인 내용은 다시 한번 찾아뵙고 말씀드리겠습니다."

"알겠습니다. 이렇게 엄청난 얘기를 꺼내실 때는 복안이 있으시겠지요."

"우선은 윤 원장을 제거하는 것이 순서입니다."

"무슨 말씀이신지 잘 알겠습니다."

황 차장은 강 총장이 순순히 넘어오는 것 같아 안도했다.

"다음 대통령은 분명 총장님이 되실 겁니다."

강 총장이 다른 마음을 품지 않도록 쐐기를 박았다.

"아이고, 그 말씀을 들으니 심장이 다 떨리네요."

"……."

고위직 인사라면 누구나 권력에 욕심이 있기 마련이고 강 총장 또한 예외가 아닐 거라고 생각했다. 결과적으로 최소한 표면적으로는 자신의 기대에서 벗어나지 않았다. 그런데 이는 강 총장을 창과 방패 삼아 걸림돌이 될 만한 세력들을 뒤탈 없이 제압하려는 계략이었다.

이렇게 해서 맺어진 밀약(密約)이 그에게는 더욱 큰 자신감을 안겨주었다. 그는 머지않아 자신의 세상이 열릴 것으로 확신에 차 있었다.

국정원 별관 밀실

김 박사는 신체적 위해나 별다른 추궁(追窮) 없이 이전의 자리로 돌아왔다. 밀실에는 서 국장이 와 있었다. 김 박사를 발견하자 잡지책을 뒤적이다 말고 자리에서 일어나 짜증스러운 말투로 몇 마디를 내뱉었다.

"왜 이제 오십니까? 기다렸잖아요."

"원호 씨는 어디 있죠?"

"그 친구는 교육 잘 받고 있을 겁니다. 좀 있으면 인사하러 올 거예요. 얼른 일하십시오. 4월 3일 못 맞추면 제가 곤란해집니다."

대수롭지 않다는 듯이 다시금 의자에 앉아 잡지책을 뒤적였다. 빈정대는 것 말고는 목소리와 표정이 평소와 크게 다르지 않았다. 하지만 원호를 순순히 놓아줄 자들이 아니었다. 그에게 무슨 일이 생기는 건 아닌지 걱정이 앞섰다.

"저, 원호 씨는 어떻게 되는 거예요?"

"염려 마세요. 곧 이리로 올 테니까. 어서 일 보세요."

"아무 일 없는 거죠?"

"거참, 되게 성가시게 구시네."

더 이상은 묻지 못했다. 그리고 얼마의 시간이 지났다. 밀실 문이 열리자 두 요원이 원호의 팔을 붙들고 들어왔다. 김 박사가 놀란 표정으로 자리에서 일어났다.

"원호 씨!"

그는 머리가 축 처진 채, 스스로는 발걸음을 떼지 못할 만큼 흐느적거렸다. 요원들은 김 박사 앞에서 이동을 멈추었다. 만신창이가 된 모습에 소스라치게 놀라 넋을 잃고 바라보았다.

"원호 씨."

그가 천천히 고개를 들었을 때 얼굴이 이루 말할 수 없이 처참해 보였다. 피투성이가 된데다가 왼쪽 눈두덩이가 밤알 크기만큼 부풀어 올라 눈을 가렸다.

"박사님."

이 한 마디를 힘겹게 내뱉고는 이내 고개를 떨구었다. 몸 안의 기운이 다 빠져나간 것처럼 더 이상은 움직임이 없었다. 두 요원이 부축했던 팔을 풀자 맥없이 나동그라졌다. 김 박사는 원호에게 다가갔다. 어깨와 목을 감싸고 몸을 일으켜 세웠다.

"원호 씨, 정신 차려요. 원호 씨!"

의식을 잃은 듯했다.

"아, 흐!"

그를 끌어안고 한동안 오열을 토해냈다.

"어떻게 이 지경으로…"

가까이에서 살피니 차마 눈을 뜨고 볼 수 없을 만큼 상태가 끔찍했다.

"죽을 정도는 아닙니다."

서 국장은 여전히 빈정대는 말을 내뱉었다. 멀쩡하던 사람을 혼수상태로 만들어놓고 전혀 죄의식이 없는 듯한 모습에 몸서리가 쳐졌다.

"다 내 잘못이에요. 미안해요, 원호 씨."

"끌고 나가!"

서 국장의 지시에 요원들이 원호를 밖으로 데려갔다. 김 박사는 바닥에 주저앉은 채 여전히 울분을 토하고 있었다.

"김 박사님 때문에 아까운 청춘 하나가 저리됐어요. 김 박사님이 딴 맘을 품을 때마다 또 누군가가 다치게 될 겁니다."

"아, 흐!"

온드림아파트

영숙은 그 날 이후로 외부와 단절된 생활을 했다. 현관 출입문 또한 안쪽으로 도어락이 설치되었다.

띵동. 띵동.

초인종이 울렸다. 요원이 재빠르게 다가가 현관문 외시경을 살폈다. 문 팀장은 인터폰 쪽으로 향했다. 안방 문을 열고 그녀가 모습을 드러냈다.

"엉뚱한 소리하면 아시죠?"

그녀는 고개를 끄덕였다.

"누구세요?"

-동 대표입니다.

"무슨 일이세요?"

-이번 주말 새로운 동 대표 선출 건 때문에 투표에 참여하시라고 알려드리러 왔습니다. 잠깐 들어가서 말씀 드려도 될까요?

말은 투표 참여라고 했으나 사실은 연임을 위해 협조를 요청하러 온 것이었다. 이전에도 그러한 사례가 있었다.

"아니에요. 다른 볼 일이 있어서…."

-투표에 참여하시는 거죠?

문 팀장은 입 모양을 크게 그리며 얼른 돌려보내라는 나지막한 목소리를 냈다.

"내일부터 지방에 가 있을 거라, 참여할 수 없을 것 같아요."

-아, 그러세요? 좀 아쉽네요. 잘 다녀오세요.

이윽고 수화기를 내려놓았다. 그녀는 화가 치밀었다.

"도대체 언제까지 이러실 거에요!"

"사모님, 죄송합니다. 조금만 참으십시오. 이제 거의 다 끝나갑니다."

어쩔 수 없이 명령에 따른 것이지만 한편으로는 죄가 없는 사람, 나이가 지긋한 분에 대한 연민이 생겨났다. 이 때문에 요원들은 최대한 예의를 갖춰 그녀를 대했다.

"남편은 무사한 거죠?"

"걱정 마십시오. 잘 모시고 있습니다."

계속된 감금생활에 영숙은 심신이 지쳐가고 있었다. 다만 남편이 걱정되어 강하게 불평할 수도 없는 처지였다. 이내 안방 문을 열고 들어갔다. 어떻게 해서든 외부에 감금된 사실을 알려야겠다는 생각이 들었다. 조심스럽게 이곳저곳을 뒤지다가 가위 하나를 찾아냈다.

초인종이 울렸다. 요원이 현관문 외시경으로 살펴보니 두 사람이 밖에 서 있었다. 요원은 문 팀장에게 나지막이 말했다.

"선배님, 경찰입니다."

"경찰이 어떻게? 내가 나가볼게. 사모님 입막음하고 있어."

문 팀장은 현관문을 열고 밖으로 나갔다. 경찰은 거수경례를 한 후 신원을 밝혔다.

"무슨 일이십니까?"

"신고가 들어왔습니다. 잠깐 집안을 살펴봐도 되겠습니까?"

"무슨 신고가 들어왔다는 거예요?"

"실례지만 이 집 주인하고는 관계가 어떻게 되십니까?"

"잘 아는 사이입니다."

"문을 열어주십시오. 집안을 살펴봐야 합니다."

"허허, 이 사람들이 무슨 신고가 들어왔냐니까!"

예상치 못한 반응에 두 경찰은 서로의 얼굴을 바라보았다.

"나 국정원 문 팀장이야."

그러면서 신분증을 보여줬다.

"아, 실례했습니다. 사실은 아파트 베란다에 누군가가 감금되어 있다는 플래카드가 걸려 있다고 신고가 들어와서…."

"지금 중요한 용의자를 조사하고 있는 중이니, 신경 쓰지 말고 돌아가세요."

"그래도 한번 둘러보고 가겠습니다."

"이 사람들이 말귀를 못 알아들어. 거기 서장 누구야!"

문 팀장은 버럭 소리를 질렀다. 서장이라는 말에 두 사람은 주눅이 들었다. 더 이상은 주장을 못하고 목소리가 기어들어 갔다.

"알겠습니다."

다시금 거수경례를 하고 엘리베이터 버튼을 눌렀다.

"서에 가거든 아무 일 아니라고 얘기해. 엉뚱한 소리하면 당신들 서장, 당장 모가지 날아갈 줄 알아."

"네."

안방 문을 열었을 때, 다른 요원이 그녀와 함께 있었다. 문 팀장은 창문을 열고 베란다에 걸린 플래카드를 수거했다.

"사람이 감금되어 있음. 경찰신고 요망?"

이불보에 립스틱으로 쓴 글이었다. 문 팀장은 이불보를 방바닥에 내던지더니 안타깝다는 듯이 목소리를 높였다.

"사모님이 이러시면 김 박사님을 더 위험하게 만든다는 거 모르세요?"

그녀는 고개를 숙인 채 말이 없었다.

"다시는 엉뚱한 생각하지 마세요!"

"……."

국정원 별관 밀실

"언제까지 기다려야 합니까?"

"거의 다 됐습니다."

잠시 후 김 박사가 USB 메모리스틱을 요원에게 건넸다.

"이게 마지막입니까?"

"장 박사가 한번 정도 더 요청할 수 있습니다."

요원은 메모리스틱을 자신의 노트북에 꽂고 내용을 살폈다.

"이상이 없군. 장 박사에게 이메일 보내."

그는 후배 요원에게 메모리스틱을 건넸다.

생체과학연구소

파일 내용을 살펴보던 장 박사는 특이사항을 발견했다.

"이건 코딩이 아닌데."

문득 프로젝트 초기에 김 박사가 했던 얘기가 떠올랐다.

"만약 우리 중에 한 사람이라도 잘못되면 이걸로 교신하자. 알파벳과 숫자를 한글로 변환하는 암호표를 만들었어. 자 받아."

김 박사는 메모리스틱을 건넸다.

"이거 사용할 일이 있을까요?"

"사람 일은 모르는 거야. 일단 갖고 있어."

서랍을 뒤져 급히 메모리스틱을 찾아 USB 포트에 꽂았다. 그리고 암호를 해독해보니 이러한 내용이었다.

사랑하는 내 동생 민수야,

작은 불씨 하나가 세상을 밝히는 등불이 될 수 있지만, 때로는 재앙을 불러오는 불씨가 될 수도 있지. 우린 지금 어떤 불씨의 모습일까? 나는 마음이 통하는 네가 좋았고 얼마나 든든했는지 몰라. 지금도 널

믿고 있다. 우리 초심을 잃지 말자.

글을 읽는 동안 눈시울이 뜨거워졌다.

'선배님…'

김 박사와 함께 한 추억들이 주마등처럼 뇌리를 스쳐 갔다.

"아…!"

자신도 모르게 옅은 비명소리가 흘러나왔다. 몹시 괴로워하며 몇 차례 데스크에 이마를 부딪쳤다.

"왜 그러십니까?"

맞은 편 출입문 가까이에서 책상 한자리를 차지하고 있던 요원이 물었다. 김 박사가 국정원으로 끌려간 이후로 장 박사를 감시하기 위해 배치된 요원이었다.

"아무 일 아닙니다."

"무슨 속상한 일이라도 있으세요?"

"그냥 딸아이가 걱정돼서 그랬습니다."

"아, 예."

그는 더 이상 묻지 않았다.

국정원장 집무실

"준비가 잘 된 것 같아."

윤 원장은 보고서를 읽으면서 만족스러운 듯 고개를 끄덕였다.

"그동안 수고 많았어."

"대통령이 다른 생각을 가질 수도 있으니, 끝까지 방심하시면 안 됩니다."

"그래. 그래야겠지."

윤 원장은 보고서를 넘기다 말고 황 차장을 바라보았다.

"헌데, 유예 기간을 석 달로 정한 건 너무 길게 잡은 거 아니야?"

"각 점포나 기관마다 스캐너를 구비하여 통신망을 연결하고, 지자체별로 모든 주민의 각인을 마치려면 그 정도 기간은 필요합니다. 스캐너를 제작하는 시간도 고려해야 하고요."

"물론 이해는 하는데, 시간을 끌면 끌수록 우리에게 이로울 게 없어."

"네, 최대한 반영했습니다."

"다른 문제는 없는 거지?"

그러자 황 차장이 난감해하는 표정을 지었다.

"보고서에는 언급되지 않았습니다만, 주민자치센터에 바이오코더를 한 대씩만 설치한다 해도 삼천오백 대가 필요합니다. 현재 제작이 완료된 것이 삼천 대 정도여서 일부 지자체는 각인 개시 시점이 열흘에서 보름 정도 지체될 것 같습니다. 그리고 인구가 많은 지역은 바이오코더 한 대로는 부족할 수 있습니다."

"장비 준비가 늦어지면 이거 큰 낭패 아닌가?"

보름 정도 지연된다고 해서 사실 대세에 영향을 줄 정도는 아니었다. 단지 좀 더 분발하라는 의미로 표정과 말투에서 심각한 일인 것처럼 허세를 부렸다.

"지금은 정상가동 중이긴 한데, 일부 생산라인에 결함이 발견돼 제작에 차질이 발생했습니다."

"이런, 이런… 그래서 대책이 뭐야?"

"공장은 이미 24시간 풀가동하도록 조치했습니다. 인구가 많은 지역에 우선적으로 바이오코더를 설치하고, 농어촌 지역은 후순위로 정했습니다. 3개월 내에 주민들의 각인을 완료하기가 어려울 것으로 예상되는 자치센터에는 야간에도 각인체제를 유지하고 필요하면 우리 요원들을 배치하도록 하겠습니다. 물론 그사이에 추가로 제작되는 바이오코더를 설치하면 문제가 해소될 수 있습니다."

"알겠네. 들어보니 뭐 크게 걱정할 일은 아닌 것 같아. 하지만 무슨 일이 있어도 4월 3일 공포일은 꼭 지켜야 하네."

"네, 차질이 없도록 하겠습니다."

"또 다른 문제는 없나?"

윤 원장은 황 차장의 능력을 잘 알고 있지만 화폐개혁 공포 시점이 코앞에 다가오자 조바심이 생겼다. 돌다리도 두들겨보고 건넌다는 심정으로 만전을 기하고 싶었다.

"문제라고까지는 할 수 없습니다만, 바이오코더 제작비를 우리 특수활동비에서 우선 집행했습니다. 나중에 정식으로 각 지자체에 예산 이관을 요청하겠습니다."

"그건 자네가 알아서 처리하게."

"네, 알겠습니다. 헌데 원장님이 교통정리를 좀 해주셔야겠습니다."

"그게 무슨 소리인가?"

"바이오코더 제작에 활동비를 쓰다 보니 다른 차장들이 불만이 많습니다. 자기네들 쓸 돈이 없다면서…"

그러자 윤 원장이 버럭 언성을 높였다.

"성과는 쥐뿔도 없는 녀석들이 맨날 돈타령이야! 나도 그 얘긴 들었네. 더 이상 말이 안 나오도록 조치하겠어."

"감사합니다."

"열심히 일하는 사람 사기나 떨어뜨려 놓고 말이야. 쯧쯧. 너무 걱정하지 말게. 그럼 된 건가?"

"그 외에는 특별히 문제 될 게 없습니다."

"좋아."

황 차장은 시계를 들여다보았다.

"출발하셔야 할 시간입니다."

"벌써 그렇게 됐나."

윤 원장은 자리에서 일어났다. 출입문을 향해 걷다가 멈춰 서서 미심쩍은 표정으로 황 차장을 바라보았다.

"혹시 CIA 지부장이 무슨 냄새라도 맡은 거 아니야?"

"물 샐 틈 없이 관리하고 있어서 그럴 일은 없습니다."

"이 시점에 만나자고 하는 것이 수상하단 말이야."

"원장님을 뵌 지도 오래됐고 해서 의례적인 인사 차원인 것 같습니다."

"뭐 그럴 수도 있겠지."

두 사람은 집무실을 나섰다.

"오늘은 서 국장이 원장님을 모실 겁니다."

"알겠네."

생체과학연구소

인터폰을 연결해 조 선임을 호출했다. 잠시 후 노크 소리가 들렸다.

"들어와."

조 선임은 고개를 숙여 예를 표했다.

"부르셨습니까?"

"잠깐 휴대폰 한 통화만 쓰자."

그는 순순히 휴대폰을 건넸다.

"네. 여기 있습니다."

"내가 부를 때 다시 와라."

"네."

조 선임이 나가자 장 박사는 자신의 휴대폰에서 급히 번호를 찾아 전화를 걸었다.

"철호야, 나 민수야."

-선배님, 전화번호 바뀌었어요?

"아니야. 다른 사람 거야. 부탁 하나 하자."

감청을 우려하여 조 선임의 휴대폰을 사용한 것이었다.

-뭔데요?

"오늘 김 박사님을 뵈어야겠어. 나 좀 들여보내 줘."

-선배님이나 김 박사님은 1급 관리대상이라 상부 지시 없이는 맘대로 움직일 수 없는 거 아시잖아요.

"그러니까 너한테 부탁하는 거잖아."

-아이, 좀 곤란한데….

"김 박사님을 꼭 만나야 해. 부탁이야."

-선배님, 정말 안 돼요.

"철호야, 너 누구 때문에 국정원 들어갔니? 내가 윤 원장한테 추천해서 들어간 거 아니야? 어려운 일도 아니고 잠깐 얼굴만 보면 되는데 그것도 못해?"

-……

"철호야!"

-알았어요.

"도착하기 전에 연락할게."

장 박사는 서랍에서 뭔가를 챙겨 사무실을 나와 조 선임의 자리로 다가갔다.

"조 선임 미안하지만, 휴대폰 오늘 하루만 내가 쓰자."

"어…."

조 선임은 잠시 머뭇거리다가 말했다.

"그러세요."

장 박사는 황급히 연구소를 떠났다.

국정원 별관 밀실

"먼저 식사하고 김 박사님 점심 준비해 와."

"팀장님은요?"

"올 때 음료수하고 빵 몇 개 들고 오면 돼."

"네, 알겠습니다. 그럼 식사하고 오겠습니다."

요원은 출입문을 열고 밀실을 나갔다. 그 시각 장 박사는 철호와 만나고 있었다. 철호가 방문증을 건네고 밀실 앞까지 동행했다.

"선배님, 오래 계시면 안 돼요."

"알았어."

장 박사가 밀실 안으로 들어섰다.

"유 팀장님, 수고가 많으십니다."

"안녕하세요? 이쪽으로 앉으시죠. 장 박사님이 오신다는 연락을 못 받았는데."

"서 국장님이 얘기 안 하셨어요?"

"잠시만요. 전화 한번 해보고요."

"뭘 또 번거롭게 전화를 하신다고 그러세요?"

천연덕스럽게 말했지만 장 박사는 가슴을 졸여야 했다. 거짓말이 들통나면 계획이 수포로 돌아가는 것은 물론, 다시는 기회를 엿보지 못할 것이 자명했다.

"그래도 확인할 건 해야지요."

그는 휴대폰을 꺼내 서 국장에게 전화를 걸었다. 내색하지 않으려고 애써 감정을 억누르면서 연결되지 않기만을 빌었다.

'제발!'

서 국장의 수신을 기다리며 그가 휴대폰을 들고 있는 시간이 장 박사에게는 한없이 길게만 느껴졌다. 다행히 통화를 포기하고 테이블 위에 휴대폰을 내려놓았다.

"회의 중이신가?"

장 박사는 안도의 숨을 내쉬었다.

"거봐요. 바쁘신 분 귀찮게 하지 마시고 나중에 확인하세요."

"그런데 무슨 일로⋯."

"코드에 문제가 좀 있어서 김 박사님과 상의하러 왔습니다."

"그래요?"

그 순간 유 팀장의 휴대폰 벨이 울렸다. 장 박사는 돌연 사색이 되어 다시금 잔뜩 긴장한 채 유 팀장을 주시했다. 그는 발신자를 확인한 후 활기찬 목소리로 말했다.

"국장님 안녕하세요?"

"⋯⋯."

국장이라는 소리에 장 박사는 망연자실했다. 지금이라도 행동을 개시해야 할지, 좀 더 기다려야 할지 짧은 시간 동안 머릿속이 복잡해졌다. 그의 오른손은 주머니 속에 있었다. 그리고 여차하면 유 팀장에게 달려들 태세를 취했다.

"네, 별일 없습니다. 국장님도 잘 지내시지요?"

"……"

"지방 출장 가신 걸로 알고 있는데 본원에는 언제 오십니까?"

"……"

"네, 그렇지 않아도 서 국장님께 전화를 드렸는데 바쁜 일이 있으신 지 연결이 안 됩니다."

장 박사는 상대방이 서 국장이 아닌 것을 확인하고 가슴을 쓸어내 렸다.

"……"

"나중에라도 제가 찾아뵙고 그대로 전해드리겠습니다."

"……"

"네. 수고하십시오."

통화를 마친 뒤 휴대폰을 주머니에 넣자 장 박사가 자리에서 일어나 김 박사 곁으로 다가섰다.

"선배님, 로직 27번 좀 보여주세요."

장 박사는 김 박사에게 눈짓을 했다.

"알았어."

어느 틈에 다가와 뒤에서 지켜보고 서 있던 유 팀장이 궁금하다는 듯이 끼어들었다.

"미로도 아니고, 암호도 아니고 뭐가 그렇게 복잡해요?"

"선배님이 간단하게 설명 좀 해주시지요."

"그러지."

김 박사가 로직에 대해 설명하는 동안 장 박사는 유 팀장 뒤에 서게 되었다. 준비한 것을 꺼내 유 팀장의 목에 가져다 댔다. 그러자 유 팀장이 전기충격에 몸을 가누지 못하고 바닥에 쓰러졌다.

"선배님, 어서요!"

놀란 얼굴로 김 박사가 자리에서 일어났다.

"어떻게 된 거야?"

"시간 없어요. 빨리 가요."

장 박사는 유팀장의 휴대폰을 챙기고 그의 아이디카드를 김 박사에게 건넸다. 출입문을 나서려다가 유 팀장에게 돌아와 몸을 뒤져 권총을 찾아냈다.

"그건 왜?"

"쓸 데가 있을 것 같아요."

두 사람은 밀실 문을 열고 뛰어갔다.

"선배님!"

철호가 두 사람의 뒤를 쫓아갔다.

"선배님, 이러시면 안 돼요!"

뒤도 돌아보지 않고 내달렸다. 계단을 타고 내려와 1층 비상문 앞에 섰다.

"자연스럽게 게이트를 통과하는 겁니다. 만약 누군가가 우리를 알아보면 그땐 오른편 주차장을 향해 달리세요."

김 박사는 고개를 끄덕였다. 비상문을 열고 고개를 숙인 채 스피드 게이트 쪽으로 걸어갔다. 스피드 게이트를 통과할 때까지 아무도 두 사람을 알아보지 못했다. 건물 출입구를 빠져나오자마자 주차장을 향해 뛰기 시작했다.

"저 사람들, 김 박사하고 장 박사잖아!"

누군가가 두 사람을 알아보고 휴대폰을 꺼내 들었다. 장 박사는 정문 차단기를 들이받은 채 그대로 차를 몰았다.

"어디로 가는 거니?"

"연구소입니다. 선배님이 끌려가신 후에 연구소 지하로 통제실을 옮겼어요. 제네시스를 무력화시키려면 중앙통제시스템을 리셋시켜야 합니다. 출입구에 두 개의 스캐너가 있는데, 소장님과 제 바이오코드가 동시에 인식되어야 출입문을 열 수 있습니다."

"리셋 암호는?"

"소장님이 알고 있어요."

장 박사는 한 동안 운전에만 몰두했다. 추격차량이 따라붙지 않은 것을 확인하고 말문을 열었다.

"선배님, 죄송해요."

"괜찮다. 그럴 만한 사정이 있었겠지."

"사실은 제가 회사 공금을 유용했어요."

"아니, 왜?"

"순주 장기 구입 때문에…."

김 박사는 뜻밖의 얘기에 몹시 당황해 했다.

"그럼 기증받은 게 아니었어?"

"당장 장기를 구하지 않으면 목숨이 위태로운 상태였어요."

김 박사는 애석하다는 듯이 울상을 지었다.

"아이구 이 친구야, 돈이 필요했으면 나한테 얘기하지. 대출을 받아서라도 해줬을 거 아니야."

"그동안 그렇게 많은 신세를 지고 인간이 어떻게 그럴 수 있어요? 돈 될 만한 건 다 알아보았는데, 그래도 많이 모자랐어요."

"그래서 공금에 손을 댄 거야?"

"네. 그 사실을 소장님이 알게 돼서 윤 원장 귀에 들어갔어요. 그때부터 윤 원장의 지시를 거역할 수 없었어요. 선배님댁에 도청장치 설치하고, 회사에서 선배님을 감시하여 보고하고, 광역스캐너를 설치한 것도 윤 원장의 지시에 따른 거였어요."

장 박사는 눈물을 글썽거렸다.

"선배님, 정말 죄송해요."

"아니다. 순주 때문에 힘들었을 텐데, 내가 너무 무심했구나. 미안하다."

김 박사는 장 박사의 어깨를 토닥거렸다. 장 박사의 뺨에 두 줄기 눈물이 흘러내렸다. 코를 훌쩍거리면서 눈물을 닦아냈다.

"기억하세요? 전단지를 펼쳐놓고 666에 대해 얘기하시던 날…."

"충격적인 일이어서 기억하지."

"나중에 제 방에 찾아오셨지요?"

"어, 어떻게 알았어?"

"우리 팀 조 선임이 얘기해줬어요. 혹시 선배님이 오시면 급한 일 때문에 외출했다고 말씀드리라고 했지요. 전 그때 윤 원장을 만나려고 무작정 회사를 나섰어요."

"왜 그랬어?"

"선배님 말씀이 옳았어요. 애초부터 이건 우리가 해서는 안 되는 일이었어요. 선배님한테 씻지 못할 죄를 짓는 것 같아 더 이상은 밀정 노릇을 못하겠다고 얘기했어요. 그리고 제네시스에서 손을 떼겠다고 했더니…."

장 박사는 분을 삭이지 못하고 별안간 식식거렸다. 그의 입에서 예상치 못했던 말이 튀어나왔다.

"윤 원장 이 개자식!"

"왜, 무슨 일이 있었는데?"

"우리 순주, 흑흑! 다리 하나 불구가 돼도 괜찮겠냐고 그러더라고요. 흑흑!"

감정이 격해져서 울음이 섞여 있었다.

"오랫동안 병마에 시달리다가 신장 이식받고 이제 겨우 새 삶을 찾았는데, 그 개자식이…. 흑흑!"

"민수야. 진정해."

장박사의 어깨를 토닥거리는 손이 감전이라도 된 듯 상심의 무게가 고스란히 전해지는 것 같았다. 김 박사 눈에도 눈물이 그렁그렁했다.

"후…."

장 박사는 심호흡을 한 후에 말을 이었다.

"인간이 정말, 이렇게까지 추악해져서는 안 되는 거잖아요."

"그래, 그건 짐승만도 못한 짓이야."

"전 그때 깨달았어요. 성경에서 바이오코드를 왜 짐승의 표라고 했는지."

"네 말이 맞아. 저들이 바로 짐승이기 때문이야. 아니, 짐승만도 못하기 때문이야."

장 박사는 다시 한번 심호흡을 했다.

"하지만 어쩔 수가 없었어요. 순순히 따르는 수밖에…. 순주는 제 목숨과도 같으니까요. 혹시라도 선배님이 잠적해버리면 큰일이라면서 선배님을 국정원으로 데려올 때까지 잘 붙들어두라고 하더군요. 일단은 협조하는 척하고 나중에라도 선배님을 빼내보려고 했는데, 이 사람들이 저한테도 요원을 붙여서 마음대로 움직일 수가 없었어요. 회사 전담 요원이 서 국장을 수행해야 한다면서 오늘 출근을 안 했어요. 그래서 오늘…. 선배님, 죄송해요."

한참 동안 반응이 없는 것 같아 김 박사를 흘깃 쳐다보았다. 김 박사가 입을 가리고 소리 없이 눈물을 흘리고 있었다.

"선배님!"

"민수야, 미안하다. 난 그런 줄도 모르고 너를 오해하고 있었어."

한껏 감정이 북받친 목소리였다.

"짐승도 아니고, 제가 어떻게 선배님을 배신할 수 있겠어요?"

"그래, 우리 옛날처럼 그렇게 지내자. 지금은 제네시스 중단시키는 일에만 집중하고 나중에 더 많은 얘기 나누자."

"네. 선배님."

국정원

검은색 승용차가 건물 앞에 대기하고 있었다. 서 국장은 윤 원장과 황 차장을 발견하고 고개를 숙여 예를 갖추었다.

"원장님 잘 모셔."

"네, 알겠습니다."

"그럼 다녀오십시오."

"그래. 이따 보세."

황 차장이 배웅 인사를 하자 윤 원장은 황 차장의 팔을 토닥거린 뒤 승용차에 올랐다. 일행이 탄 차량은 이내 정문을 벗어났다. 목적지로 이동하는 동안 두 사람의 대화가 이어졌다.

"자네, 황 차장과 함께 한 지가 얼마나 됐지?"

"22년 조금 넘었습니다."

"그래, 일은 할 만한가?"

"원장님과 차장님 덕분에 잘 지내고 있습니다."

"자네도 차장 달아야지. 황 차장하고 연차가 겨우 1년 차이잖아."

서 국장은 아무 말 없이 고개를 숙였다.

"일전에도 말했듯이, 제네시스가 잘 되면 자네를 중용할 걸세. 어쩌면 황 차장을 능가하는 내 오른팔이 될 수도 있어."

서 국장은 몸을 돌려 머리를 조아리면서 말했다.

"감사합니다. 원장님 뜻에 누가 되지 않도록 열심히 하겠습니다."

그런데 고개를 들자 윤 원장이 의미심장한 말을 던졌다.

"서 국장."

"네, 원장님."

"자네 차장 승진 말이야, 빈말이 아닐세. 내가 실·국장들의 반발을 무릅쓰고 풋내기 황 국장을 차장 자리에 앉힌 거 기억하나?"

"잘 알고 있습니다. 국정원의 신화가 아닙니까?"

"자네도 그렇게 될 수 있어. 두고 보면 알 거야."

"감사합니다."

황 차장을 내치고 그가 해왔던 역할을 자신에게 맡기겠다는 의미로 받아들여졌다. 뜻밖의 얘기를 듣고 나니 어느 줄에 서야 할지 별안간 서 국장의 머릿속이 복잡해졌다. 한편으로는 불길한 예감이 들었다. 자신의 계획을 미리 알아차리고 회유하려는 듯한 느낌이 들었기 때문이다. 차량으로 이동하는 내내 계획수정 여부를 놓고 갈등하지 않을 수 없었다.

어느 순간 윤 원장이 차창 밖 경관을 두리번거리며 바라보았다.

"오찬 장소가 바뀌었나? 이 길이 아닌데."

"네. 그쪽에서 연락이 왔습니다."

윤 원장의 얼굴 표정에는 별다른 변화가 없었다.

"얼마나 걸리겠나?"

그러자 오 비서가 대답했다.

"한 삼십 분쯤 예상됩니다."

"눈 좀 붙일 테니 도착하면 깨워주게."

"네, 알겠습니다."

'눈치채지 못했구나! 계획대로 가자.'

서 국장은 결국 마음을 정했다. 얼마의 시간이 지나 차량이 멈춰 섰다.

"원장님, 도착했습니다."

잠에서 깨어난 윤 원장은 가볍게 몸을 움직였다.

"꿀잠을 잔 것 같아. 개운하구만."

승용차에서 내리자 대기하고 있던 두 요원이 인사를 했다. 윤 원장은 가볍게 고개를 끄덕여 답례했다.

"헌데, 여기가 어딘가?"

주변이 산으로 둘러싸여 있고, 다른 차량 한 대와 마당이 딸린 건물 한 채가 보이는 것의 전부였다. 그곳은 분명 오찬 장소가 아니었다.

"가 보시면 압니다."

윤 원장은 당황한 듯이 목소리를 높였다.

"무슨 소리야! 가 보면 알다니…."

"뭣들 해! 얼른 모시지 않고."

대기하고 있던 요원들이 윤 원장의 팔을 붙들었다.

"아니! 자네들…!"

윤 원장은 고개를 돌려 오 비서를 바라보았다.

"오 비서!"

하지만 그는 얼어붙은 것처럼 꼼짝하지 않고 서 있었다.

"오 비서, 뭐 하는 거야!"

"죄송합니다. 원장님."

"설마 자네까지…."

"전 이미 황 차장 사람입니다."

"그걸 나더러 믿으라고?"

오 비서는 울먹이면서 말했다.

"원장님 죄송합니다. 용서하십시오!"

그사이 서 국장이 몸을 수색했다. 양복 안 주머니에서 휴대폰을 꺼내 땅바닥에 짓뭉개버리더니 다시 주워 주머니에 넣었다.

"이놈들, 아주 철저하게 준비했구먼."

"순순히 따라 오십시오."

"알겠네. 내 발로 걸어가겠네."

서 국장의 손짓에 요원들이 물러섰다.

"오늘 오찬 얘기는 황 차장이 꾸민 건가?"

"그렇습니다."

국정원을 나설 때까지만 해도 대통령을 운운하며 방심하지 않도록 조언한 황 차장이었다. 윤 원장은 걸음을 멈추고 믿지 못하겠다는 표정으로 다시 한번 물었다.

"정말 황 차장 짓이라고?"

"이게 다 원장님한테 배운 수법이 아니겠습니까?"

윤 원장의 입에서 자책의 목소리가 흘러나왔다.

"내가 호랑이 새끼를 키웠구먼. 거참."

건물 안에는 의자 하나가 놓여 있었다. 윤 원장은 충격을 받았는지 비틀거리며 의자에 앉았다. 요원들이 의자와 함께 윤 원장을 묶었다. 서 국장은 그사이에 황 차장에게 전화를 걸었다.

"접니다. 모셔왔습니다."

"……."

"알겠습니다."

황 차장과 연결되었음을 알리고 윤 원장의 귀 가까이에 휴대폰을 대
줬다. 휴대폰에서는 이내 황 차장의 음성이 들렸다.

-원장님?

"황 차장, 이게 무슨 짓인가!"

-그동안 노고가 많으셨습니다. 하지만 원장님 역할은 여기까지입니다.

"자네가 어떻게 나한테 이럴 수 있어!"

아직도 윤 원장이 상황 파악을 못하고 있는 것 같아 황 차장은 안타
까운 생각이 들었다. 차라리 살려달라고 매달리기라도 한다면 안타까
움이 덜 할 것 같았다. 그간 상사로 모시면서 많은 은혜를 입었지만,
자신의 목표를 실현시키기 위해서는 제거해야 할 대상이었다. 바로 오
늘이 그 시점인 것이다.

별안간 호탕한 웃음소리와 함께 황 차장의 말투가 돌변했다.

-하하하! 윤 원장, 내 말 잘 들으시오. 당신은 당신의 야망에 눈이 멀
어 내 야망을 보지 못했어. 이런 날이 올 거라고는 상상을 못했겠지.
신임을 얻은 후 안심하고 있을 때 비수를 꽂아라. 바로 당신이 내게
한 말이었어. 고맙소, 윤 원장. 당신을 저승길로 보내고 나면 세상은
내 차지가 되는 거야. 하하하! 잘 가시오, 윤 원장.

이내 전화가 끊어졌다.

"황 차장! 황 차장!"

서 국장은 휴대폰을 주머니에 넣었다.

"세상이 그렇게 호락호락하지 않을 걸세. 국정원장에게 사고가 났다
고 하면 검찰이 손을 놓고 있겠나? 자네도 무사하지 못해. 지금이라도
마음을 돌리게."

"황 차장이 그렇게 어리숙한 줄 아셨습니까?"

"그건 또 무슨 소린가?"

"흐흐."

서 국장은 코웃음을 쳤다.

"검찰총장이 우리와 한배를 탄 건 모르셨겠지요. 그런 대비도 없이 이런 일을 꾸밀 것 같습니까?"

"총장도 알고 있단 말인가?"

"그렇습니다."

윤 원장은 고개를 떨구었다.

"마지막으로 황 차장에게 전할 말씀이 있으면 해보십시오."

윤 원장은 서 국장 앞쪽으로 다가가려는 듯한 몸짓을 했다.

"서 국장, 지금도 늦지 않았어. 마음을 돌리게. 내 모든 걸 용서하고 자네랑 함께 하겠네."

"우리 원장님, 연세가 드시더니 감이 많이 떨어지셨어요. 피아식별을 잘 하셨어야지요. 원장님이 국장들을 모아놓고 했던 말씀이 아닙니까?"

"부탁이네. 나를 한번만 믿어주게."

윤 원장은 처절하게 매달렸다.

"제발 한번만!"

"원장님에 대한 저의 마지막 예우입니다."

서 국장은 정중하게 고개를 숙이고 잠시 동안 같은 자세를 유지했다.

"서 국장!"

"얼른 해치워!"

그 순간 요란하게 출입문이 열리면서 일단의 무리가 들이닥쳤다. 그들은 요원들을 향해 일제히 총구를 겨누었다.

"모두 손들고 꼼짝 마! 중앙지검 배 부장이다. 반항하면 바로 사격하겠다. 당신들을 납치 및 살인미수 혐의로 체포한다."

수적인 열세에 기가 꺾인 요원들은 이렇다 할 저항 한번 해보지 못하고 검찰의 지시에 순순히 따랐다. 어느새 그들에게는 수갑이 채워졌다. 수사관들이 휴대폰을 압수하고 전원을 꺼버렸다.

"원장님, 다치신 데는 없으십니까?"

"괜찮네. 이거나 좀 풀어주게."

배 부장이 밧줄을 풀자 옷에 묻은 먼지를 떨어내며 자리에서 일어났다.

"왜 이렇게 늦었어? 시간 끄느라 힘들었잖아."

"죄송합니다."

그들은 윤 원장 앞에 무릎이 꿇려졌다. 윤 원장은 차례차례 눈길을 준 후 오 비서에게 시선을 고정시켰다.

"오 비서 너, 어떻게 된 거야?"

오비서는 울면서 말했다.

"원장님 죄송합니다. 흑흑! 황 차장하고 서 국장한테 협박을 당해서 어쩔 수가 없었습니다. 용서하십시오. 흑흑."

윤 원장은 잠시 생각에 잠기는 듯하다가 고개를 끄덕였다.

"알겠네. 내 자네는 선처하지."

배 부장을 향해 손짓을 하면서 말했다.

"풀어줘."

배 부장이 수사관에게 고갯짓을 했다. 오 비서는 머리를 조아렸다.

"감사합니다 원장님. 감사합니다."

윤 원장은 이내 시선을 옮겼다.

"서 국장, 내가 뭐랬나. 세상이 그렇게 호락호락하지 않다고 하지 않았어? 자네 말마따나 내 말을 제대로 새겨 들었다면 이런 일은 없었겠지. 쯧쯧. 그토록 여러 차례 힌트를 주었건만, 그걸 못 알아 듣고 기어이 이런 짓을 저지르다니…. 나를 원망하지 말게. 기회를 줬는데도 건

어찬 건 자네니까."

서 국장은 검찰이 출동하게 된 배경이 내내 풀리지 않은 의문이었다.

"원장님, 어떻게 된 겁니까?"

"흐흐."

윤 원장은 코웃음을 쳤다.

"나도 똑같이 돌려줘야겠구먼. 자네 눈에는 내가 그렇게 어리숙하게 보였나? 이런 대비도 없이 쉽게 당할 줄 알았어?"

그리고는 허리춤에서 위치 추적기를 꺼내 왼손에 들어 보이더니 오른손으로는 절도 있게 팔을 내저으면서 목소리를 높였다.

"너희들이 무엇을 생각을 하든! 어떤 일을 꾸미든! 나는 훤히 꿰뚫고 있는 사람이야! 하하하!"

"아흐."

서 국장은 탄식을 내뱉었다.

"이걸 들으면 놀라 나자빠지겠구먼…."

윤 원장이 손짓을 하자 배 부장이 녹음된 음성을 들려주었다.

"실수 없이 처리해야 해."

"형님, 염려 마십시오."

"윤 원장만 제거되면 우리 세상이 되는 거야."

"확실하게 처리해 놓겠습니다."

서 국장은 고개를 떨구었다.

"검찰총장이 황 차장 편에 섰으니, 대비를 잘 해야 하네."

"네. 알겠습니다."

생체과학연구소

시선이 마주친 순간 천 비서가 자리에서 벌떡 일어나 놀란 표정으로 인사를 했다.

"안녕하세요?"

"소장님 계시지요?"

"네."

두 사람은 곧장 소장실 문을 열고 들어갔다.

"김 박사님!"

천 비서가 소리쳤다. 박 소장은 김 박사의 출현에 당황한 기색이 역력했다.

"아니, 자네…"

"제네시스를 중단시켜야 합니다. 소장님, 함께 가주십시오."

"그렇게 할 순 없네."

"인류를 구하는 일입니다. 협조해주십시오."

"그렇게 할 순 없다고 하지 않았나!"

"권총 이리 줘."

김 박사는 권총을 건네받아 박 소장에게 겨누었다.

"저도 이러고 싶진 않습니다. 제 손가락 인내심을 시험하려 들지 마십시오."

박 소장은 손을 번쩍 들고 다급한 목소리로 말했다.

"알겠네. 알겠네. 그거 좀 치워주게."

총구를 바닥으로 향하면서 김 박사가 말했다.

"비서에게 뭐든 심부름을 시키세요."

"그래, 그러세."

박 소장은 인터폰으로 지시했다.

"천 비서, 손 박사한테 가서 실험자료 좀 받아다 줘."

"네, 알겠습니다."

세 사람은 소장실을 나와 엘리베이터를 향해 발걸음을 옮겼다. 김 박사는 권총을 든 손을 품에 감추고 박 소장 옆에 바짝 붙어 걸었다. 박 소장이 소아마비를 앓아 거동이 불편했기 때문에 계단 대신 엘리베이터를 선택했다.

엘리베이터 문이 열릴 때마다 직원들이 인사를 했다. 박 소장과 두 사람도 목례를 했다. 김 박사에게는 이 시간이 한없이 길게만 느껴졌다. 국정원 요원들이 연구소에 들이닥칠 시간이 임박했기 때문이다.

이윽고 지하층에 도달했다. 요원들이 보이지 않는 것을 확인하고 비로소 안도의 숨을 내쉬었다. 바이오스캐너를 작동시키기 위해 박 소장과 장 박사가 출입문 양 측면에 섰다. 잠시 후 가운데가 갈라지면서 통제실 출입문이 열렸다.

통제실 안으로 들어가려는 찰나, 황 차장과 국정원 요원들이 들이닥쳤다. 장 박사가 신속하게 Close 버튼을 눌렀다.

"김 박사, 거기 서!"

통제실 출입문이 거의 닫힐 즈음, 한 요원이 팔을 뻗어 문틈에 집어넣었다.

"아악!"

요원은 비명을 질렀다. 다른 요원들이 문틈을 벌리려고 달려들었다. 통제실에는 건물 내벽을 따라 컴퓨터들이 즐비해 있었다. 서버 룸과는 달리 중앙에 널찍한 공간이 있었다.

"저쪽입니다."

장 박사가 출입문 정면 가장 먼 곳에 위치한 매인 컴퓨터를 가리키자 김 박사가 박 소장을 부축하면서 걸음을 재촉했다. 장박사는 먼저 달려가 암호를 입력할 수 있는 화면을 띄웠다. 두 사람도 어느덧 매인 컴퓨터 앞에 섰다.

"소장님, 얼른 리셋…."

박 소장이 터치스크린을 누르기 시작했다.

'nis203343'

"김 박사, 뭔가 이상해."

다시 한번 암호를 입력했으나 역시 반응이 없었다.

"암호가 바뀐 것 같아."

"뭐라고요?"

"지난번에 윤 선배가 여기 왔었는데…."

"맞아요. 윤 원장이 시스템에 대해서 묻더니 한참을 여기 서 있었어요."

"생각해 내야 해요!"

더 이상 방법이 없다는 듯이 두 손바닥을 위로 내보인 채 박 소장이 난감해하는 표정을 짓자 김 박사가 암호를 입력했다.

'messiah'

이 암호도 듣지 않았다. 김 박사는 절망감에 휩싸였다. 그의 입에서 탄식이 흘러나왔다.

"아…."

주변을 살펴보았지만 시스템을 파괴시킬 수 있을 만한 장비나 도구가 눈에 띄지 않았다. 몇 차례 권총으로 터치스크린을 내려쳤으나 끄떡도 하지 않았다. 총을 쏴도 소용이 없었다.

"방법이 없는 거니?"

"해머로 두드리기 전에는 부서지지 않을 거예요. 윤 원장이 철저히 대비를 시켰어요."

그사이 한 사람이 출입할 수 있을 만큼 문틈이 벌어졌다. 좀 더 시간이 지나자 통제실 문이 활짝 열렸다. 열려진 문은 작동을 멈췄다. 이어서 요원들이 우르르 몰려들었다.

"김 박사, 물러서!"

황 차장이 한 요원의 권총을 빼앗아 들었다. 잔뜩 겁을 집어먹은 박 소장은 두 손을 번쩍 치켜들고 김 박사로부터 슬금슬금 멀어져 갔다. 황 차장은 서서히 김 박사에게 다가갔다.

"김 박사, 물러서지 않으면 쏠 거야."

불현듯 김 박사의 뇌리에 세 단어가 떠올랐다.

'mark of beast'

"김 박사, 마지막 경고야. 물러서!"

그 순간 장 박사가 김 박사를 막아 섰다.

"리셋을 시작합니다."

중앙통제시스템이 리셋 시작을 알리자마자 한 발의 총성이 울렸다. 그리고 총성과 함께 장 박사가 맥없이 쓰러졌다.

"장 박사!"

김 박사는 쓰러진 장 박사를 끌어안았다.

"민수야, 민수야!"

장박사의 가슴에서 피가 흘러나왔다.

"선배님. 윽, 윽!"

발작을 일으킨 것처럼 몸을 튕기며 몹시 고통스러워했다.

"그래 나야. 정신 차려!"

장 박사는 있는 힘을 다해 말했다.

"선배님을 진심으로 존경했어요."

"그래, 네 맘 다 알아."

"우리 순주, 순주…."

"민수야 기운 내. 순주도 봐야지."

장 박사는 때가 되었다는 듯이 눈을 한번 깜박였다.

"잘 부…."

그리고 더 이상은 말을 잇지 못했다.

"민수야, 민수!"

몸을 흔들어보았지만 반응이 없었다.

"민수야 제발…!"

김 박사는 장 박사를 꼭 끌어안았다. 안타깝게도 그는 이미 숨을 거 둔 뒤였다.

"아흑! 야 임마, 이렇게 가면 어떡해! 나한테 아직 할 말이 남았잖아! 아흑!"

어느 순간 또 다른 무리가 통제실 밖에 몰려들었다.

"검찰이다. 모두 총 버려!"

이내 총격전이 벌어졌다. 양쪽에서 총을 쏘아대자 몇 사람이 비명을 질렀다.

"사격 중지! 사격 중지!"

양측은 총격을 멈추었다.

"황 차장, 다 끝났소. 항복하시오."

모습을 드러낸 사람은 놀랍게도 강진묵 검찰총장이었다.

"아니, 당신…. 우리와 손잡기로 해놓고 이게 무슨 짓이오!"

"나는 대통령 외에는 그 누구와도 손을 잡지 않소. 다 끝났소. 항복 하시오."

황 차장은 체념한 듯이 고개를 떨구었다. 그러더니 부하들에게 지시했다.

"모두 총 버려."

국정원 요원들이 하나둘씩 바닥에 총을 내려놓고 손을 들었다.

"이런 거였어. 허. 이렇게 허망하게 끝나는 거였어."

"황 차장, 총을 버리시오!"

"하하하!"

황 차장은 허탈한 웃음을 지었다. 그리고는 터벅터벅 몇 걸음을 떼었다.

"황 차장, 그 총 버려!"

그 순간 자신의 머리에 총구를 겨누었다.

"황 차장, 어리석은 짓 하지 마!"

"강 총장, 내 마지막으로 할 말이 있소."

통제실에는 짧은 시간 정적이 흘렀다.

"정치판에는 영원한 권력도 영원한 동지도 없소. 내 말 명심하시오."

황 차장은 방아쇠를 당겼다.

"황 차장!"

어느 날 청와대 대통령 집무실

집무실에 들어서는 강 총장과 눈이 마주친 대통령은 자리에서 일어났다.

"어서 와라."

손을 들어 반가움을 표시하고 데스크 앞 소파 옆으로 발걸음을 옮겼다. 강 총장과 마주 서자 악수와 함께 몇 마디를 나눈 후 소파에 자리를 잡았다.

"건강은 어떠세요?"

"이가 좀 시린 것 말고는 괜찮아. 근데 너 표정이 왜 그래? 어디 아프냐?"

집무실에 들어설 때부터 강 총장은 상기된 기색을 보였다.

"아닙니다. 말씀하신 일 때문에 조금 흥분되어서 그랬습니다."

"뭔 흥분을 내 집무실에 와서까지 해. 권 의원이 엄청난 걸 불기라도 했어?"

"그건 좀 더 조사를 해봐야 알 것 같고요, 지난번에 바이오코딩 시스템 얘기하셨잖아요. 이걸 가지고 황 차장이 저한테 접근할 거라고. 근데 선배님 예상이 적중했습니다."

"거 봐. 이 나쁜 놈들…"

"한 달이 다 되도록 아무런 움직임이 없어서 선배님이 오판했다고 생각했거든요. 오늘 정말 황 차장이 시스템을 함께 운영하자고 제안을 하더라고요."

"윤 원장을 없애는 일에 협조해달라는 얘기는 안 해?"

그러자 강 총장의 눈이 휘둥그레졌다.

"오! 아주 족집게십니다."

"너를 이용해서 우연한 사고로 처리하고 지가 다 해먹겠다는 수작이지. 너랑 똑같은 입장의 다른 총장 같았으면 혹했을지도 몰라. 워낙 영악한 친구라."

"맞습니다. 미끼를 던져놓고 무나 안 무나 제 표정을 살펴보더라고요. 윤 원장하고 화해하라고 빈말로 살살 꼬시더니 제가 넘어가는 척하니까 그제야 속셈을 드러내는데, 정말 선수입니다. 그리고 죄송합니다만, 저를 대통령으로 만들어주겠다고 하길래 뭐 이런 황당무계한 제안이 있나 싶었어요."

"허허허."

대통령은 어이가 없다는 듯이 웃음을 터트렸다.

"황 차장이 좋은 머리를 엉뚱한 곳에 쓰더니 권모술수만 늘었어. 그 사진만 아니었으면 이놈들 요절을 냈을 건데, 임 총장이 사퇴를 안 하겠다고 버티는 바람에 손을 쓸 수가 있어야지. 이런 얘기를 꺼낼 만큼 그 사람을 전적으로 믿을 수도 없고. 너를 얼마나 애타게 기다렸는지 몰라."

"그동안 마음고생이 많으셨습니다."

"더 이상은 걱정할 게 없다만, 아무튼 두 놈이 눈치채지 못하게 은밀히 움직여야 돼."

"기회를 봐서 확실하게 둘 다 잡아들이겠습니다."

"그래, 너만 믿는다."

"염려 마십시오."

"……"

생체과학연구소

시간이 흘러 예전의 일상으로 돌아왔으나, 김 박사에게는 장 박사의 빈 자리가 너무도 크게 다가왔다. 사직서를 쓰는 동안 만감이 교차하였다. 그 상념의 대부분을 장 박사가 차지하고 있었다. 하지만 이제는 그를 편안히 보내줘야 할 시간이 된 것이다.

데스크 한자리를 차지하고 있던 성경책이 눈에 들어왔다. 성경책을 손에 들고 물끄러미 바라보다가 옛날 생각이 났다.

"형제님! 다음에 꼭 교회 함께 가요!"

"네. 알겠습니다!"

'그래, 운명이었어.'

 종적을 감춘 윤 원장은 행방이 묘연했다. 본인이 메시아라고 외치던 윤 원장의 모습이 머릿속에 악령처럼 떠오르곤 했다. 그 섬뜩한 표정과 서슬 퍼런 눈빛은 좀처럼 잊혀지지가 않았다.

 명함집을 정리하다가 윤 원장의 명함을 발견했다. 잠시 명함에 눈길을 주고는 이내 휴지통에 버렸다.

"가만…"

 김 박사는 다시금 윤 원장의 명함을 손에 들었다.

"영문 이름이…"

에필로그

이 소설을 쓰면서 저자인 나조차도 두려움을 느꼈다. 인간이 죄의 늪에 빠지면 얼마나 추악해질 수 있는지를 다시 한번 생각하며, 김 박사의 말처럼 과연 어떤 불씨의 모습으로 살아가고 있는지 돌이켜보는 계기가 되었다.

미래의 윤 원장은 어딘가에서 부활을 꿈꾸고 있는지도 모른다. 짐승의 표를 받도록 강요하는 사건이 일어나서는 아니 되겠지만, 만약 그러한 일이 현실화된다면 거짓 메시아에 현혹되지 않을 현명함이 필요할 것이다.

"짐승과 그의 우상에게 경배하지 아니하고 그들의 이마와 손에 그의 표를 받지 아니한 자들이 살아서 그리스도와 더불어 천 년 동안 왕 노릇 하니."(요한계시록 20:4)

고진감래(苦盡甘來)라는 사자성어가 있다.

'고생 끝에 낙이 온다.'

성공한 사람들에게서 흔히 들을 수 있는 얘기이기도 하다. 요한계시록의 말씀처럼, 어떤 일을 하든지 독자 여러분 모두에게 고진감래의 기쁨이 함께 하시기를 기원한다.

늘 응원해주시는 지인들께 감사를 드린다.

강경원, 강도연, 강동훈, 강민수, 강천일, 계성준, 권영주, 권지향,
김경진, 김병찬, 고민길, 고종이, 김곤수, 김광수, 김규하, 김남곤,
김남배, 김도형, 김도훈, 김동찬, 김문정, 김문중, 김미선, 김범석,
김봉섭, 김봉천, 김상구, 김상억, 김석주, 김성곤, 김성원, 김성일,
김성종, 김성진, 김성희, 김수빈, 김수영, 김승환, 김아진, 김애자,
김연진, 김영규, 김영완, 김완섭, 김원빈, 김용제, 김유택, 김은빈,
김은진, 김은호, 김이중, 김인수, 김인숙, 김인호, 김장현, 김정수,
김정우, 김정훈, 김종필, 김종환, 김주남, 김주연, 김주현, 김충곤,
김태권, 김평복, 김형수, 김희철, 나대민, 나영희, 남궁왕, 노상채,
노영호, 노희범, 노희일, 문동욱, 문항석, 민경태, 박건우, 박경진,
박민아, 박봉영, 박서영, 박성옥, 박소영, 박수영, 박숙자, 박승일,
박승찬, 박영관, 박영재, 박용회, 박인규, 박인자, 박재식, 박정대,
박지우, 박지원, 박진섭, 박찬규, 박채현, 박철효, 박현아, 박현주,
박형주, 방수영, 배 석, 배주연, 배준구, 배진만, 백선관, 백승목,
서동일, 서성구, 서영찬, 서용원, 서현심, 성연기, 성종민, 손강식,
손동우, 손민규, 송영선, 송재상, 신대승, 신왕호, 신우용, 심장섭,
신유철, 신진희, 안병식, 안선희, 안성찬, 안성환, 안용호, 양천아,
엄복자, 엄춘매, 오경근, 오도섭, 오민석, 오수현, 오연순, 오유진,
오재곤, 오점곤, 오진환, 오호승, 우종인, 원진호, 유덕회, 유상열,
유석용, 유성엽, 유수근, 유정현, 유지성, 유지수, 유채현, 윤보용,
윤성혁, 이경복, 이관회, 이광원, 이규상, 이기영, 이남곤, 이다은,
이대영, 이도경, 이도윤, 이동헌, 이명오, 이민우, 이보람, 이상백,
이상선, 이선주, 이성운, 이숙경, 이승달, 이승윤, 이승환, 이영자,

이영훈, 이용만, 이원국, 이재규, 이재윤, 이재현, 이재환, 이정석,
이정순, 이주미, 이주연, 이주옥, 이준근, 이준식, 이준종, 이진용,
이진호, 이창근, 이창주, 이충운, 이충원, 이충혁, 이태구, 이현모,
이형훈, 이화정, 임문일, 임선희, 임수경, 임시빈, 임재홍, 임지수,
임혜영, 장기창, 장덕규, 장성민, 전동택, 전상재, 전양숙, 전정옥,
전주택, 전환우, 정수익, 정영진, 정영하, 정원석, 정윤호, 정윤희,
정의열, 정인선, 정재호, 정재훈, 정주현, 정한용, 정해동, 정호규,
조규남, 조문식, 조미애, 조성웅, 조세형, 조성오, 조숭희, 조영석,
조영태, 조용준, 조용진, 조일장, 조정택, 조제호, 주태운, 차송훈,
차애자, 차영민, 채병덕, 채성규, 채홍석, 천세민, 최경배, 최기원,
최병우, 최선호, 최성안, 최순미, 최영근, 최용병, 최윤희, 최인선,
최수열, 최정호, 최지강, 최지웅, 하윤재, 한경종, 한상섭, 한상훈,
한성수, 한승희, 한재범, 한형우, 함미자, 함용현, 허경임, 홍동완,
홍성호, 홍영남, 홍재경, 홍정기, 홍지숙, 홍태웅, 황　성, 황의장,
황재훈, 황정순, 황준철.

그리고 등장인물로 언급된 훌륭한 지인들께도 감사 드린다.

곽병원, 김광웅, 김길환, 김윤균, 남궁병, 남궁윤, 서공석, 서현숙, 선
강호, 손선국, 오준상, 유우상, 유재수, 이병옥, 이성열, 이영재, 이제련,
이후상, 조종곤, 진광일, 채의석, 최귀동, 최난숙, 허민호 은사님들께
늘 감사의 마음을 잊지 않고 있다고 전해드리고 싶다.

부모님, 아내와 아이들, 사랑하는 가족들에게 고마운 마음을 남긴다.

서강대학교에 감사드린다. 이공대생들에게도 독후감 쓰기를 의무화
하고 매주 한편씩 40% 이상의 한자를 섞어 원고지에 직접 수기로 작
성한 독후감을 제출하도록 한 나의 모교. 남다른 교육철학이 아니었

으면 언감생심 공대 출신인 내가 소설을 집필할 거라고 꿈이나 꿔볼
수 있었을까.

마지막으로 편집에 심혈을 기울여주신 북랩 관계자 분들께 감사드
린다.

앤디 박